KB180818

우리 시대의 영웅

미하일 레르몬또프

우리 시대의 영웅

백준현 옮김

Герой нашего времени

작가와비평

저자 서문

어떤 책에서든 서문은 처음에 나오는 동시에 최종적인 것이기도 하다. 그것은 저작물의 목적을 설명하는 역할을 하거나, 혹은 비평에 답을 하면서 저작물을 변호해 주는 역할을 한다. 하지만 일반적으로 독자들은 도덕적인 목적이나 잡지들의 공격 등에는 관심이 없기 마련이고, 따라서 서문을 읽지 않는다. 유감스럽게도 이것은 사실이고, 특히나 우리나라에서는 그러하다. 우리의 대중은 아직 너무나 미성숙하고 순박하기에, 우화의 말미에서 교훈이라는 걸 발견해 내지 못하면 그 우화 자체를 이해하지 못한다. 우리의 대중은 농담을 알아듣지 못하고 아이러닉한 반어법을 감지해 내지 못하는 것이다. 이것은 간단히 말해 교육을 제대로 받지 못한 탓이다. 우리의 대중은 잘 다듬어진 사회와 책 속에는 노골적인 욕설이 차지할 자리가 없다는 점을 아직 모르고 있다. 또한 요즘 시대의 교양은 좀 더 날카로운 무기, 즉 보일락 말락 하지만 그래도 치명적인 무기를 만들어 낸 후 아첨의 옷자락 뒤에 그것을 숨긴 상태에서 저항할 수 없는 확실한 타격을 가한다는 점도 역시 모르고 있다. 우리의 대중은 적대적인 왕실에 속하는 두 외교관의 대화를 엿듣고 난 후 그들이 상호 간의 지극히 부드러운 우정을 위해 둘 다 자신의 정부를 속이고 있다고 믿게 될 시골뜨기와 비슷하다.

이 책은 몇몇 독자들과 잡지들의 쉽사리 믿는 경향, 즉 여기 적힌 말들을 글자 그대로 믿어 버리는 태도로 인해 불과 얼마 전에도 불행한 일을 경험했다. 어떤 사람들은 이러한 부도덕한 인물이 '우리 시대의 영웅'의 본보기로 제시되는 것에 대해 정색을 하면서 몹시 기분 나빠했다. 또 다른 사람들은 작가가 자기 자신과 지인들의 초상을 그려 놓았다는 아주 세밀한 지적을 하기도 했다… 이 얼마나 진부하고도 초라한 농담인가! 하지만 루시1)는 본디 이렇게 창조되어서 그 안의 모든 것이 새로워지더라도 이와 비슷한 어리석은 일들도 예외적으로 존재하는 것 같다. 우리나라에서는 요술동화들 중 가장 요술적인 것까지도 어떤 개인을 모욕하려 기도한 것이 아니냐는 비난을 피해가기 힘들 테니 말이다!

친애하는 여러분, 『우리 시대의 영웅』은 분명히 초상이지만, 어떤 개인의 초상은 아니다. 이것은 우리 세대 전체의 악이 모여져 만들어진 초상이며, 그 악이 완전히 발전된 모습이다. 당신들은 인간이 이렇게까지 추악할 수는 없다고 또 다시 내게 말하겠지만, 나는 이렇게 대답하겠다. 만일 당신들이 비극적이며 낭만적인 작품에 등장하는 온갖 악당들의 존재 가능성을 믿어 왔다면 뻬초린의 실재

---

1) 루시(Русь): 현재의 러시아, 우크라이나, 벨라루스 3국이 각각의 명칭을 가지고 분화되기 이전 동슬라브족이라는 하나의 민족 개념으로 뭉쳐 있던 시기에 그들을 부르던 명칭이다. 대략 10세기에서 17세기까지의 고대, 중세 러시아 역사를 말할 때는 이 용어를 쓰며, 러시아인들이 동슬라브족의 중심으로 발전해 온 자신들의 국가적, 민족적 뿌리를 지칭해 말하고자 할 때도 이 용어가 사용된다.

에 대해서는 대체 왜 믿지 못하는 것인가? 만일 이 인물 역시 허구라 할지라도, 당신들이 훨씬 더 끔찍하고도 흉측한 허구의 인물들을 즐기며 보아 왔다면, 대체 왜 이 인물에게는 자비심을 가질 수 없다는 말인가? 혹시 당신들이 바랄 수 있는 것보다 더 많은 진실이 그에게 담겨 있기 때문은 아닌가?

여러분은 이 책의 이런 점 때문에 도덕성이 승리하는 데 문제가 생길 것이라고 말하고 싶은가? 미안한 말 좀 해야겠다. 사람들은 단 것을 물릴 정도로 먹었기에 그로 인해 위장이 상할 정도가 되었다. 이제는 쓴 약과 신랄한 진실이 필요하다. 하지만 이런 말을 한다고 해서 이 책의 저자가 언젠가는 인간의 악을 바로잡는 사람이 되겠다는 오만한 꿈을 품었다고는 생각하지 말라. 신이시여, 저자를 그런 암둔함에서 벗어나게 해 주시기를! 저자는 그저 자신이 이해하는 방식대로 우리 시대의 사람을 그려보는 것이 즐거웠을 뿐이다. 저자 자신과 여러분 모두에게 불행스럽게도, 너무나 자주 마주쳐 보았던 그런 사람을 말이다. 병을 지적하는 일은 달성되겠지만, 그것을 어떻게 치유할지는 신만이 아시는 일이다!

목차

▌일러두기

1. 러시아어 자음의 한글 표기는 원어발음을 최대한 충실히 전달하기 위해 к, т, п 자음이 된소리(ㄲ, ㄸ, ㅃ)로 발음되는 경우와 연자음화, 무성음화의 경우를 모두 반영하여 표기하였음.

2. 주요 인명, 지명 등에는 이해를 돕기 위해 작품 속에서 첫 번째 나왔을 때 괄호 안에 러시아어를 병기하였음.

3. 각주 내에 '(원주)'라고 표기되어 있는 것은 원작에 있는 것이며, 그 외의 것은 모두 번역자가 작성한 것임.

4. 이 번역서의 원전으로는 1959년 모스크바의 〈예술 문학 국립 출판사〉가 발행한 레르몬또프 선집(총 4권) 중 4권을 사용하였음.
   (Лермонтов, М. Ю. Собрание сочинений. Москва: Государственное издательство художественной литературы, 1959, т. 4)

Герой нашего времени

1부

1. 벨라

찌플리스(Тифлис)1)에서 역마차를 타고 오는 길이었다. 내 짐수레에 실린 짐이라곤 작은 여행 가방 하나가 전부였는데, 그것의 절반은 그루지야 여행의 기록물들로 채워져 있었다. 여러분에게는 다행스럽게도 그것들 중 대부분은 분실되었지만, 내게는 다행스럽게도 나머지 물건들이 든 여행 가방 자체는 온전하게 남았다.

내가 꼬이샤우르 계곡(Койшаурская долина)으로 들어섰을 때 태양은 이미 눈 덮인 산맥 뒤로 숨어 들어가고 있었다. 오세트인2) 마부는 밤이 되기 전에 꼬이샤우르 산 정상에 오르기 위해 쉴

---

1) 현재 그루지야의 수도인 트빌리시(Тбилиси)를 1936년까지 러시아식으로 부르던 이름이다. 1936년 이후에는 현지 발음에 최대한 가깝게 트빌리시로 적도록 하였다.
2) 오세트인(Осетин): 찌플리스(트빌리시)에서 서북쪽 방향에 있는 현재의 남오세찌야(Южная

새 없이 말들을 몰아대며 목청껏 노래를 불러댔다. 이 계곡은 정말 멋진 곳이다! 산의 사방으로는 초록색 담쟁이덩굴을 드리운 채 플라타너스 나무의 무리들을 월계관처럼 머리에 쓴 범접하기 힘든 불그죽죽한 바위 절벽들과, 물이 흘러내리며 여기저기 파인 자국이 생긴 낭떠러지들이 둘러서 있다. 저쪽 높디높은 곳에는 눈이 황금빛 술 장식처럼 빛나고 있고, 저쪽 아래서는 아라그바(Арагва) 강이 안개로 가득 찬 시커먼 협곡으로부터 소란스럽게 터져 나오는 이름 모를 물줄기와 합류한 뒤, 흡사 뱀이 비늘로 그러는 것처럼, 은빛 실처럼 몸을 뻗으며 반짝거리고 있다.

꼬이샤우르 산기슭에 다다른 후 우리는 선술집 근처에 마차를 세웠다. 거기엔 스무 명 남짓한 그루지야인들과 산악민들이 소란스럽게 북적거리고 있었으며, 선술집 가까이에는 낙타를 끌고 다니는 대상(隊商)들이 숙박을 하려고 멈춰 서 있었다. 나는 짐수레를 이 빌어먹을 산 위로 끌고 가기 위해서 황소를 빌어야만 했는데, 벌써 가을이 되어 길에 살얼음이 깔린 데다 가야 할 산길이 대략 2베르스따[3]는 되었기 때문이다.

Осетия)와 북오세찌야(Северная Осетия)의 주요 구성 민족으로서 대 까프까스 산맥의 위아래로 흩어져 산다. 경제적으로 당시의 제정 러시아에 의존적이었기 때문에 18세기 후반부터 진행된 병합 과정에서도 무력 충돌이 없었다. 따라서 블라지까프까스에서 찌플리스로 이어지는 그루지야 군용대로도 이곳을 통해 놓아졌다. 뿌쉬낀이 「아르즈룸으로의 여행(Путешествие в Арзрум)」에서 '까프까스에 사는 민족들 중 가장 가난한 종족'이라고 회상한 것에서 나타나듯이, 주로 목축과 농업에 종사하던 당시의 오세트인들은 극빈 상태를 벗어나지 못하고 있었다. 극히 높은 문맹률과 교육 부족까지 겹쳐진 상태의 낙후되고 침체된 생활상은 이 작품에서 막심 대위에 의해 여러 번 조소의 대상이 되고 있다.

3) 베르스따(верста): 1918년에 미터법이 러시아에서 법제화되기 이전에 쓰이던 전통적인 길이 단위로서 1,067미터에 해당한다. 베르스따가 공식 용어로서는 사라졌지만, 1베르스따

어쩔 수 없이 나는 황소 여섯 마리와 오세트인 몇 명을 고용했다. 그들 중 한 명이 자기 어깨에 내 여행 가방을 짊어졌고 다른 사람들은 거의 같은 방식으로 고함을 쳐대며 황소들을 출발시켰다.

내 짐수레 뒤쪽에서는 네 마리의 황소가 다른 짐수레를 짐이 꼭대기까지 가득 실렸는데도 불구하고 아무렇지도 않다는 듯 끌고 있었다. 그 모습이 나를 놀라게 했다. 그 뒤를 따라 수레의 주인이 은으로 장식된 작은 까바르다⁴⁾산 파이프를 피우며 걷고 있었다. 그는 견장이 없는 장교용 프록코트를 입고 체르께스⁵⁾식 털모자를 쓰고 있었다. 나이는 쉰 살쯤 되어 보였다. 거무스름한 얼굴빛은 까프까스의 태양빛을 오래전부터 받아 왔음을 말해 주고 있었고, 나이에 비해 일찍 세어 버린 콧수염은 그의 굳건한 걸음걸이나 원기 왕성한 모습과는 잘 어울리지 않았다. 나는 그에게 다가가 고개를 숙여 인사를 했다. 그는 내게 말없이 목례로 답을 하며 커다랗게 담배

와 1킬로미터의 차이가 별로 없기에 지금도 옛 명칭인 베르스따를 킬로미터의 의미로 구어체에서 사용하는 사람들도 간혹 있다.

4) 까바르다(Кабарда): 제정 러시아가 까프까스 지역을 복속시키는 과정에서 체르께스, 체첸과 함께 주요 항쟁 지역이었던 곳이다. 앞서 소개한 오세찌야보다는 약간 더 위쪽의, 제정 러시아의 국경선과 바로 맞닿은 곳에 위치하며, 18세기 후반부터 전개된 러시아의 까프까스 무력 정복 작업에서 첫 희생이 된 지역이다. 당시까지는 제정 러시아와 비교적 우호적인 관계였으나, 러시아가 나머지 까프까스 지역을 정복하기 위한 전초기지로 삼기 위해 이 지역을 완전 복속시키려 하자 충돌이 발생했다. 까바르다인들은 1778년, 1810년, 1822년 세 번에 걸쳐 대규모의 무력 항쟁을 시도했으나 무참하게 진압되었다.

5) 체르께스(черкес): 체르께스 사람이라는 뜻. 흑해 북쪽으로부터 대 까프까스 산맥 위쪽에 걸친 지역에 살던 종족이며, 지역 명칭으로는 체르께시야(Черкесия)라고 불린다. 이들은 제정 러시아에 복속되는 1815~1839년의 기간 동안 계속적인 무력 투쟁을 하였다. 따라서 이들은 복속 과정과 그 후에도 러시아의 강력한 탄압 대상이 되었고, 까프까스 지역이 완전 복속된 후인 1864년에는 체르께스인들 중 대다수인 40만 명이 당시의 오토만 제국을 비롯한 각 지역으로 이주했다.

연기를 내뿜었다.

"우린 아마 가는 길이 같은 모양이군요?"

그는 이번에도 말없이 고개를 꾸벅했다.

"스따브로뽈6)로 가시는 길이겠죠?"

"맞습니다…. 관용 물품을 운반하는 중이지요."

"그런데 말씀 좀 해 주시죠. 당신의 저 무거운 짐수레는 네 마리의 황소로도 별 것 아니라는 듯 끌고 가는데 어째서 나의 텅 빈 거나 마찬가지인 수레는 여섯 마리가 오세트인들의 도움을 받으면서도 간신히 끌고 있는 겁니까?"

그는 능청맞은 미소를 짓더니 의미심장한 표정으로 나를 쳐다보고는 말했다.

"까프까스에 온 지 얼마 안 되었나보군요?"

"1년쯤 됐습니다." 내가 대답했다.

그가 또다시 미소를 지었다.

"그게 무슨 문제가 되나요?"

"뭐, 그냥 물어본 겁니다. 이 아시아인들은 끔찍한 악마들이라오. 저들의 고함 소리가 황소가 수레를 끌도록 돕는 소리라고 생각하시오? 뭐라고 소리를 지르는지 알아들을 사람이 누가 있을까? 그런데 황소들은 알아듣습니다. 스무 마리를 묶어 놓더라도 저들이 자기들

---

6) 스따브로뽈(Ставрополь): 이 작품에 등장하는 까프까스 관련 지역 중에서는 가장 북쪽에 위치한 국경선 부근 도시로서 당시 러시아군의 북 까프까스 사령부가 있던 곳이다. 1777년에 러시아의 남쪽 국경선 방비를 튼튼히 한다는 목적으로 요새의 형태로 설계, 건설되었으며, 1785년에는 이곳에 위치한 마을이 까프까스 현에 속한 읍으로 인정받았고, 1822년에 까프까스 현이 스따브로뽈 주로 승격되면서부터는 그 중심 도시가 되었다.

식으로 뭔가 고함을 질러대면 황소들은 여전히 제 자리에 있지요…. 끔찍한 사기꾼 놈들이지! 하지만 저들을 어찌할 수 있겠소…? 이곳을 지나가는 사람들한테서 돈을 뜯어내는 걸 저리 좋아하게 되었으니…. 저들의 말을 다 들어주다 보니 이렇게 된 거요! 두고 보시오. 이제 당신한테서 보드카 값도 덤으로 뜯어내려고 할 테니. 나야 저들을 아니까 날 속이지는 못하지요!"

"그런데 여기서 복무하신지는 오래 되었습니까?"

"예, 알렉세이 뻬뜨로비치7) 시절부터 여기서 복무했소." 그가 어깨에 힘을 주며 대답했다. 그가 덧붙였다.

"그분이 전선에 오셨을 때 난 소위였는데, 그분 휘하에서 산악민 토벌에 공을 세워 두 계급 승진했지요."

"그럼 지금은…?"

"지금은 제3 전선 대대에 소속되어 있소. 그런데 당신은 어디 소속인지 물어봐도 되겠소?"

나는 대답해 주었다.

대화는 이것으로 끝났고 우리는 서로 가까이 서서 말없이 계속 걸어갔다. 산 정상에서 우리는 눈을 발견했다. 해가 지자, 남쪽 지방에서 대개 그러하듯, 낮의 뒤를 따라 짧은 순간에 곧바로 밤이 찾아들었다. 하지만 눈의 반사광 덕분에 우리는 이미 그렇게 가파르지

---

7) 알렉세이 뻬뜨로비치 예르몰로프(Алексей Петрович Ермолов, 1772~1861) 장군을 의미한다. 1812년의 제1차 조국전쟁을 비롯하여 1790년대부터 1820년대의 여러 전쟁에서 많은 공훈을 세운 장군이다. 까프까스 정복 전쟁 초기인 1818년부터 1827년까지는 특히 체첸과 다게스딴 지역에서 지역민들의 저항을 제압하는 여러 작전들에서 큰 성과를 남겼다.

는 않지만 여전히 산 속으로 나 있는 길을 쉽게 분간할 수 있었다. 나는 여행 가방은 짐수레에 싣고 황소는 말로 바꾸라고 지시한 뒤 마지막으로 계곡을 내려다보았다. 그러나 작은 협곡들로부터 물결처럼 밀려온 짙은 안개가 계곡을 완전히 덮어가고 있었기에 그곳으로부터 우리에게 들려오는 소리는 아무 것도 없었다. 오세트인들은 소란스럽게 나를 둘러싸고는 술값을 달라고 요구했다. 하지만 이등 대위가 무섭게 고함을 지르자 그들은 순식간에 흩어져서 달아나 버렸다.

"저런 족속들이라니까!" 그가 말했다. "빵이 러시아어로 뭔지도 모르면서 '장교님, 술값 좀 주쇼!'라는 말은 외웠다니까요! 내가 보기엔 따따르인들8)이 차라리 나아요. 최소한 그들은 술은 안 마시는 자들이니까 말이요….."

역까지는 아직 1베르스따 정도 남아 있었다. 주위는 조용했다. 너무 조용해서 모기의 윙윙거리는 소리로 그것의 비행을 추적할 수 있을 정도였다. 왼쪽으로는 깊은 협곡이 검어져 가고 있었다. 그 뒤쪽과 우리 앞으로는 주름이 파이고 겹겹의 눈으로 뒤덮인 짙푸른 산꼭대기들이 아직도 저녁노을의 마지막 광채를 간직하고 있는 창백한 지평선 위에 그림처럼 펼쳐졌다. 어두운 하늘에서는 별들이

---

8) 따따르인들(татары): 따따르(татар) 혹은 따따린(татарин)은 러시아어에서 원래 중앙 아시아의 유목민들을 지칭하는 단어였으나, 13세기 초 몽골의 러시아 침입과 그로 인한 킵차크한국으로의 복속이 이루어지는 과정에서는 특히 몽고인들을 지칭하는 용어로 자리 잡았다. 킵차크한국에 의한 지배가 끝난 이후에는 킵차크한국이 존재하던 곳의 지역민들과 연관되는 개념이 되면서, 볼가 강으로부터 우랄 산맥 쪽, 그리고 까프까스 지역에까지 분포하는, 터키어를 사용하면서 이슬람교를 믿는 아시아계 종족들을 폭넓게 지칭하는 말이 되었다.

반짝이기 시작했는데, 이상하게도 내 눈에는 북쪽의 우리 러시아에서보다 하늘이 훨씬 더 높아 보였다. 길의 양쪽을 따라 표면이 매끈한 검은 색 돌들이 튀어나와 있었다. 여기저기 눈 밑으로부터 관목들이 얼굴을 내밀고 있었지만 마른 잎사귀 중에서 바스락거리는 것은 하나도 없었다. 자연이 죽은 듯 잠든 가운데, 지친 세 마리 말들의 콧김 소리와 불규칙하게 딸랑대는 러시아 방울 소리를 듣는 것은 즐거운 일이었다.

"내일은 날씨가 아주 좋겠는데요!" 내가 말했다.

이등 대위는 한 마디 대꾸도 없이 손가락으로 우리 바로 맞은편에 솟아 있는 높은 산을 가리켰다.

"저게 뭔가요?"

"구드 산(Гуд-гора)이오."

"그래서 어떻다는 거지요?"

"산이 뿌옇게 되어 가는 것을 보시오."

정말로 구드 산은 뿌옇게 되어 가고 있었다. 산의 옆구리를 따라 구름이 엷은 열을 이루어 흘러 다니고 있었고 정상에는 먹구름이 걸쳐 있었기 때문이다. 그 먹구름은 어찌나 검은지 어두운 하늘에 생긴 얼룩처럼 보였다.

우리는 어느새 우편역과 그 주변 오두막들의 지붕을 분간할 수 있는 곳까지 도달했다. 축축하고 차가운 바람 냄새가 끼쳐오고 협곡에서 우르릉거리는 소리가 나며 가랑비가 내리기 시작했을 때 우리 앞에는 반가운 불빛들이 아른거렸다. 내가 망토를 걸치자마자 눈이 쏟아지기 시작했다. 나는 존경의 눈길로 이등 대위를 바라보왔다….

"여기서 하룻밤 묶어갈 수밖에 없겠군요." 그가 짜증난 목소리로 말했다. "이런 눈보라 속에 산을 넘을 수는 없지요. 어떤가? 끄레스또프 산(Крестовая гора)에 눈사태가 났었나?" 그가 마부에게 물었다.

"아닙니다, 나리." 오세트인 마부가 대답했다. "하지만 앞으로 많이, 많이 내릴 것 같습니다."

역에는 여행객들을 위한 방이 없었기에 우리는 연기가 자욱한 오두막에 숙소를 배당받았다. 나는 차나 한 잔 같이 마시자고 나의 동반자를 초대했다. 까프까스 여행길에서 나의 유일한 기쁨이었던 주철 찻주전자가 있었기 때문이었다.

오두막은 한쪽이 절벽에 딱 붙어 있었고 미끄럽고 축축한 계단 세 칸이 문으로 연결되어 있었다. 나는 손으로 더듬으며 안으로 들어가다가 암소와 부딪혔다(이곳 사람들은 외양간이 곧 머슴들의 방이기도 하다). 어디로 가야 할지 알 수가 없었다. 이쪽에선 양들이 음매 울고 저쪽에선 개가 으르렁거리니 말이다. 다행히 한쪽에서 어슴푸레한 빛이 비쳐서 문 비슷한 다른 구멍을 찾을 수 있었다. 거기에선 상당히 흥미로운 장면이 펼쳐지고 있었다. 연기에 그을린 기둥 두 개로 떠받쳐진 넓은 오두막에는 사람들이 가득했다. 한 가운데 펼쳐놓은 모닥불은 탁탁 소리를 내며 타고 있었다. 지붕에 난 구멍으로 들어오는 바람 때문에 역류된 연기가 아주 두꺼운 장막처럼 주위에 깔려 있었기에 나는 오랫동안 주변을 둘러볼 수도 없었다. 모닥불 옆에는 두 명의 노파와 많은 수의 아이들, 그리고 깡마른 그루지야 남자 한 명이 앉아 있었는데, 모두들 누더기 같은 옷을 걸치고 있었다. 별달리 방도가 없었기에 우리는 모닥불 옆에 자리를 잡고 앉아 파이프 담배를 피우기 시작했는데, 곧 이어 찻주전자가 기분 좋게 끓는 소리를 내기 시작했다.

"딱한 사람들이군요!" 나는 마치 굳어 버린 듯 말없이 우리를 쳐다보고 있는 더러운 집주인들을 가리키며 이등 대위에게 말했다.

"아주 어리석은 족속이지요." 그가 대답했다. "믿기 힘들겠지만, 아무 것도 할 줄 모르고 뭘 배울 능력마저 전혀 없는 자들이라오. 적어도 우리 지역에 있는 까바르다 사람들이나 체첸9) 사람들은 강도에다가 빈털터리기는 해도 그 대신에 앞뒤 안 가리고 달려드는 저돌성이 있는데, 이 사람들은 무기에도 전혀 관심이 없어요. 제대로 된 단검을 가진 놈은 하나도 볼 수가 없지요. 정말 이 오세트인들이란!"

---

9) 체첸(Чечня): 이 지역의 정확한 명칭은 '체치냐(Чечня)'이지만 이 책에서는 우리에게 흔히 알려진 대로 '체첸'으로 적기로 한다. 민족적으로는 '나흐'족에 속하며, 체첸 사람은 '체체녜쯔(чеченец)'로 표기한다. 체첸인들은 대 까프까스 산맥의 북동쪽 산악지역으로부터 그 위쪽의 평원지대까지 분포해 살던 민족으로서 이슬람교를 믿는다. 이미 18세기 후반부터 점차적인 러시아의 복속 작업에 저항해 오던 체첸인들은 1830년대 중반에 인접 다게스딴에 새로운 지도자 이맘 샤밀이 나타나자 1840년 그의 영도 하에서 반(反)러시아 무력 항쟁을 새롭게 시작한다. 이들은 까프까스 제 민족들 중에서 가장 극렬한 무장 투쟁을 벌여 러시아를 어려움에 봉착하게 만들었다. 그러나 대규모 진압 작전이 시작된 이후 1859년에 지도자 샤밀이 체포되자 체첸과 다게스딴의 무력 항쟁은 일단락되었다. 이 작품의 작가 레르몬또프 역시 두 번째 유형 기간인 1840년 7월과 11월 두 번에 걸친 체첸과의 대규모 전투에 참여한 바 있다. 그러나 체첸 서부 지역민들은 러시아의 복속 작업에 저항하지 않았으며, 러시아는 같은 나흐족이면서 이렇듯 상반되는 태도를 보이는 서부 체첸인들을 '잉구시(ингуши)'라고 구별하여 칭하게 되었다. 같은 저항 세력인 까바르다와 체르께시야 지역에도 이렇듯 러시아로의 복속에 저항하지 않는 사람들이 일부 있었던 것이 사실이며, 이 책에도 나오듯 이들을 통칭하여 '화친파' 혹은 '중립파'라고 불렀다.

"체첸에는 오랫동안 계셨나요?"

"예, 한 10년 쯤 중대를 이끌고 그곳 요새에 있었소. 까멘늬 브로
드 옆인데, 혹시 아시오?"

"들어본 적이 있습니다."

"형씨, 우린 그 살인마 놈들한테 질렸지 뭐요. 요즘은 다행히 좀
얌전해지긴 했지만, 예전엔 성벽 너머로 백 걸음만 나가도 털북숭
이 악마 같은 놈이 어딘가에 앉아서 우리가 하는 양을 살피는 게
눈에 띄더군요. 자칫 멍하니 딴 생각에라도 잠기면 그걸 알아보곤
목에 올가미를 씌우든가 뒤통수에 총알을 박아 넣는다니까요. 참
대단한 놈들이지요!"

"그렇다면 아마 모험담도 많았겠군요?" 호기심이 발동하여 내가
말했다.

"어떻게 없을 수가 있겠소? 많았지요⋯."

그는 왼쪽 콧수염을 잡아 문지르기 시작하더니 고개를 숙이고는
잠시 생각에 잠겼다. 나는 그에게서 무엇이든 얘깃거리를 뽑아내고
싶어 안달이 날 지경이었는데, 그것은 여행을 하면서 기록을 남기
는 사람이라면 누구나 갖게 마련인 욕구였다. 그러는 사이에 차가
다 준비되었고, 나는 여행 가방에서 두 개의 행군용 컵을 꺼내 차를
따른 후 하나를 그의 앞에 놓았다. 그는 차를 한 모금 마시더니 마치
혼잣말을 하듯 말했다.

"네, 많았지요!"

이 탄식이 내게 큰 희망을 안겨주었다. 나는 까프까스에 주둔한
나이든 장교들이 남들과 수다를 떨거나 자기 얘기를 하는 걸 좋아

한다는 사실을 안다. 그럴 기회가 그들에겐 좀처럼 없기 때문이기도 하다. 어딘가 벽지의 중대 하나를 거느리고 5년쯤 있어 본들, 그 5년 내내 그에게 "안녕하십니까?"라고 말을 걸어 올 사람은 아무도 없을 것이다(왜냐하면 상사 쯤 되는 아랫사람은 그들에게 "충성!"이라고만 말하기 때문이다). 하지만 얘깃거리라면 꽤 있다. 주위엔 호기심을 끄는 거친 족속들이 있고 매일 위험이 도사리고 있으며 신기한 일들이 벌어지기 때문이다. 그러니 이런 일들을 기록하는 사람이 거의 없다는 사실이 애석할 수밖에 없는 것이다.

"럼주를 차에 좀 넣어 드셔 보시겠습니까?" 내가 말벗에게 말했다. "찌플리스에서 가져온 백색 럼주가 있습니다. 지금 날씨도 추우니까요."

"아니요. 고맙지만 난 술을 마시지 않습니다."

"왜요?"

"뭐, 그냥 그렇게 되었습니다. 맹세를 했지요. 내가 아직 소위였을 때인데, 한 번은 우리끼리 술을 퍼마신 적이 있었는데 한밤중에 비상 상황이 발생한 겁니다. 그래서 결국 거나하게 취한 상태로 싸우러 나갔는데, 알렉세이 뻬뜨로비치께서 그 사실을 알게 된 후 정말 곤욕을 치렀죠. 얼마나 무섭게 화를 내시던지! 하마터면 재판에 회부될 뻔했습니다. 사실 그게 마땅한 처사입니다. 1년 내내 사람 구경도 못하면서 지내는데, 거기다가 술까지 마셔 대면 인간이 완전히 망가지는 겁니다!"

이 말을 듣고 나는 희망을 거의 상실했다.

"체르께스인들만 해도 말입니다", 그가 말을 이어갔다. "결혼식이나 장례식에서 부자10)를 엄청 마셔대는데 그러곤 곧장 칼부림이 나는 겁니다. 나도 한 번은 간신히 도망쳐 나온 적이 있소. 내가 손님으로 갔던 그 집이 화친파11) 족장의 집이었는데도 말이오."

"아니, 어떻게 그런 일이 일어날 수가 있었지요?"

"그게 말이오(그는 파이프에 담배를 채워 넣고 한 모금 들이키더니 이야기를 시작했다), 그러니까 이렇게 된 거요. 난 당시 중대를 이끌고 쩨렉(Терек) 강 너머 요새에 있었소. 좀 있으면 만 5년 전쯤 되는 얘기군요. 한 번은 가을에 식량 수송 부대가 왔는데, 스물다섯 살쯤 되는 젊은 장교도 함께 왔습니다. 그는 군복을 정식으로 차려입고 내 앞에 나타나 내 요새에 머물라는 명령을 받았다고 보고를 하더군요. 아주 날씬한 체격에 얼굴은 새하얀데, 군복도 아주 새것이어서 난 그가 까프까스에 온 지 얼마 되지 않았다는 걸 대번에 알아봤죠. 내가 그에게 물었습니다. '러시아에서 이쪽으로 전보된 모양이군요?' '예, 그렇습니다. 이등 대위님.' 그가 대답을 합디다. 나는 그의 손을 잡고 말했죠. '반갑소, 정말 반가워요. 이곳이 좀 지루하긴 하겠지만… 그래도 우리 친구처럼 지냅시다…. 아, 그리고 난 그냥 막심 막시므이치(Максим Максимыч)라고 부르시오. 그리고 말인데… 뭣 하러 이렇게 정복으로 차려입었소? 앞으로 내게 올 때면 군모만 쓰고 오시오.' 숙소를 배당받은 다음 그는 요새에 정착을 했지요."

"그 사람 이름이 뭐였습니까?" 내가 막심 막시므이치에게 물었다.

---

10) 부자(буза): 삼나무(대마) 씨와 함께 발효시킨 까프까스 지역의 술 명칭.

11) 까프까스 지역에 대한 제정 러시아의 식민지화 과정에서 무력 투쟁 대신에 러시아와 그 지역의 화친, 즉 러시아에 일정 정도 복속되는 것에 대해 우호적인 입장을 취했던 지역민들을 통칭함.

"그의 이름은… 그리고리 알렉산드로비치 뻬초린(Григорий Александрович Печорин)이었습니다. 확언하건데, 참 멋진 청년이었지요. 다만 좀 이상한 구석이 있었어요. 예를 들어, 비가 오거나 추운 날에도 하루 종일 사냥을 하곤 했습니다. 모두들 몸이 꽁꽁 얼고 지쳐하는 데도 그는 아무렇지도 않아 하더군요. 그런데 다른 날에는 자기 방에 틀어박혀 가지고 바람이 조금만 들어와도 감기에 걸렸다고 우겨대는 겁니다. 덧창만 덜컹거려도 몸을 부르르 떨며 얼굴까지 창백해지더군요. 그런가 하면 내가 보는 앞에서 멧돼지한테 혼자서 덤벼든 적도 있습니다. 몇 시간 동안 말 한 마디 안 하다가도 가끔 한 번씩 얘기를 시작하기만 하면 배꼽이 빠지도록 웃기곤 했지요. 그래요, 정말 이상한 구석이 많았습니다. 그리고 틀림없이 부자였던 것 같습니다. 가지가지 값비싼 물건들이 어찌나 많던지!"

"그 사람과 오래 같이 사셨나요?"

"뭐, 한 1년쯤 됩니다. 하지만 바로 그 1년이 내겐 참 기억에 남습니다. 그 사람 때문에 곤란한 일들을 많이 겪었지요. 그것 때문에 기억에 남는 것 아니지만요! 정말로 태어날 때부터 갖가지 특이한 일들을 반드시 겪게끔 운명을 타고난 그런 사람들이 있는 모양입니다."

"특이한 일들이라니요?" 나는 그에게 차를 따라주며 호기심에 찬 표정으로 외쳤다.

"지금부터 얘기를 해 드리죠. 요새로부터 6베르스따쯤 떨어진 곳에 한 화친파 족장이 살았습니다. 열다섯 살쯤 되는 그의 아들 녀석이 말을 타고 우리에게 자주 놀러오곤 했지요. 어떤 날은 이런 이유로, 또 다른 날은 저런 이유를 대면서 말입니다. 사실 나와 그리고리 알렉산드로비치가 녀석을 너무 오냐오냐 해 주었다고 볼 수가 있어요. 녀석이 얼마나 망나니이고 또 원하는 것엔 얼마나 손이 빠른 놈이었던지. 전속력으로 말을 달리면서도 땅에서 모자를 집어 든다든가 총을 쏘아댄다든가 하는 것 말입니다. 녀석에겐 한 가지 좋지 못한 점이 있었는데, 돈 욕심이 끔찍이 강했다는 겁니다. 한 번은 그리고리 알렉산드로비치가 장난삼아 그에게 아버지의 가축 중에서 가장 좋은 숫염소 한 마리를 훔쳐오면 금화 한 닢을 주겠다고 약속을 한 적이 있더랬지요. 어떻게 되었을 것 같습니까? 바로 그 다음 날 밤에 숫염소의 뿔을 끌고 오더란 말입니다. 우리가 녀석을 놀려줄 생각이라도 할라치면 눈에 핏발을 세우고는 바로 단도를 찾는 겁니다. 그럴 때면 내가 그에게 '이봐, 아자마트(Азамат), 너 이러면 무사하지 못할 거다. 네 놈 대가리가 날아갈 거라고!'라고 말하곤 했지요.

한 번은 나이든 족장이 결혼식 초대를 위해 우리를 직접 찾아온 적이 있었습니다. 큰 딸을 시집보낸다는 것이었는데, 우리가 꾸낙[12]인 사이라서 그가 따따르인이라 하더라도, 짐작하시겠지만, 거절할 수가 없었습니다. 그래서 갔지요. 촌락에서는 많은 개들이 큰 소리로 짖어대며 우리를 맞이했습니다. 여자들은 우리를 보더니 숨어 버렸고, 우리가 얼굴을 살펴볼 수 있었던 여자들은 미인과는 거

---

12) 꾸낙(кунак): 원래 터키어가 어원인 단어로서 '친구'를 의미한다. 하지만 이 작품에서 까프까스인들과 러시아인들 사이에 붙여지는 '꾸낙'이란 단어는 일반적인 친분 관계 정도일 때도 쓰이고 있다.

리가 멀었죠. '체르께스 여인들은 훨씬 더 나을 거라고 생각했는데요.' 그리고리 알렉산드로비치가 말하더군요. '좀 기다려 보게!' 씩 웃으며 내가 대답해 주었습니다. 내 나름의 생각이 있었기 때문이지요.

족장의 오두막에는 이미 많은 사람들이 모여 있었습니다. 아시겠지만, 이 회교도 아시아인들은 온갖 어중이떠중이를 다 결혼식에 초대하는 풍습이 있습니다. 우리는 아주 정중한 영접을 받은 뒤 꾸낙의 방이라는 객실로 안내되었습니다. 하지만 나는, 짐작하시다시피, 불의의 사태라는 것도 있을 수 있으니까 그 경우에 대비해 우리가 말을 세워둔 장소를 기억해 두는 걸 잊지 않았습니다.

"그들은 결혼식을 대체 어떻게 치릅니까?" 내가 이등 대위에게 물었다.

"뭐, 평범합니다. 우선 회교 승려가 코란 가운데서 어느 구절인가를 읽어주고 나면 신랑·신부와 그들의 친척들에게 선물이 주어지는 가운데 음식을 먹고 부자를 마십니다. 그 다음에는 승마 묘기가 펼쳐지는데, 그럴 때면 기름때로 절어 있는 누더기를 걸친 녀석이 나타나 비루한 절름발이 말을 탄 채 몸을 뒤틀고 어릿광대짓을 하면서 순박한 좌중을 웃깁니다. 그러고 나서 날이 어둑어둑해지면 객실에서, 우리 식으로 말하자면, 무도회가 시작됩니다. 불쌍해 보이는 할아범이 현이 세 개인 악기를… 저들 말로 뭐라고 하는지 생각이 안 나는군, 뭐 여하튼 우리의 발랄라이까 같은 것을 연주합니다. 젊은 처녀들과 총각들이 두 줄로 서서 서로 마주보고 손뼉을 치며 노래를 합니다. 그러다가 처녀 하나와 사내 하나가 중앙으로 나와 노래를 부르듯 서로에게 시를 읊어댑니다. 머리에 떠오르는 대로 즉흥적으로 말이죠. 그러면 나머지 사람들은 합창을 하듯 그것을 따라 부릅니다. 나와 뻬초린은 상석에 앉아 있었는데 주인집 작은 딸인 열여섯쯤 되어 보이는 처녀가 그에게 다가와 노래를 부르더군요…. 뭐라고 해야 하나? 칭찬 비슷한 노래였습니다.

"무슨 노래를 불렀는지 혹시 기억이 나십니까?"

"네, 이랬던 것 같습니다. '우리네 젊은 기수(騎手)들은 날씬하고 그들의 까프딴13)에는 은장식이 되어 있다고 하는구나. 하지만 이 러시아 장교는 그들보다 더 날씬하고 옷에는 금으로 장식된 줄들이 달려 있다네. 그들 사이에서 그는 백양나무 같다네. 하지만 우리의 정원에서는 자랄 수도, 꽃을 피울 수도 없구나.' 뻬초린은 자리에서 일어나 이마와 가슴에 손을 얹고 고개 숙여 그녀에게 인사를 한 다음, 그녀에게 답을 좀 해달라고 내게 부탁했습니다. 난 그들의 말을 잘 아니까요. 그래서 난 그의 대답을 통역해 주었지요. 그녀가 물러가고 나서 난 그리고리 알렉산드로비치에게 속삭였죠. '그래, 어떤가?' '매력적이군요.' 그가 대답했습니다. '그런데 저 여자의 이름은 뭐죠?' '벨라(Бэла)라고 하네.' 내가 대답해 주었습니다."

이등 대위는 말을 이어갔다.

"확실히 그녀는 예뻤지요. 키가 크고 날씬한데다가 마치 산양의 눈처럼 새카만 두 눈은 사람의 영혼을 들여다보는 것 같았어요. 뻬초린은 생각에 잠긴 채 그녀에게서 눈을 떼지 못했고, 그녀 역시

---

13) 까프딴(кафтан): 근동과 까프까스 지역의 사람들이 즐겨 입는 상의의 명칭으로서, 전체 길이가 무릎까지 내려오며 소매도 넓고 길다.

종종 눈을 가늘게 뜨고 그를 흘끗거렸습니다. 단, 족장의 이 예쁜 딸을 도취되어 바라본 건 뻬초린만은 아니었지요. 방구석에서 다른 두 개의 눈이 꼼짝도 않고 이글이글 타오르며 그녀를 바라보고 있었습니다. 유심히 보았더니 내가 오래 전부터 알고 지내던 까즈비치(Казбич)더군요. 그는, 그러니까, 화친파도 아니고 그렇다고 비화친파도 아닌 그런 사람이었습니다. 못된 짓을 하다가 걸린 적은 한 번도 없지만 미심쩍은 구석은 많은 자였습니다. 이따금 우리 요새에 숫양을 끌고 와서 싼 값에 팔곤 했는데, 다만 흥정을 하는 일은 절대 없었습니다. 일단 값을 부르고 나면 칼로 찔러 죽인다 해도 양보하려 들지 않았지요. 사람들 말로는 산적 놈들과 함께 꾸반(Кубань) 강 너머를 어슬렁거리며 돌아다니는 걸 좋아했다는데, 솔직히 말해 생긴 것도 꼭 강도 낯짝 같았습니다. 작고 깡말랐지만 어깨는 넓었지요. 그런데 잽싸기는 또 얼마나 잽싼지, 꼭 악마 같았지요. 베쉬메트[14]는 항상 너덜너덜하게 찢어져 있었고 덧대어 기운 자국도 많았지만 무기만큼은 은장식이 되어 있었습니다. 그의 말은 까바르다 지역 전체에서 유명했는데, 정말로 그보다 더 훌륭한 말은 상상할 수도 없었습니다. 말 타기를 좋아하는 사람치고 그를 부러워하지 않은 사람이 없었던 건 다 이유가 있어서였죠. 그 말을 훔치려는 시도도 한두 번이 아니었지만 성공은 하지 못했습니다. 지금도 그 말이 눈에 선하군요. 칠흑처럼 새까맣고 다리는 악기의 현처럼 팽팽한데다 눈은 벨라 못지않았지요. 힘은 또 어찌나 센지! 50베르스따

---

14) 베쉬메트(бешмет): 근동과 까프까스 제민족의 전통 의상으로서 솜으로 누벼 만들며 가슴과 허리 부분을 두툼하게 두르고 소매는 곧추세워진 형태의 상의이다.

도 단숨에 달릴 수 있는 놈이었지요. 게다가 주인 뒤를 따라다니는 개처럼 훈련까지 잘 되어 있어서 주인 목소리도 알아듣더라니까요! 그래서 까즈비치는 말을 매어 놓는 일이 전혀 없었습니다. 강도에게 딱 맞는 말이었지요!

그날 저녁 까즈비치는 어느 때보다도 침울해 보이더군요. 나는 그 자가 베쉬메트 안에 갑옷을 입고 있는 걸 알아챘습니다. '갑옷을 괜히 입은 건 아닐 텐데.' 나는 생각했죠. '틀림없이 뭔가 꿍꿍이가 있을 거야.'

오두막 안이 갑갑해져서 나는 바람이나 쐴 생각으로 밖으로 나왔습니다. 밤기운이 이미 산에 내려앉으면서 안개가 협곡을 감돌기 시작했습니다.

나는 말을 매어둔 처마 밑에 들러서 여물은 제대로 주고 있는지 봐야겠다는 생각이 문득 들었습니다. 조심해서 문제가 되는 일은 결코 없으니까요. 내 말도 썩 괜찮은 거라서 '야크쉬 트헤, 체크 야크쉬!'[15]라고 말하며 탐스러워하는 눈길로 흘끗거리는 까바르다인이 한둘이 아니었거든요.

울타리를 따라 가만가만 걸어가는데 갑자기 사람 목소리가 들리는 겁니다. 한 목소리는 금방 알겠더군요. 우리 주인장의 아들인 건달 아자마트였습니다. 다른 사람은 더 조용하게 이따금씩만 말하더군요.

'여기서 무슨 얘기를 하고 있는 걸까?' 나는 생각했습니다. '혹시

---

15) (원주) 터키어로 '멋져,' 아주 멋져'라는 뜻.

내 말 얘기를 하고 있는 건 아니겠지?' 나는 울타리 옆에 쭈그리고 앉아 한 마디도 놓치지 않으려고 애쓰며 귀를 기울였습니다. 오두막에서 흘러나오는 노랫소리와 웅성거리는 말소리들 때문에 나의 호기심을 자극하는 그 대화 소리가 간혹 묻히기도 했습니다.

'네 말은 정말 멋지구나!' 아자마트가 말했습니다. '까즈비치! 내가 만일 우리 집 주인이고 300마리의 암말 떼를 가지고 있다면 네 준마를 얻기 위해 그 반이라도 내놓겠어!'

'아, 까즈비치로군!' 이 생각이 들자 갑옷 생각이 떠오르더군요.

'그렇지.' 까즈비치가 잠시 말이 없다가 대답했습니다. '까바르다를 다 뒤져도 이런 말은 찾을 수 없을 거야. 쩨렉 강 너머에서 있었던 일인데, 한 번은 산적들과 함께 러시아 말 떼들을 훔치러 다니고 있었지. 그런데 운이 따라주지 않아서 우린 제각기 여기저기로 흩어지게 되었어. 까자크[16] 네 놈이 내 뒤를 빠른 속도로 쫓아오고 있더군. 등 뒤로 이미 이교도 놈들의 외침 소리까지 들려오는데 울창한 숲이 앞에 버티고 있는 데까지 왔지. 나는 말안장에 몸을 찰싹 붙이고 알라신께 운명을 맡기고는 생전 처음으로 채찍으로 말을 아프게 때려댔지. 녀석은 새처럼 나뭇가지들 사이로 뛰어들었어. 날카로운 가시들이 내 옷을 찢고 느릅나무의 메마른 가지들이 내 얼굴을 때렸지. 내 말은 그루터기를 뛰어넘고 가슴팍으로 관목들을 헤쳐 나갔지. 녀석을 숲 가장자리에 버려두고 걸어서 숲 속으로 숨

---

16) 까자크(казак): 대략 15세기경부터 제정 러시아 정부의 과중한 세금과 노역, 압제를 피해 러시아 남부의 돈 강 유역으로 도망친 농노를 말한다. 이들은 차츰 집단을 형성했는데, 시간이 흐르면서 정부로부터 인정받고 자유가 주어지는 대신 변경의 수비와 정복 전쟁 등에 동원되었다.

어 버리는 것이 더 좋았겠지만 난 녀석과 헤어지는 게 싫었어. 그러
자 선지자가 내게 보답을 해 주시더군. 총알 몇 발이 내 머리 위로
쉭쉭 소리를 내며 날아갔지. 나는 서둘러 말에서 내린 까자크 놈들
이 내 흔적을 따라서 달려오는 걸 들었어…. 그런데 갑자기 앞쪽에
땅이 깊게 파인 곳이 나타나는 거야. 나의 준마는 잠시 생각을 하는
듯하더니 훌쩍 뛰어넘더군. 그런데 반대편 기슭에서 뒷발굽이 미끄
러지는 바람에 앞발로만 매달리게 되었어. 나는 말고삐를 던져 버
리고 그 작은 골짜기 밑으로 휙 뛰어내렸지. 이게 내 말을 살린 셈이
야. 녀석이 뛰어올랐거든. 까자크 놈들은 이걸 다 보았지만 나를 찾
으러 내려오는 놈은 하나도 없었어. 그 놈들은 아마 내가 박살이
나서 죽었을 거라고 생각했던 모양이야. 놈들이 내 말을 잡으려고
뛰어다니는 소리가 들리더군. 심장에 피가 확 몰리는 느낌이 들었
어. 난 골짜기를 따라 무성한 풀밭 위를 기어가기 시작했지. 가다가
문득 보니까 숲이 끝나는 지점이었는데, 몇 명의 까자크 놈들이 들
판으로 말을 달려 나가고 나의 까라교즈(Kaparës)는 그들을 향해
곧장 달려오는 거야. 모두가 녀석을 잡기 위해 고함을 지르며 달려
들었지. 그 놈들은 아주 오랫동안 녀석을 잡기 위해 쫓아다녔고, 특
히 그들 중 한 놈은 두 번쯤 녀석의 목에 올가미까지 거의 씌울 뻔
했지. 나는 몸이 떨려 와서 눈을 내리깔고 기도를 드리기 시작했어.
얼마 후에 눈을 들어보니 나의 까라교즈는 꼬리를 흔들어대며 바람
처럼 자유롭게 날아가고 있고, 녀석보다 훨씬 뒤처진 이교도 놈들
은 지쳐빠진 말들을 타고 초원을 따라 한 줄로 축 늘어져서 어정어
정 따라가고 있는 거야. 알라신의 이름을 걸고 이건 사실이야, 진짜

사실이라고! 나는 밤늦게까지 그 골짜기에 앉아 있었어. 그런데 갑자기 무슨 일이 생겼는지 알아, 아마자트? 계곡의 기슭을 따라 말이 뛰어다니는 소리가, 힝힝거리며 콧김을 뿜고 울부짖으며 발굽으로 땅을 차는 소리가 어둠 속에서 들려오는 거야. 까라교즈의 소리라는 걸 난 느낄 수 있었지. 맞아, 그 녀석이었어, 내 친구 말이야…! 그때 이후로 우린 서로 떨어져 본 적이 없어.'

그러고는 그가 여러 가지 애칭을 붙여 가며 준마의 매끄러운 목을 가볍게 두드리는 소리가 들렸습니다.

'만약 나에게 천 마리 암말이 있다면 너의 까라교즈 값으로 그걸 전부 내겠다.' 아자마트가 이렇게 말하더군요.

'요크.17)' 까즈비치가 관심 없어 하는 투로 대답했습니다.

'이봐, 까즈비치.' 아자마트가 그에게 아양을 떨며 말했습니다. '넌 착한 사람이고 용맹한 기수이기도 하잖아. 하지만 내 아버지는 러시아인들을 두려워해서 나를 산에도 못 가게 해. 나한테 그 말을 주면 네가 원하는 건 다 해 줄게. 네가 원하기만 하면 아버지의 제일 좋은 소총이나 검도 훔쳐다 줄 수 있어. 아버지의 검은 진짜 구르다18)야. 칼날을 손에 살짝 갖다 대기만 해도 칼이 알아서 살 속으로 파고들지. 네 갑옷 같은 건 아무 소용도 없어.'

까즈비치는 잠자코 있었습니다.

'네 말을 처음 본 순간', 아자마트가 말을 이어갔습니다. '녀석이 너를 태우고 콧구멍을 벌름거리며 빙빙 돌고 펄쩍펄쩍 뛸 때마다

---

17) (원주) 터키어로 '안 돼'라는 뜻.
18) 구르다(гурда): 날이 매우 날카롭고 고급 강철로 생산되어지는 유명한 최상품 검의 명칭.

발굽 아래서 마치 부싯돌 불꽃이 튀는 것 같은 모습을 보았을 때부터, 내 마음속에선 뭔가 이해할 수 없는 일이 생겨났어. 그때부터 난 모든 게 다 싫증이 났어. 아버지의 가장 좋은 준마들을 쳐다봐도 한심하다는 생각밖에는 안 들었고, 그것들을 타고 다니는 것도 창피해졌고, 우울함이 나를 사로잡았지. 그렇게 우울해하며 하루 종일 벼랑 끝에 앉아 있다 보면, 화살처럼 매끈하고 곧은 등뼈를 가진 늘씬한 걸음걸이의 너의 새까만 준마가 끊임없이 머릿속에 떠오르는 거야. 녀석은 나한테 무슨 하고 싶은 말이라도 있는 것처럼 생기 넘치는 눈을 들어 날 쳐다보는 거야. 까즈비치, 네가 그 말을 나한테 팔지 않으면 난 죽게 될 거야!' 아자마트가 떨리는 목소리로 말했습니다.

아자마트가 울음을 터뜨리는 소리가 들렸습니다. 말해둬야 할 게 있는데, 아자마트는 고집이 엄청 센 녀석이라서 더 어렸을 때도 그 녀석의 눈물을 빼게 할 방법은 전혀 없었죠.

그의 눈물에 대한 답으로 뭔가 웃음소리 비슷한 게 들렸습니다.

'들어봐!' 아자마트가 단호한 목소리로 말했습니다. '난 뭐든지 할 결심이 되어 있다고. 어때, 너한테 내 누나를 훔쳐다 줄까? 누나의 춤 솜씨는 일품이야! 노래는 또 어떻고! 금실 자수 놓는 솜씨도 기가 막혀! 터키의 왕도 그런 아내는 가진 적이 없을 거야…. 어때? 네가 내일 밤에 저기 물살이 빠른 협곡에서 날 기다리면 누나랑 이웃 마을로 가는 길에 그 근처로 지나가 줄게. 그럼 누나는 네 것이 되는 거야. 설마 벨라가 너의 준마만큼의 가치도 없겠어?'

까즈비치는 아주 오랫동안 말이 없었죠. 마침내 그가 대답 대신

오래된 노래 한 곡조를 나지막하게 뽑기 시작했습니다.[19]

> 우리네 사는 마을들에는 미녀들이 많다네,
> 그들의 칠흑 같은 두 눈에는 별들이 반짝이네.
> 그들을 사랑하는 건 달콤해, 부러운 운명이지.
> 하지만 대담한 자유가 더 즐거운 법이지.
>
> 금으로 네 명의 아내는 살 수 있지만,
> 씩씩한 말은 값을 따질 수도 없다네.
> 그것은 초원의 돌풍 속에서도 쏜살같이 달리고,
> 배신하지도, 속이지도 않는다네.

아자마트는 자기 말대로 하자며 그에게 조르고 울고 아양 떨고 맹세를 해댔지만 소용없었습니다. 결국 까즈비치가 참다못해 그의 말을 끊더군요.

'저리 꺼져, 이 정신 나간 꼬마 놈아! 네가 어떻게 내 말을 탄다는 거야? 세 발짝도 못 가서 녀석이 너를 내동댕이칠 테고, 그럼 네 뒤통수가 돌에 부딪혀 깨져 버릴 거야.'

'뭐? 내가 어떻게 될 거라고?!' 아자마트가 화를 벌컥 내며 소리를 질렀고 어린이용 단검의 쇠가 갑옷에 부딪혀 쨍강하는 소리가 났습니다. 까즈비치의 힘센 손이 그를 밀쳐 내자 그는 울타리에 세

---

19) (원주) 물론 산문의 형태로 내게 전해진 까즈비치의 노래를 시로 바꾸어 놓은 것에 대해 독자들에게 용서를 구한다. 하지만 습관은 제2의 천성이지 않겠는가.

게 부딪혔고 그 바람에 울타리가 흔들거렸습니다.

'재미있는 일이 벌어지겠군.' 나는 이런 생각을 하고는 마구간으로 달려가 우리의 말들에게 재갈을 물려 뒷마당으로 끌어냈습니다. 잠시 후 오두막에선 끔찍한 소란이 일어났습니다. 무슨 일이었냐 하면, 아자마트가 베쉬메트가 갈기갈기 찢어진 채로 거기로 달려들어가면서 까즈비치가 자기를 베어 죽이려 했다고 소리를 지른 것이지요. 다들 벌떡 일어나 총을 잡아 쥐었습니다…. 그러고는 재미있는 일이 벌어졌죠! 고함 소리에, 소음에, 총성까지 들렸죠. 하지만 까즈비치는 이때 이미 말을 타고 길을 따라 가며 사람들 사이를 이리저리 휘젓고 있었죠. 장검을 휘둘러 사람들을 가까이 못 오게 하면서 말입니다.

'남의 일에 괜히 끼어들었다가는 좋은 꼴을 못 봐요.' 나는 그리고리 알렉산드로비치의 손을 잡고 말했습니다. '여기서 빨리 떠나는 게 낫지 않겠소?'

'어떻게 끝날지 좀 기다려 보도록 하지요.'

'틀림없이 고약하게 끝날 거요. 이 아시아인들은 늘 그렇다니까. 부자를 엄청 들이켰으니 또 칼부림이 난 거지!' 우리는 말에 올라서 집으로 달렸습니다."

"그런데 까즈비치는 어떻게 되었습니까?" 나는 조바심이 나서 이등 대위에게 물었다.

"그런 족속들에게 달리 무슨 일이 일어나겠소!" 그가 찻잔을 비우며 말했다. "미꾸라지처럼 빠져나갔죠!"

"부상을 입지도 않고요?" 내가 물었다.

"그걸 누가 알 수 있겠소! 이 강도들은 강인한 놈들이에요. 예를 들어 전투 중에도 그런 놈들을 몇 놈 본 적이 있는데, 온 몸이 마치 체에 구멍이 난 것처럼 총검에 난자당했건만 그래도 계속 검을 휘둘러대는 겁니다."

이등 대위는 잠시 동안 말이 없더니 발로 땅을 한 번 구르고는 말을 이어갔다.

"한 가지 내가 내 자신을 결코 용서 못 할 일이 있었소. 악마가 날 끌어당겼는지, 요새로 돌아와서는 울타리 뒤에 앉아 내가 들은 얘기를 전부 그리고리 알렉산드로비치에게 해줬지 뭐요. 그는 잠시 웃더군요. ─참 교활한 사람이죠!─자기 속으론 벌써 무슨 일인가를 계획하고 있으면서 말이죠."

"그게 대체 뭔데요? 얘기를 좀 해 주세요."

"뭐, 어쩔 수가 없군요! 일단 이야기를 시작했으니 계속할 수밖에요. 나흘 쯤 후에 아자마트가 요새로 왔습니다. 늘 하던 대로, 녀석은 자기에게 항상 맛난 걸 먹여주는 그리고리 알렉산드로비치에게 들렀습니다. 나도 그 자리에 있었죠. 대화가 말 얘기로 접어들자 뻬초린은 까즈비치의 말을 극구 칭찬하기 시작했습니다. 기가 막히게 날래고 마치 산양같이 아름답다고요. 뭐 그의 말을 듣고 있자니, 그런 말은 정말로 온 세상을 다 뒤져도 없을 것 같더군요.

어린 따따르 녀석의 두 눈이 번쩍거리기 시작했지만 뻬초린은 눈치를 채지 못하는 것 같더군요. 내가 다른 얘기를 꺼내도 얘기를 바로 까즈비치의 말로 다시 돌리더라고요. 이런 일이 아자마트가 올 때마다 계속되었습니다. 한 3주쯤 지나자, 소설 속 인물들이 사랑 때문에 그러는 것처럼, 아자마트의 얼굴이 창백해지고 몸이 바싹 말라가는 것이 내 눈에 띄기 시작하더군요. 참 놀라운 일 아닙니까?

짐작하시겠지만, 내가 그 일의 전모를 알게 된 건 나중에 가서였습니다. 당시 그리고리 알렉산드로비치가 그 애를 어찌나 애타게 만들었던지, 녀석은 물에 뛰어들기라도 할 태세였지요. 한 번은 그가 녀석에게 이런 말을 툭 던졌답니다.

'아자마트, 넌 그 말이 죽을 정도로 마음에 든 모양이구나. 하지만 사람이 자기 뒤통수를 볼 수 없듯이, 너도 그 말을 볼 수가 없는 처지잖아! 자, 말해 봐라, 누가 너한테 그 말을 선물해 준다면 넌 그 사람한테 뭘 주겠니?'

'그가 원하는 건 전부요.' 아자마트가 대답했답니다.

'그렇다면 내가 그 말을 구해다 주마. 단 조건이 있는데…. 맹세해, 그 조건을 이행하겠다고.'

'맹세할 게요…. 당신도 맹세해요!'

'좋다! 맹세코, 너는 그 말을 손에 넣게 될 거다. 단, 너는 그 말을 갖는 대가로 네 누나 벨라를 내게 넘겨줘야 해. 까라교즈가 네게는 벨라의 몸값이 되는 셈이지. 이 정도 거래면 네게도 이익이 될 거라고 보는데.'

아자마트는 말이 없었답니다.

'싫어? 그럼 마음대로 해! 난 네가 사내라고 생각했는데, 아직 어린애로군. 말을 타고 다니기에는 아직 이른 나이이긴 하지….'

아자마트는 얼굴을 확 붉히며 발끈했답니다.

'그런데 우리 아버지는 어떻게 하죠?'

'너의 아버지는 어디 나가는 일도 없다는 거냐?'

'나가긴 하는데….'

'그럼 동의하는 거지?'

'동의해요.' 마치 죽은 사람처럼 창백해져서 아자마트가 중얼거렸답니다. '그럼 언제?'

'바로 다음번에 까즈비치가 여기 올 때야. 그 날 숫양 열 마리를 몰고 오겠다고 약속했거든. 나머지는 내가 알아서 하겠다. 너는 네 일이나 잘 알아서 해, 아자마트!'

그들은 실제로도 일을 이렇게 처리했는데, 사실을 따져보자면, 나쁜 짓이지요! 내가 세월이 흐른 뒤에 뻬초린에게 그렇게 말했더니, 야생의 체르께스 여자는 자기 같은 사랑스러운 남편을 가져야 행복해질 수 있다는 대답만 하더군요. 그들 식으로 보자면, 어쨌든 자기는 그녀의 남편감이지만 까즈비치는 벌을 받아 마땅한 강도 놈에 불과하다는 겁니다. 직접 판단해 보시죠. 내가 어떻게 그런 말에 반박을 할 수가 있었겠습니까? 하지만 당시 난 그들의 음모에 대해서는 아무 것도 몰랐습니다. 한 번은 까즈비치가 와서 양과 꿀이 필요하지 않느냐고 물어보더군요. 그래서 내가 그 다음 날 가져오라고 했죠.

'아자마트!' 그리고리 알렉산드로비치가 말했답니다. '내일 까라교즈가 내 손에 들어온다. 만일 오늘밤에 벨라를 여기 데려다 놓지 않으면 너도 말을 볼 수 없을 줄 알아라.'

'좋아요!' 아자마트는 이렇게 말하고 마을로 말을 달려갔답니다.

저녁 때 그리고리 알렉산드로비치는 무장을 하고 요새 밖으로 나갔습니다. 그들이 그 일을 어떻게 처리했는지는 모르겠지만, 어쨌든 밤이 되자 두 사람은 돌아왔고, 보초병이 본 바로는 손발이 묶이고 머리에는 차도르가 둘러씌워진 여자가 아자마트의 말안장 위에 가로로 누워 있었다더군요."

"그럼 말은요?" 나는 이등 대위에게 물었다.

"잠시만, 잠시만, 천천히 합시다! 다음 날 아침 일찍 까즈비치가 숫양 열 마리를 팔려고 몰고 왔지요. 말을 울타리 옆에 묶어 둔 후 그는 나를 찾아왔습니다. 나는 그에게 차를 대접했습니다. 비록 강도이기는 해도 어쨌든 그는 나의 꾸낙이었으니까요.

우리는 이런저런 이야기를 나누었습니다. 그런데 갑자기 까즈비치가 몸을 부르르 떨더니 안색이 변해서 창문 쪽으로 가더군요. 하지만 불행히도 그 창문은 뒷마당 쪽으로 나 있었죠.

'왜 그래?' 내가 물었습니다.

'내 말이!… 말이!' 그는 온 몸을 떨면서 말했습니다.

실제로 말발굽 소리가 들렸습니다. '아마 어떤 까자크가 온 걸 게야.' 내가 말했습니다.

'아니야! 우루스 야만, 야만![20]' 그는 이렇게 울부짖으며 야생표범처럼 쏜살같이 밖으로 뛰쳐나갔습니다. 두 걸음을 훌쩍 뛰니까 그는 벌써 마당에 나가 있더군요. 요새 정문에서 보초병이 소총으로 그가 가는 길을 가로막았지만, 그는 소총을 뛰어넘은 뒤 길을

---

20) 우루스 야만, 야만(Урус яман, яман): '러시아인들은 나빠, 나빠'라는 뜻.

따라 계속 달려가기 시작했습니다…. 멀리서 먼지가 일고 있었는데, 아자마트가 씩씩한 까라교즈를 타고 달리고 있더군요. 까즈비치는 뛰어가면서 총집에서 소총을 꺼내 발사하고는 잠시 동안 꼼짝 않고 서 있었습니다. 빗나갔다는 것이 확인될 때까지 그렇게 있더군요. 그러더니 날카로운 비명을 지르고서 소총을 바위에다 내리쳐 박살을 내버리고는 땅바닥에 엎어져 아이처럼 흐느껴 울기 시작했습니다…. 사람들이 요새 밖으로 나와 그의 주위에 모여들었지만 그의 눈에는 아무도 들어오지 않았죠. 사람들은 그렇게 잠시 동안 서서 이런저런 말들을 하더니 요새로 돌아가더군요. 나는 그의 곁에 숫양 값을 놓아두라고 명령을 했지만, 그는 그걸 건드리지도 않은 채 죽은 사람처럼 엎어져 있었습니다. 그런 상태로 밤늦게까지, 밤이 새도록 엎어져 있었다면 믿겠습니까? 다음 날 아침이 돼서야 요새로 돌아와서는 말 도둑의 이름을 말해 달라고 부탁하기 시작했습니다. 아자마트가 말을 풀어서 타고 달려가는 걸 본 보초병은 그 사실을 숨길 필요가 없다고 생각했지요. 그 이름을 듣자 까즈비치의 눈이 번쩍이더군요. 그렇게 그는 아자마트의 아버지가 살고 있는 마을로 떠났습니다."

"아자마트의 아버지는 그 와중에 대체 뭘 하고 있었습니까?"

"까즈비치는 그를 발견하지 못했습니다. 참 묘한 일이지만 그는 그 사이 6일 정도 어딘가를 다녀왔는데, 그렇지 않았다면 아자마트가 어떻게 누나를 훔쳐 내 올 수 있었겠습니까?

아버지가 돌아왔을 때는 딸도, 아들도 없었습니다. 참으로 약삭빠른 녀석이라서 아버지에게 걸리면 목이 남아나지 못할 걸 눈치

챘던 거죠. 그래서 그때 이후로는 종적을 감추어 버렸습니다. 아마 어떤 산적 무리에 끼어들어 쩨렉 강이나 꾸반 강 너머에서 난폭한 짓을 하다 죽어 버렸을 겁니다. 그 놈은 그런 꼴이 되어도 싸지요!

인정하지만, 나도 내 몫을 못한 것에 대한 벌로서 힘든 일을 많이 치렀습니다. 나는 체르께스 여인이 그리고리 알렉산드로비치에게 와 있다는 사실을 알게 되자마자, 견장을 붙이고 장검을 챙긴 다음 그에게로 갔습니다. 그는 첫 번째 방의 침대에 누워 있었는데, 한 손으로는 팔베개를 하고 다른 손으로는 불이 꺼져 버린 파이프를 쥐고 있었습니다. 두 번째 방문은 자물통으로 잠겨 있었는데, 자물통에 열쇠는 꽂혀 있지 않았습니다. 나는 이 모든 것을 순간적으로 파악했습니다. 나는 헛기침을 하며 구두 뒤축으로 문지방을 두드렸지만 그는 들리지가 않는 척을 하더군요.

'소위보!' 나는 가능한 한 엄격하게 말했습니다. '내가 온 게 안 보이는 건가?'

'아, 안녕하십니까? 막심 막시므이치! 파이프 한 대 태우시겠어요?' 그가 몸도 일으키지 않고 대답했습니다.

'미안하지만, 나는 막심 막시므이치가 아니라 이등 대위일세.'

'아무럼 어떻습니까. 차 한 잔 하시렵니까? 제가 무슨 걱정 때문에 이리 힘든지 아신다면 아마…!'

'전부 알고 있네.' 나는 침대 쪽으로 다가가며 대답했습니다.

'그렇다면 더 잘됐군요. 전 지금 말할 기분이 아니거든요.'

'소위보, 자네는 나까지 책임을 져야 할지도 모를 잘못을 저질렀네.'

'됐습니다! 이게 무슨 대단한 일이라고요? 사실 우린 오래 전부터 뭐든지 반반씩 해 왔지 않습니까.'

'이게 농담할 일인가? 자네 장검을 내 놓게!'

'미찌까, 장검을 가져와!'

미찌까가 장검을 가져왔습니다. 내 의무를 다하고 난 후, 나는 그의 침대 가에 걸터앉아 말했죠.

'이보게, 그리고리 알렉산드로비치, 이건 좋지 않은 짓이라는 걸 인정하게.'

'뭐가 좋지 않다는 거죠?'

'뭐긴, 물론 자네가 벨라를 훔쳐 데리고 온 것 말이지…. 그 아자마트란 놈도 사기꾼이지만 말이야…! 자 어서 인정하게!' 내가 그에게 말했습니다.

'하지만 그녀가 내 맘에 든다면요?'

자, 이렇게 말하니 내가 뭐라고 대답해야겠습니까? 말문이 막히더군요. 하지만 잠시 침묵한 뒤에, 만일 아버지가 요구한다면 그녀를 돌려줘야 한다고 말했죠.

'그럴 필요는 전혀 없어요.'

'아니, 딸이 여기 있다는 걸 알게 될 텐데?'

'어떻게 알게 된다는 겁니까?'

나는 또 다시 말문이 막혔습니다.

'들어보세요, 막심 막시므이치.' 뻬초린이 몸을 일으키며 말했습니다. '당신은 선량한 분이라서 그런 말씀을 하시는 거겠죠. 하지만 그 야만인에게 딸을 돌려주면 그는 딸을 베어죽이거나 팔아버릴 겁니다. 일은 이미 저질러진 거니, 괜히 더 나서서 망칠 필요는 없어요. 그 여자는 내게 맡겨 놓으시고, 내 장검은 당신 댁에 두세요…'

'그럼 그녀를 한 번 보여주게.' 내가 말했습니다.

'저 문 뒤에 있습니다. 사실 나도 오늘 그녀를 보려했지만 허사가 되었죠. 베일로 몸을 감싼 채 구석에 앉아서는 말을 하려고도, 쳐다보려고도 하지 않아요. 야생 산양처럼 겁이 많더군요. 나는 따따르 말을 할 줄 아는 선술집 여주인을 고용했습니다. 그 여자가 그녀를 돌봐주고 그녀가 나의 것이라는 생각에 익숙해지도록 가르쳐 줄 겁니다. 그녀는 나 말고는 다른 누구에게도 속하지 않게 될 테니까 말이죠.' 주먹으로 탁자를 치면서 그가 이렇게 덧붙였습니다. 나는 그 말에도 동의했습니다. 어떻게 해야 했다고 생각하십니까? 반드시 동의하게끔 되어 버리는 그런 사람들이 있더라고요."

"그래서 어떻게 됐나요?" 내가 막심 막시므이치에게 물었다.

"그가 정말로 그녀로 하여금 그에게 익숙해지도록 만들었나요? 아니면 포로가 된 상태의 그녀가 고향에 대한 그리움 때문에 시들어갔나요?"

"무슨 말씀을, 고향에 대한 그리움이라니요! 요새에서도 고향 마을에서 보이는 것과 똑같은 산들이 보입니다. 이 야만인들에게는 그것으로 충분하답니다. 더구나 그리고리 알렉산드로비치는 매일 그녀에게 뭔가 선물을 안겨 주었지요. 처음 며칠간은 그녀가 말없이 오만한 태도로 선물들을 밀쳐 내더군요. 그럼 그 선물들은 선술집 여주인 차지가 되었고 그 바람에 그 여자만 찬탄의 말을 쏟아내게 되었죠. 아, 선물이란 참! 여자가 알록달록한 천 조각을 얻기 위해서라면 뭐든 못할까…! 근데 얘기가 옆길로 샜군요…. 그리고리 알렉산드로비치는 오랫동안 그녀와 씨름을 했습니다. 그러는 사이에 그는 따따르어를 배웠고, 그녀도 우리말을 이해하기 시작했습니다. 그녀는 그를 쳐다보는 것에 조금씩 익숙해져 갔지요. 처음에는 고개를 숙인 채 살짝 치켜뜨고 보거나 곁눈질로 흘끔흘끔 보았는데, 그러면서도 여전히 슬픈 표정이었고 나지막하게 자기들 노래를 흥얼거리곤 했지요. 옆방에서 그녀의 노래를 들을 때면 나도 슬퍼지곤 했지요. 한 장면은 결코 잊지 못할 겁니다. 옆을 지나가다가 창문 안을 슬쩍 들여다보았는데, 벨라가 가슴 쪽으로 고개를 수그린 채 침대에 앉아 있었고 그리고리 알렉산드로비치는 그녀 앞에 서 있었습니다.

'나의 요정, 내 말을 들어 봐.' 그가 말하더군요.

'너는 조만간 내 것이 될 수밖에 없다는 사실을 알고 있잖아. 그런데도 대체 왜 날 괴롭히기만 하는 거지? 좋아하는 체첸 남자라도 있는 거야? 그렇다면 지금 당장 집으로 놓아 보내줄게.'

그녀는 보일락 말락 몸을 떨더니 고개를 가로저었습니다. 그가 말을 이어갔습니다.

'그렇지 않다면 내가 끔찍이 싫은 거야?'

그녀가 한숨을 쉬었습니다.

'아니면 너의 종교가 나를 사랑하는 것을 금하는 건가?'

그녀는 얼굴이 창백해지더니 말이 없었습니다.

'내 말을 믿어. 알라신은 모든 종족에게 다 똑같아. 만일 그분이 나에게 너를 사랑하는 것을 허락한다면, 네가 내 사랑에 답하는 건

왜 금지하겠어?'

그녀는 이 새로운 생각에 깜짝 놀라기라도 한 듯 그의 얼굴을 뚫어지게 쳐다보았습니다. 그녀의 두 눈에 미심쩍어하는 마음과 믿고 싶은 소망이 함께 떠올랐습니다. 그 눈들은 정말! 흡사 두 개의 석탄 덩어리처럼 번쩍거리더군요.

'들어봐, 귀엽고 착한 벨라!' 뻬초린은 말을 이어갔습니다. '내가 너를 얼마나 사랑하는지 알잖아. 너를 즐겁게 해 주기 위해서라면 모든 걸 다 내어놓을 준비가 되어 있어. 나는 네가 행복하기를 바란단 말이야. 만일 네가 또 슬퍼하면 난 죽어 버릴 거야. 말해 줘, 명랑해질 거지?'

그녀는 뻬초린에게서 자신의 검은 눈을 떼지 않고 잠시 생각에 잠겼다가 상냥하게 미소를 짓고는 동의의 표시로 고개를 끄덕였습니다. 그는 그녀의 손을 잡고는 키스해 달라고 설득하기 시작했습니다. 하지만 그녀는 미약하게 몸을 방어하면서 '제발, 제발, 안 돼요. 안 돼요.'라는 말만 반복할 뿐이었습니다. 그가 자기 뜻을 꺾지 않으려 하자 그녀는 몸을 떨더니 울음을 터뜨렸습니다.

'나는 당신의 포로예요.' 그녀가 말했습니다. '당신의 노예에요. 당신은 물론 나에게 강요할 수 있어요.' 그러고는 또 눈물이었습니다.

그리고리 알렉산드로비치는 주먹으로 자기 이마를 치더니 다른 방으로 뛰쳐나가 버렸습니다. 나는 그에게 들렀죠. 그는 팔짱을 낀 채 침울한 표정으로 앞뒤로 서성이고 있더군요.

'이보게, 왜 그러나?' 내가 그에게 말했습니다.

'악마에요. 여자가 아니라고요!' 그가 대답했습니다. '단, 저 여자

가 내 것이 될 것이라는 점은 맹세할 수 있습니다…'

나는 고개를 가로저었습니다.

'내기할까요?' 그가 말했습니다. '1주일이면 됩니다!'

'그렇게 하지!'

우리는 합의를 하고 헤어졌습니다.

이튿날 그는 당장 여러 가지 물건을 사오라며 급사를 끼즐랴르로 보냈습니다. 다 셀 수도 없을 만큼 많은 수의 페르시아 옷감들이 실어져 왔죠.

'어떻게 생각하십니까? 막심 막시므이치.' 선물들을 보여주며 그가 나에게 말했습니다. '아시아 미녀가 이런 선물 무더기에 굴복하지 않을 수 있을까요?'

'체르께스 여자들을 잘 모르는군.' 내가 대답했습니다. '그들은 그루지야 여자들이나 까프까스 너머 따따르 여자들과는 전혀 다르네, 전혀 다르고말고. 그들에겐 자기들만의 원칙이 있어. 교육받은 게 다르거든.'

그리고리 알렉산드로비치는 미소를 짓고는 휘파람으로 행진곡을 흥얼거리기 시작했습니다.

하지만 내가 옳았다는 것이 드러났죠. 선물들은 절반의 효과만 나타냈습니다. 그녀는 좀 더 상냥해지고 좀 더 신뢰감을 보이긴 했지만, 그게 다였어요. 그래서 그는 최후의 방법을 쓰기로 작정을 했습니다. 어느 날 아침 그는 말에 안장을 얹으라고 지시를 하고는 체르께스 식으로 차려입고 무장을 한 뒤 그녀의 방으로 들어갔습니다.

'벨라!' 그가 말했습니다. '내가 널 얼마나 사랑하는지 넌 알고 있을 거야. 나를 제대로 알게 되면 날 사랑하게 될 거라고 생각했기에 널 빼내 올 결심을 했던 거야. 내가 실수했던 거지. 잘 있어! 내 물건을 전부 가지고 여기 남아. 원한다면 아버지에게 돌아가도 돼. 넌 이제 자유의 몸이야. 난 네게 죄를 지었으니까 내 자신을 벌해야만 해. 잘 있어, 난 간다. 어디로 가냐고? 내가 그걸 어떻게 알겠어? 아마 총알이나 검의 일격에 쓰러지기 전까지 얼마간 그걸 쫓아다니게 되겠지. 그렇게 되면 나를 기억해 주고 또 용서해 줘.'

그는 돌아서서 작별 인사를 위해 그녀에게 손을 내밀었습니다. 그녀는 손을 잡지도, 말을 하지도 못했습니다. 문 뒤에 서 있던 나는 문틈으로 그녀의 얼굴을 살펴 볼 수 있었는데, 참 불쌍해지더군요. 그 사랑스러운 얼굴에 죽음과 같은 창백함이 드리우더란 말입니다! 대답도 듣지 않고 뻬초린은 문 쪽으로 몇 걸음을 떼었습니다. 그는 몸을 떨고 있었는데, 당신한테 이런 말까지 해도 될지는 모르겠지만, 그는 농담 삼아 했던 말을 정말로 실행에 옮길 것 같더라고요. 그는 원래 그런 사람이었어요. 누가 그를 알겠습니까! 그런데 그가 문에 손을 대기가 무섭게 그녀가 벌떡 일어나 흐느껴 울며 뛰어가더니 그의 목에 매달리는 것이었습니다. 믿을 수 있겠습니까? 나도 문 뒤에 서서 울었습니다. 아, 그러니까, 울었다는 게 아니라 뭐 그냥, 에이 괜히 바보 같은 소리를!"

이등 대위는 입을 다물었다.

"예, 고백하자면", 조금 후에 그는 콧수염을 만지작거리며 말했다. "내겐 그처럼 사랑해 주는 여자가 한 명도 없었다는 사실이 애석했던 겁니다."

"그래서 그들의 행복은 지속되었나요?" 내가 물었다.

"예, 그녀가 고백하더군요. 뻬초린을 처음 본 날부터 그가 꿈속에 자주 나타났었고, 자기에게 그토록 강렬한 인상을 준 남자는 한 명도 없었다고요. 예, 그들은 행복했습니다."

"거 참 따분하네요!" 나는 나도 모르게 외쳤다. 정말이지 나는 비극적인 결말을 기대했는데, 갑자기 그토록 예기치 않게 나의 희망이 기만되었던 것이다! 나는 말을 이어갔다.

"그런데 아버지는 딸이 당신들 요새에 있다는 사실을 정말로 짐작하지 못했던 겁니까?"

"의심을 했던 것 같기는 합니다. 며칠 뒤 우리는 노인이 살해당했다는 걸 알게 되었습니다. 일은 다음과 같이 벌어진 거죠."

나의 주의력이 다시 살아났다.

"말해 둬야 할 것은, 까즈비치는 아자마트가 자기 아버지의 동의를 얻어 말을 훔쳤을 거라고 상상했다는 점입니다. 적어도 나는 그렇게 봅니다. 그래서 그는 어느 날 마을에서 3베르스따 쯤 떨어진 길가에서 대기하고 있었죠. 노인은 딸을 찾으러 나갔다가 허탕을 치고 돌아오는 길이었습니다. 그가 부리는 사람들은 뒤에 처져서 오고 있었습니다. 황혼 무렵이었습니다. 그는 생각에 잠겨 천천히 말을 몰고 있었는데, 갑자기 까즈비치가 고양이처럼 관목 뒤에서 뛰어나와 뒤쪽으로부터 그의 말 위에 올라타더니 단검을 휘둘러 한 칼에 그를 땅바닥에 내던져 버리고는 말고삐를 움켜잡았습니다. 그가 부리는 사람들 중 몇 명이 이 모든 광경을 언덕배기에서 보았고 까즈비치를 잡으러 쫓아갔지만 따라잡지는 못했지요."

"말을 잃은 것에 대해 그런 식으로 보상을 하려 했군요. 동시에 복수도 한 거구요." 나는 대화 상대자의 의견을 끌어내기 위해 이렇게 말했다.

"물론이지요. 그들 식으로 보자면 그는 전적으로 옳았습니다." 이등 대위가 말했다.

이 종족들 사이에 섞여 살게 된 이 러시아인이 저들의 풍습에 적응하는 능력이 나를 깜짝 놀라게 했다. 이런 정신적 특성이 비난받아야 하는 것인지, 아니면 칭찬 받아야 하는 것인지는 잘 모르겠다. 단, 그런 특성은 그것이 엄청나게 유연하다는 사실과 그 속에 명료한 상식이 존재한다는 사실을 입증해 준다. 이 상식은 악이 필수불가결하거나 그것을 없애는 것이 불가능한 곳이라면 어디에서든 악을 용서하는 것이다.

그러는 사이에 차를 다 마셨다. 오래 전부터 마구를 달아서 세워둔 말들이 눈 속에서 와들와들 떨고 있었다. 서쪽 하늘에서는 창백한 색깔의 달이 갈기갈기 찢어진 커튼 조각처럼 멀리 산꼭대기에 걸려 있는 검은 먹구름들 속으로 잠겨 들어가려 하고 있었다. 우리는 오두막에서 나왔다. 나의 동반자의 예견과는 달리 날씨는 맑아져서 평온한 아침을 약속해 주고 있었다. 별들은 군무를 추듯 황홀한 무늬를 만들어내며 저 멀리 지평선에서 서로 뒤엉키고 있다가, 동녘의 약간 창백한 반사광이 짙은 보랏빛의 반원형 하늘에 퍼져감에 따라, 순결한 눈으로 덮인 산들의 가파른 경사면을 차츰차츰 비추어 가며 하나둘씩 꺼져 갔다. 음울하고 신비스러운 낭떠러지들은 좌우에서 거무스름해져 갔고, 안개는 흡사 날이 밝아오는 것에 겁을 집어먹은 듯 뱀처럼 몸을 꼬고 꿈틀거리며 이웃한 절벽의 주름을 따라 저쪽으로 기어 내려갔다.

아침 기도를 드릴 때의 사람의 마음속처럼 하늘과 땅의 모든 것이 고요했다. 단지 가끔씩 서늘한 바람이 동쪽에서부터 불어와 서리에 덮인 말갈기를 살짝 들어올리고 있을 뿐이었다. 우리는 길을 떠났다. 다섯 마리의 여위고 부실한 말들이 구드 산을 향해 난 구불구불한 길을 따라 우리의 짐마차를 힘겹게 끌고 갔다. 우리는 뒤따라 걸어가면서 말들이 힘겨워할 때마다 바퀴 밑에 돌을 받쳐 주었다. 길은 마치 하늘로 연결되는 것만 같은 느낌이었다. 왜냐하면 길은 눈으로 분간할 수 있는 데까지 계속 올라가다가 결국은, 먹잇감을 기다리는 매처럼 구드 산의 꼭대기에서 저녁때부터 휴식을 취하고 있던 구름들 속으로 사라져 버렸기 때문이다. 발밑에서 눈이 사각거렸다. 공기가 너무 희박해져서 숨 쉬는 것도 고통스러웠고 피가 매 순간 머리로 쏠렸다. 그러나 이 모든 것에도 불구하고 어떤 행복한 감정이 내 모든 혈관들을 타고 퍼져 나갔고, 나는 세상 위이렇게 높은 곳에 서 있다는 사실이 어쩐지 즐거웠다. 이런 것이 어린애 같은 감정이라 해도 뭐라 할 순 없지만, 사회 속 환경으로부터 멀어져 자연에 가까이 가면 우리는 자신도 모르게 어린아이가 된다. 그때까지 획득한 모든 것이 영혼으로부터 떨어져 나가고, 영혼은 과거 언젠가 그랬고 또 앞으로도 언젠가는 또 다시 그렇게 될 것이 분명한 상태로 변해 버린다. 나처럼 황량한 산들을 돌아다니며 아주 오래도록 그 신비한 형상을 들여다보고 계곡에 넘쳐흐르는 생기 넘치는 공기를 탐욕스럽게 들여 마셔본 적이 있는 사람이라면, 이 마법과 같은 광경을 전달해 주고 이야기해 주고 그려 보이고 싶어 하는 나의 소망을 이해할 것이다.

마침내 우리는 구드 산 정상에 올라 멈추어 서서 주위를 둘러보았다. 바로 위에는 회색 구름이 걸려 있었는데, 그 차가운 숨결은 곧 폭풍우가 닥쳐올 거라고 위협하고 있었다. 하지만 동쪽에는 모든 것이 너무나 맑고 황금빛이어서, 우리, 즉 나와 이등 대위는 회색 구름에 대해서는 까맣게 잊어버렸다…. 그랬다. 이등 대위도 그랬다. 자연의 아름다움과 위대함에 대한 감정은 우리처럼 말과 종이를 통해 열광하며 이야기하는 사람들보다는 단순한 사람들의 마음속에서 백배는 더 강하고 생생하게 느껴지는 법이다.

"당신은 이런 장엄한 광경에 익숙해지셨을 것 같은데요?" 내가 그에게 말했다.

"그렇습니다. 총탄이 휙 날아가는 소리에도 익숙해질 수 있지요. 다시 말해, 자기도 모르게 심장은 두근거리지만, 그걸 숨기는 데도 익숙해질 수 있다는 겁니다."

"반대로, 저는 어떤 노병들에게는 총탄 날아가는 소리가 유쾌한 음악처럼 들린다는 말을 들은 적이 있습니다."

"물론, 원하신다면 유쾌하다는 표현을 쓸 수도 있겠죠. 다만, 어쨌거나 그 소리로 인해 심장이 더 강하게 고동칠 수 있기 때문에 유쾌할 수 있는 겁니다. 보세요!" 그가 동쪽을 가리키며 덧붙였다. "얼마나 멋진 곳입니까!"

정말로 이런 전경을 내가 다른 어디에서 또 볼 수 있으랴. 아라그바 강과 다른 작은 강이 두 가닥 은실처럼 가로지르고 있는 꼬이샤우르 계곡이 우리 밑에 있었다. 푸르스름한 안개가 그 계곡을 따라 미끄러지듯 흐르면서 아침 햇살에 쫓겨 이웃한 협곡으로 도망쳐가고 있었다. 좌우로는 높이를 다투는 듯한 두 개의 산마루가 눈과 관목에 덮인 채 서로 가로지르며 길게 뻗어 있었다. 멀리에서도 그와 같은 산들이, 하다못해 절벽 두 개라도 서로 닮은 산들이 있었다. 그리고 모든 눈이 붉은 빛 광채를 발하며 너무나 밝게, 너무나 선명하게 타 올랐기 때문에 여기 남아 영원히 살고 싶은 마음이 들었다. 익숙한 사람만이 비구름과 구분할 수 있을 법한 검푸른 산 뒤로부터 태양이 살짝 모습을 드러냈다. 그런데 그 태양 위쪽으로 핏빛 줄무늬들이 보이자 나의 동행인은 그것에 특별히 주목했다.

"내가 말했죠. 오늘 날씨가 나쁠 거라고." 그가 소리쳤다. "서둘러야 해요. 안 그러면 아마 끄레스또프 산에서 악천후를 만나게 될 겁니다. 출발해!" 그가 마부들에게 소리쳤다.

미끄러지지 않도록 브레이크 대용으로 바퀴 밑에 쇠사슬을 두르고 말들에게는 재갈을 물려 붙잡고는 우리는 밑으로 내려가기 시작했다. 오른쪽은 바위 절벽이고 왼쪽은 깊은 낭떠러지라서 그 밑바닥에 사는 오세트인들의 마을 전체가 제비 둥지처럼 보였다. 두 짐마차가 서로 비켜갈 수도 없는 이 길을 깊은 밤에 어느 파발꾼이 흔들거리는 마차에서 내릴 생각도 하지 않고 1년에 열 번 쯤 지나다닌다고 생각하니 나는 전율이 일었다. 우리의 마부들 중 한 명은 야로슬라블 출신의 러시아 농부였고, 다른 한 명은 오세트인이었다. 오세트인 마부는 앞쪽 말들을 미리 풀어 준 후 가운데 말의 고삐를 잡아채는 등 가능한 한 최고로 조심을 했지만, 우리의 천하 태평한 러시아인은 마부석에서 내리지도 않았다! 내 여행 가방이 굴러 떨어지더라도 난 저 깊은 아래로 그걸 가지러 내려갈 생각이 전혀 없으니 그 가방에라도 신경을 좀 써달라고 그에게 한 마디 하자 그는 이렇게 대답했다.

"에이, 나리, 별 말씀을! 하나님의 도움으로 우린 다른 사람들 못지않게 잘 도착할 겁니다. 초행길도 아닌 데요, 뭐."

그가 옳았다. 분명히 목적지까지 못 갈 것 같더니만 어쨌건 도착했다. 만일 사람들이 조금만 더 생각해 본다면, 인생이란 그렇게 많이 걱정할 만한 것이 아님을 모두들 확신하게 될 것이다….

하지만 아마도 여러분은 벨라 이야기의 결말을 알고 싶을 것이다. 그런데, 첫째로, 나는 소설이 아니라 여행기를 쓰고 있다. 따라서 이등 대위가 실제로 이야기를 시작하기 전에 내가 먼저 이야기를 해달라고 강요할 수는 없는 노릇이다. 그러니 기다려 달라. 혹은 원한다면 몇 쪽을 넘겨보시라. 단, 나는 그러라고 권하고 싶지는 않다. 왜냐하면 끄레스또프 산(혹은 학자 강바가 부르는 대로 성 크리스토프 산[21])을 넘어가는 일은 여러분의 호기심을 끌 가치가 있기 때문이다. 자, 그리하여 우리는 구드 산에서 체르또바 계곡으로 내려가고 있었다… 참으로 낭만적인 이름이다! 여러분은 이미 접근조차 힘든 암벽

---

21) 자크 프랑수아 강바(Jacques Francois Ganba, 1763~1833)는 그루지야에 파견된 프랑스 외교관이며 동시에 여행가이기도 했다. 그는 1826년에 끄레스또프 산(Крестовая гора)에 와 본 후 감명을 받았고, 지역민들로부터 들은 산 명칭과 비슷한 성인(聖人) 크리스토프의 이름을 따 이 산에 성 크리스토프 산(Le Mont St. Christophe)이라는 자기 나름의 명칭을 붙였다. 그는 러시아어 끄레스트(крест)가 '십자가'라는 뜻임을 몰랐기에 그것으로부터 나온 산 이름 끄레스또프(крестов)를 사람 이름으로 음차(音借)하는 실수를 저질렀던 것이다.

사이에 있는 사악한 정령의 둥지를 머릿속에 그려보고 계실 것이다. 하지만 그건 빗나간 생각이다. 체르또바 계곡(Чертова долина)의 이름은 '초르뜨(чёрт)'22)가 아니라 '체르따(черта)'23)에서 나왔으며, 그것은 여기에 과거 언젠가 그루지야의 국경선이 있었기 때문이다. 이 계곡은 사라또프, 땀보프, 그리고 그 외 등등의 우리 조국의 사랑스러운 장소들을 꽤 생생하게 연상시키는 눈 더미들로 덮여 있었다.

"드디어 끄레스또프 산이로군요!" 체르또바 계곡으로 내려갔을 때 이등 대위가 눈의 장막으로 뒤덮인 언덕을 가리키며 말했다. 산 꼭대기에는 거무스름한 색의 돌 십자가가 있었고 그 옆으로는 간신히 눈에 띄는 길이 나 있었는데, 그것은 그 옆 쪽 길이 눈으로 뒤덮였을 때만 지나다니는 길이었다. 우리 마부들은 아직 눈사태는 없었다고 말하고는, 말들을 조심스럽게 다루면서 길을 빙 둘러 우리를 데려갔다. 길모퉁이를 돌아가다가 우리는 다섯 명쯤 되는 오세트인들과 마주쳤다. 그들은 우리를 도와주겠다고 말한 뒤 마차 바퀴에 들러붙어 비명을 지르면서 우리의 짐마차를 끌어당기고 받쳐주기 시작했다. 길은 정말로 위험했다. 우리 머리 위 오른쪽으로는 바람이 한 번 휙 불기만 해도 협곡으로 떨어져 내릴 것만 같은 눈덩이가 매달려 있었다. 비좁은 길은 군데군데 눈으로 덮여 있었는데, 어떤 곳은 발밑이 푹푹 꺼졌고 다른 곳은 낮의 햇빛과 밤의 혹한의 작용으로 인해 얼음으로 변해 있었기에 우리 자신도 간신히 지나갈

---

22) '악마'라는 의미.
23) '선' 혹은 '경계선'이라는 의미.

수 있었다. 말들도 넘어졌다. 왼쪽에는 깊은 협곡이 입을 크게 벌리고 있었는데, 거기서는 급류가 얼음장 밑에 숨었다가 또 어떤 곳에서는 검은 돌에 부딪혀 물거품을 튕겨내기도 하면서 콸콸 흘러가고 있었다. 우리는 두 시간 만에 끄레스또프 산을 간신히 다 돌아갈 수 있었다. 2베르스따를 두 시간이나 걸려 간 것이다! 그러는 사이에 먹구름이 깔리고 우박과 눈이 쏟아졌다. 바람이 협곡 속으로 파고들면서 솔로베이-강도24)처럼 포효하고 휙휙 소리를 냈다. 동쪽으로부터 점점 더 자욱하고 빽빽하게 밀려오는 안개의 파도 속으로 돌 십자가가 자취를 감추었다…. 곁들여 하는 얘기인데, 이 십자가에는 이상하지만 널리 알려진 전설이 존재한다. 이 십자가를 까프까스를 지나가던 뾰뜨르 1세가 세웠다는 것이다. 하지만 첫째, 뾰뜨르는 다게스딴에만 다녀갔었고, 둘째, 십자가에는 그것이 예르몰로프 장군의 명령에 의해, 그것도 1824년에 세워졌다는 것까지 큰 글자로 씌어 있다. 하지만 이러한 비문(碑文)에도 불구하고 전설이 뿌리를 내렸기에 사실 어떤 말을 믿어야 할지는 알 수가 없다. 더욱이 우리가 비문을 믿는 데 익숙하지도 않은 바에야.

꼬비 역에 도달하려면 얼음 덮인 암석과 질척거리는 눈길을 따라 5베르스따 정도를 더 내려가야 했다. 말들은 기진맥진했고 우리는 오들오들 떨었다. 눈보라는 마치 우리의 고국, 저 북쪽의 눈보라처

---

24) 솔로베이-강도(Соловей-разбойник): 동슬라브족의 설화와 영웅담에 등장하는 악한으로서 우리말로는 '꾀꼬리-강도'가 된다. 인간의 모습을 하고 있거나 혹은 새의 날개가 달린 신비한 생명체의 모습을 하고 있다. 꾀꼬리 소리와 비슷하면서도 아주 높은 톤의 휘파람 소리를 냄으로써 적을 물리치거나 죽이기까지 한다는 존재이다.

럼 점점 더 세게 몰아쳤다. 다만 그 거친 선율은 더 슬프고 처량했
다. 나는 생각했다. '그대, 추방된 눈보라여. 너의 광활하고 풍요로
운 초원이 생각나 너도 울고 있구나! 그곳에는 너의 차가운 날개를
펼칠 곳이 있겠지만, 비명을 지르며 새장의 쇠창살에 몸을 부딪치
는 독수리처럼 이곳은 네게 숨이 막히고 갑갑하겠구나.'

"상황이 좋지 않네요!" 이등 대위가 말했다. "보시오. 주위로 아무
것도 보이지가 않습니다. 안개와 눈뿐이에요. 아차하면 낭떠러지로
떨어지거나 옴짝달싹 못할 곳에 갇히게 될 수도 있어요. 저 아래
바이다라(Байдара) 강도 물결이 높아져서 건널 수가 없겠어요. 이
놈의 아시아는 정말! 사람이건 강이건 도무지 믿을 수가 없다니까!"

마부들이 소리를 지르고 욕설을 퍼부으며 말들을 후려쳤지만, 채
찍이 뿜어내는 온갖 소리에도 불구하고 말들은 힝힝거리고 버티면
서 절대로 그 자리에서 움직이려 들지 않았다.

마침내 한 명이 말했다.

"나리, 오늘 꼬비(Коби)까지 가기는 힘들겠습니다요. 아직 괜찮
을 동안 왼쪽으로 방향을 틀라고 명하시면 안 될까요? 저기 산비탈
에 뭔가 거무스름한 게 보이는데, 아마 오두막들일 겁니다. 날씨가
나쁠 땐 통행자들이 늘 저기 머물곤 합니다요. 저들도 보드카 값이
나 좀 쥐어주면 저리로 안내하겠다고 말하네요." 그가 오세트인을
가리키며 덧붙였다.

"이 봐, 알고 있어, 자네가 말 안 해도 알고 있다고!" 이등 대위가
말했다. "저런 교활한 놈들! 보드카 값 뜯어내려고 핑계거리 잡는
데 신이 났구먼."

"그래도 인정할 건 인정하셔야죠." 내가 말했다. "저들이 없었다면 우리 상황이 더 나빠졌을 겁니다."

"항상 이런 식이에요. 항상 이런 식." 그가 투덜거렸다. "이 길잡이 놈들은 정말! 자기들이 없으면 길도 찾을 수 없다는 식으로 해서 사람들을 등쳐먹을 기회는 귀신같이 안다니까요."

그리하여 우리는 왼쪽으로 돌아 많은 어려움 끝에 이럭저럭 초라한 피난처에 도달했는데, 그것은 석판들과 큼지막한 둥근 돌들로 지어졌고 벽도 같은 재료로 둘러친 두 개의 오두막이었다. 누더기를 걸친 주인들이 우리를 반갑게 맞아주었다. 폭풍우에 발이 묶인 여행객들을 받아주는 조건으로 정부가 그들에게 돈을 지불하고 식량도 준다는 사실을 나는 나중에 알게 되었다.

"다 잘 되어 가는군요." 불가에 앉은 후 내가 말했다. "이제 벨라에 대한 얘기를 마저 해 주시죠. 그렇게 끝나지는 않았을 거란 확신이 드는데요."

"어째서 그렇게 확신하는 겁니까?" 이등 대위가 능글맞은 미소와 함께 눈을 찡긋하며 대꾸했다.

"세상일이란 그렇게 되어 가지 않으니까요. 평범하지 않게 시작된 일은 평범하지 않게 끝나기 마련이지요."

"잘 맞혔소…."

"아주 기쁜데요."

"당신이야 기뻐서 좋겠지만, 사실 난 그 일을 떠올리면 많이 슬퍼집니다. 멋진 소녀였지요. 그 벨라 말입니다! 나도 나중에 가서는 그녀가 친딸인 것처럼 익숙해졌고, 그녀도 나를 사랑해 주었지요.

말해둬야 할 건, 난 가족이 없습니다. 부모님 소식은 벌써 12년이다 되도록 못 들었습니다. 아내를 맞이할 생각은 예전엔 미처 하지도 못했는데, 보시다시피 지금은 그런 게 어울릴 나이는 지났죠. 그래서 내가 응석을 받아줄 사람을 찾은 게 기쁘기도 했습니다. 그녀는 우리에게 노래를 불러주거나 레즈긴까 춤을 춰주기도 했지요…. 어찌나 춤을 잘 추던지! 나는 우리 현의 지체 높은 집안 아가씨들도 보았고 20년 전 쯤에는 모스크바의 상류사회 모임에도 가 보았지만, 그들이 어디 벨라에 비하겠소! 벨라는 그들과는 전혀 달라요…! 그리고리 알렉산드로비치는 그녀를 인형처럼 입히고, 보살피고, 예뻐해 주었지요. 그녀도 우리와 함께 있으면서 어찌나 예뻐졌는지 기적 같았습니다. 얼굴과 손에 있던 햇볕에 그을린 자국이 사라지고 두 뺨에는 발그스름한 색조가 감돌았지요. 또 어찌나 명랑한지 그 장난꾸러기는 늘 날 골려먹곤 했지요…. 하나님이 그녀를 용서하시기를…!"

"아버지의 죽음에 대해 알려주니까 어떻게 하던가요?"

"우리는 그녀가 자기 처지에 익숙해질 때까지 오랫동안 그 사실을 숨겼습니다. 그러다가 얘기를 해 주었더니 한 이틀 정도 울다가 그 다음엔 잊어버리더군요.

넉 달 정도는 모든 것이 더할 나위 없이 잘 흘러갔습니다. 이미 말한 것 같은데, 그리고리 알렉산드로비치는 사냥을 끔찍이도 좋아했습니다. 호기가 솟구쳐 멧돼지나 염소를 잡으러 숲으로 가는 일이 잦았었는데, 그 넉 달 간은 요새 담장 밖으로 나가는 일도 드물었죠.

그런데 한 번은 보니까, 그가 다시 생각에 잠기기 시작했고 뒷짐을 진채 방 안을 서성거리더군요. 그러더니 한 번은 아무에게도 말하지 않고 사냥을 떠났습니다. 오전 내내 모습을 감추었죠. 한 번두 번 그러더니 그런 일이 점점 잦아졌습니다…. '좋지 않은데. 둘사이로 검은 고양이가 지나간 게 틀림없어.'[25] 난 이렇게 생각했죠.

어느 날 아침 내가 그들의 거처에 들렀습니다. 지금도 그때 장면이눈에 선하군요. 벨라는 검은 비단 베쉬메트를 입고 침대에 앉아 있었는데, 얼굴이 파리하고 아주 슬퍼 보여서 깜짝 놀랐습니다.

'뻬초린은 어디 있지?' 내가 물었습니다.

'사냥 갔어요.'

'오늘 나갔나?'

그녀는 말하기가 거북한 듯 침묵했습니다.

'아니요, 어제요.' 마침내 그녀가 힘겹게 한숨을 쉬며 대답했습니다.

'혹시 무슨 일이 생긴 건 아닐까?'

'나도 어제 하루 종일 생각해 봤어요.' 그녀가 눈물에 젖은 채 대답했습니다. '이런저런 불행한 일만 생각이 나는 거예요. 야생 멧돼지한테 다친 건 아닐까 생각도 들고, 체첸 사람이 산으로 끌고 간건 아닐까 싶기도 하고…. 하지만 지금은 그가 날 사랑하지 않는것 같다는 생각이 들어요.'

'얘야, 넌 정말 제일 나쁜 쪽으로만 생각하는구나!'

내 말을 듣고 그녀는 울기 시작했지만, 얼마 후에 오만하게 고개를 들고 눈물을 훔치더니 말을 계속했습니다.

---

25) 러시아어에서 '~ (사람) 사이로 검은 고양이가 지나갔다'라는 말은 그 사람들 간의 관계가
예기치 않게 나빠졌음을 의미하는 관용적 표현이다.

'만일 그 사람이 날 사랑하지 않는다면, 날 그냥 집으로 돌려보내면 되잖아요? 난 그 사람에게 강요하지 않아요. 계속 이런 식이 될 거라면 나 스스로 떠나겠어요. 난 그 사람의 노예가 아니에요. 난 족장의 딸이라고요…!'

나는 그녀를 설득하기 시작했습니다.

'내 말 좀 들어봐, 벨라. 그가 너의 치맛자락에 꿰매 붙여진 것처럼 평생 이곳에 앉아 있을 수는 없는 노릇이잖아. 그는 젊은 사람이고 들짐승을 쫓아다니는 걸 좋아해. 좀 돌아다니다가 돌아오곤 하는 일이 다반사일 거야. 그런데도 네가 슬픈 표정을 지으면 그가 곧 널 지겨워하게 될 거야.'

'맞아요, 맞아요!' 그녀가 대답했습니다. '나 명랑해질 거예요.'

그러고는 깔깔 웃으며 자신의 부벤[26]을 잡더니 노래를 부르고 춤을 추고 내 주위를 팔짝팔짝 뛰어다니기 시작했습니다. 다만 그것도 오래 가지는 못했습니다. 그녀는 또다시 침대에 쓰러져 얼굴을 양손으로 가렸습니다.

내가 그녀에게 뭘 해 줄 수 있었겠습니까? 난 여자를 상대해 본 적이 없었거든요. 그녀를 어떻게 위로할까 생각하고 또 생각을 해 봐도 떠오르는 게 아무 것도 없었습니다. 우리는 한동안 말없이 있었습니다…. 정말 난처한 상황이었지요!

마침내 내가 그녀에게 말했습니다. '어때, 성벽으로 산책이나 하러 갈까? 날씨가 참 좋아!' 그때는 9월이었고, 화창하고 덥지도 않은

---

26) 부벤(бубен): 지금의 탬버린과 비슷한 악기로서 두드리는 면은 대개 가죽으로 만들어지고 가장자리에 소리를 내기 위한 방울이 달려 있다.

정말 기가 막힌 날이었습니다. 모든 산들이 마치 접시 위에 올려놓은 것처럼 선명하게 보였습니다. 우리는 밖으로 나가서 요새 성벽을 따라 말없이 왔다 갔다 했습니다. 마침내 그녀는 잔디에 앉았고 나도 그녀 곁에 앉았습니다. 뭐, 기억을 되살려보니 사실 좀 우습군요. 마치 유모나 되는 것처럼 그녀 뒤를 쫓아다닌 셈이니까요.

우리 요새는 높은 데 있어서 성벽에서 바라다 보이는 풍경이 정말 아름다웠습니다. 한쪽으로는 군데군데 발키[27]가 파여 있는 넓은 초지가 숲과 맞닿아 있었는데, 그 숲은 산허리까지 뻗어 있었습니다. 초지 어디쯤인가에 있는 마을들에서는 연기가 올라오고 말떼들이 노닐고 있었습니다. 다른 쪽으로는 조그마한 강이 흐르고 있었고 그 옆으로 울창한 관목 숲이 붙어 있었는데, 그 관목 숲은 까프까스의 중심 산맥과 연결되는 돌투성이의 언덕배기를 가리고 있었습니다. 우리는 성벽의 돌출부 귀퉁이에 앉아 있었기 때문에 양쪽에 있는 모든 걸 볼 수 있었습니다. 그렇게 보고 있었는데, 숲으로부터 누군가 잿빛 말을 타고 나와 점점 더 가까이 오더군요. 그러다가 마침내 우리로부터 100싸젠[28] 쯤 떨어진 강 저편에 말을 멈추더니 미친 사람처럼 말을 빙빙 돌리기 시작하는 것이었습니다. 이게 대체 뭔 일인지…!

'벨라, 저것 좀 봐라.' 내가 말했습니다. '넌 젊으니까 눈이 쌩쌩하잖아. 저 곡예 부리는 기수가 대체 누구냐? 누굴 즐겁게 해 주려고

---

27) (원주) '협곡'

28) 싸젠(caжень): 미터법 도입 이전 러시아의 길이 단위 중 하나로서 1싸젠은 2.134미터에 해당한다.

온 거지?'

그녀는 그쪽을 쓱 쳐다보더니 비명을 질렀습니다.

'저건 까즈비치에요…!'

'아, 그 강도 녀석! 뭐야, 우리를 조롱하러 온 건가?' 자세히 살펴보니 확실히 까즈비치였습니다. 거무스름한 낯짝도 같고, 언제나처럼 너덜너덜하고 더러운 모습이더군요.

'저건 우리 아버지의 말이에요.' 벨라가 내 팔을 붙잡고 말했습니다. 그녀는 나뭇잎처럼 떨고 있었지만 눈은 번쩍거렸습니다. '아하, 이 사랑스런 아이야. 네 몸 속에도 강도의 피는 흐르고 있구나!' 나는 속으로 생각을 했습니다.

'이리로 좀 와 봐.' 내가 보초병에게 말했습니다. '총을 잘 조준해서 저 잘난 척 하는 놈을 말에서 떨어뜨려 봐. 은화로 1루블 줄 테니까.'

'예, 대위님. 다만 저 놈이 한 자리에 있지를 않는데요….'

'명령을 해 봐!' 내가 웃으며 말했습니다.

'어이, 친구!' 한 손을 흔들며 보초병이 소리를 질렀습니다. '좀 기다려 봐. 뭣 때문에 그렇게 팽이처럼 빙빙 도는 거야?'

까즈비치는 정말로 멈춰 서서 귀를 기울이기 시작했습니다. 아마 요새 쪽에서 자기와 무슨 협상을 하려나 보다고 생각했겠지요. 말도 안 되는 소리…! 나의 척탄병이 조준을 했고… 탕…! … 빗나갔습니다. 약실에서 화약이 확 타오르자마자 까즈비치는 말을 걸어찼고 그래서 말이 한쪽으로 펄쩍 뛰어올랐던 겁니다. 그는 말의 등자를 딛고 몸을 약간 일으켜 세우더니 자기네 말로 뭐라고 소리를 지르고는 가죽 채찍을 휘두르며 을러대더군요. 그러고는 휙 사라져 버렸습니다.

'부끄럽지도 않나!' 내가 보초병에게 말했습니다.

'대위님! 저 놈은 죽으러 떠난 겁니다.' 그가 대답하더군요. '저런 저주받을 인간들은 단번에 죽지 않더라고요.'

15분쯤 뒤에 뻬초린이 사냥에서 돌아왔습니다. 벨라는 그에게 달려가 목에 매달렸고, 오랫동안 집을 비운 것에 대해 단 한 마디의 불평이나 책망도 하지 않았습니다…. 나조차도 그에게 화를 냈는데 말이죠.

'자네, 어떻게 이럴 수가 있나!' 내가 말했습니다. '좀 전에 강 건너편에 까즈비치가 나타났기에 우리가 그 놈에게 총을 쐈네. 그 놈과 맞닥뜨리는 데 오래 걸릴 줄 알았나? 이 산악민들은 복수심이 강한 사람들이야. 자네가 아자마트를 어느 정도 도왔다는 걸 그 놈이 알아차리지 못할 거라고 생각하나? 내기를 해도 좋아, 그 놈은 오늘 벨라를 알아보았을 거라고. 그 놈이 1년 전에 벨라를 엄청나게 좋아했다는 걸 난 알고 있어. 그 놈 자신이 그렇게 말했으니까. 만일에 신부 몸값을 넉넉히 모을 희망만 있었더라면 그 놈은 틀림없이 청혼을 했을 거야….'

그러자 뻬초린은 생각에 잠겼습니다. '그렇군요. 더 조심해야겠어요…. 벨라, 오늘부터 더 이상은 요새 성벽으로 가면 안 돼.' 그가 대답했습니다.

저녁에 난 그로부터 오랫동안 해명을 들었습니다. 난 그 가엾은 소녀에 대한 그의 태도가 변한 것에 화가 나 있었기 때문이죠. 하루

의 절반을 사냥으로 보내는 것 외에도, 그녀를 대하는 태도도 차가
와졌고 귀여워해 주는 일도 드물어졌기에, 그녀는 눈에 띄게 야위
어 갔고 얼굴 표정도 우울해졌고 커다란 두 눈도 생기를 잃었죠.
그녀에게 이따금 물어봤습니다.

'무엇 때문에 한숨을 쉬는 거야, 벨라? 슬픈 일이 있는 거니?'

'아니요!'

'뭔가 원하는 게 있는 거야?'

'아니요!'

'친척들이 보고 싶은 거야?'

'나한테는 친척이 없어요.'

이렇게 몇 날 며칠을 '예'와 '아니요' 말고는 그녀에게서 더 이상
아무 말도 들을 수 없을 때도 종종 있었습니다.

바로 이 점에 대해 나는 그에게 말을 하기 시작했습니다. '내 말을
들어보세요, 막심 막시므이치.' 그가 대답하더군요.

'나는 불행한 성격을 가지고 있습니다. 교육이 날 이렇게 만들었
는지, 하느님이 날 이렇게 창조하셨는지, 그건 나도 모르겠어요. 다
만 내가 아는 것은, 내가 다른 사람들의 불행의 원인이라면 나도
그들 못지않게 불행하다는 사실입니다. 물론 이런 말이 그들에게
별 위안이 되진 않겠지만, 사실이 그러하다는 것만은 분명합니다.
아직 새파랗게 젊던 시절, 가족의 보호에서 벗어난 순간부터 나는
돈으로 얻을 수 있는 모든 만족을 미친 듯이 즐기기 시작했고, 물론
그런 만족에는 넌더리가 났습니다. 그 후엔 사교계에 뛰어들었지만
그 사회에도 곧 싫증이 났습니다. 사교계의 미인들을 사랑하기도

하고 사랑도 받아보았지만, 그들의 사랑은 나의 상상력과 자존심을 자극할 뿐, 마음은 공허한 채로 남곤 했습니다…. 책을 읽고 공부를 하기 시작했지만 학문에도 역시 싫증이 났습니다. 명예나 행복은 절대로 학문에 달려 있지 않음을 알게 되었던 것입니다. 가장 행복한 사람들은 바로 무식쟁이들이고, 명예란 운의 문제여서 그것을 얻기 위해서는 날렵하기만 하면 되니까요. 그러자 권태로워지더군요…. 곧 나는 까프까스로 전보되었습니다. 그때가 내 인생에서 가장 행복한 시기였습니다. 나는 체첸인들의 총알 밑에서는 권태가 존재하지 않기를 바랐지만, 그것도 부질없는 희망이었습니다. 한 달 만에 나는 총알의 윙윙거리는 소리와 죽음이 가까이 있다는 사실에도 너무 익숙해져서, 사실 모기에 더 많이 신경을 쓰게 되었습니다. 결국 삶은 이전보다 더 권태로워졌는데, 그건 내가 거의 마지막인 희망을 잃었기 때문이었습니다. 벨라를 나의 집에서 보게 되었을 때, 처음으로 그녀를 무릎 위에 눕히고 검은 고수머리에 키스했을 때, 나는 어리석게도 그녀를 동정심 많은 운명이 내게 보내준 천사라고 생각했습니다… 또 실수를 한 거죠. 야생 상태 여인의 사랑이 명문가 아가씨의 사랑보다 조금은 나았습니다. 하지만 전자의 무지함과 순박함도 후자의 교태와 마찬가지로 싫증이 나더군요. 원하신다면, 난 아직도 그녀를 사랑한다고 말씀드릴 수 있습니다. 얼마간의 상당히 달콤한 시간을 보낼 수 있었던 것에 대해 그녀에게 감사하고 있고, 그녀를 위해서라면 목숨도 내놓을 수 있다고도 말할 수 있습니다. 단, 그녀와 함께 있는 게 이젠 따분할 뿐입니다…. 내가 바보인지 혹은 악당인지는 잘 모르겠습니다. 하지만 나 역시 동정을 받아야 할 사람이란 건 분명합니다. 어쩌면 그녀보다 내가 더 동정을 받아야 할지도 모릅니다. 나의 영혼은 사교계로 인해 망가졌고 상상력은 불안하고 가슴은 만족할 줄 모릅니다. 내겐 늘 뭔가가 부족합니다. 쾌락에처럼 슬픔에도 너무 쉽게 익숙해지곤 해서, 나의 삶은 나날이 더 공허해져 가고 있습니다. 내겐 이제 한 가지 방법만 남았습니다. 여행을 하는 것 말입니다. 가능하게만 된다면 바로 떠날 겁니다. 단, 유럽은 아닙니다. 그건 정말 싫어요! 아메리카로, 아라비아로, 인도로 갈 겁니다. 아마 도중에 어디선가 죽게되겠죠! 폭풍우와 형편없는 도로 덕분에 이 마지막 위안거리가 적어도 그리 빨리 소진되지는 않을 거란 확신은 있습니다.'

　이렇게 그는 오랫동안 말했고, 그의 말은 나의 기억 속에 새겨졌습니다. 스물다섯 살 먹은 사람에게서 그런 말을 듣는 건 처음이었으니까요. 그리고 제발 그게 마지막이기를…. 얼마나 놀라운 일입니까! 제발 말 좀 해 보시오."

　이등 대위가 나에게 말을 걸며 이야기를 계속했다.

　"당신은 수도에 있었던 것 같은데, 그것도 최근에 말입니다. 정말 그곳 젊은이들은 모두 그 모양입니까?"

　나는 그와 같은 말을 하는 사람들이 많이 있다고, 그리고 아마도 그중에는 진실을 말하는 사람들도 있을 거라고 대답해 주었다. 하지만 모든 유행과 마찬가지로 환멸이라는 것도 사회의 상류층에서부터 시작해 하류층으로 내려와 이제는 하류층이 그것을 닮아지도록 되뇌고 있으며, 요즘에는 누구보다도 더 많이 되뇌고 있다고, 반면에 실제로 권태로워하는 이들은 오히려 이 환멸이라는 불행이 죄

악이라도 되는 것처럼 감추려 애쓰고 있다고 대답해 주었다. 이등 대위는 이런 미묘한 얘기를 이해하지 못한 나머지, 고개를 갸우뚱하며 능글맞은 미소를 지었다.

"그럼 그 권태로워하는 유행을 퍼뜨린 것 역시 프랑스인들이지 않을까 싶네요?"

"아니요. 영국인들입니다."

"아하, 그렇군요." 그가 말했다. "하긴 그들은 늘 소문난 술꾼들이었으니까!"

나는 나도 모르게 바이런은 술주정뱅이에 불과하다고 주장하던 모스크바의 어느 귀부인을 떠올렸다. 하지만 이등 대위의 지적은 양해해 줄 만한 것이었다. 그는 물론 술을 절제하기 위해, 세상의 모든 불행은 술에서 비롯된다고 자기 자신에게 확신시키려 노력해 왔기 때문이다.

그러는 사이에도 그는 자신의 이야기를 다음과 같이 계속 이어나갔다.

"까즈비치는 다시 나타나지 않았습니다. 다만 이유는 모르겠지만, 그 놈이 괜히 왔을 리는 없으며 뭔가 나쁜 일을 꾸미고 있다는 생각을 머릿속에서 떨쳐버릴 수가 없더군요.

한 번은 뻬초린이 함께 멧돼지를 잡으러 가자고 설득을 하는 것이었습니다. 나는 한참 동안 거절했습니다. 내가 멧돼지에 무슨 관심이 있었겠습니까? 그런데도 그는 결국 나를 끌고 갔습니다. 우리는 병사 댓 명을 데리고 아침 일찍 떠났습니다. 열시까지 갈대밭과 숲을 여기저기 뒤졌지만 짐승은 없더군요.

'이보게, 그만 돌아가는 게 어떨까? 뭐, 고집부릴 건 없지 않은가? 재수 없는 날에 걸린 게 딱 보이는구먼.' 내가 말했습니다.

하지만 그리고리 알렉산드로비치는 폭염과 피로에도 불구하고, 잡은 것 없이는 돌아가려고 하질 않더군요. 원래 그런 사람이었지요. 한 번 가지겠다고 마음을 먹으면 꼭 얻어내야 하는 성미인 겁니다. 어릴 때 엄마가 응석받이로 길렀던 모양입니다… 마침내 정오 무렵이 되어서야 그 저주받을 멧돼지란 녀석을 찾아내서 탕, 탕 쏘았는데… 허탕이었습니다. 녀석은 갈대밭 속으로 도망을 쳤고…. 정말 재수가 없는 날이었지요…! 그래서 우리는 잠시 쉬었다가 집으로 출발했습니다.

말고삐를 늘어뜨린 채 말 없이 나란히 가다가 요새에 거의 다 왔을 때였습니다. 관목 숲에 가려 요새가 보이지 않을 따름이었죠. 갑자기 총성이 울렸고 우리는 서로를 쳐다보았습니다. 똑같은 생각이 우리를 아연하게 만든 거죠…. 우리는 총소리가 난 곳으로 황급히 말을 몰았습니다. 가서 보니 성벽 위에 병사들이 한데 모여 들판을 가리키고 있었는데, 거기에는 말을 탄 자가 안장에 뭔가 하얀 것을 얹은 채 쏜살같이 달리고 있었습니다. 그리고리 알렉산드로비치는 그 어떤 체첸인 못지않게 날카롭게 소리를 지른 뒤 총집에서 소총을 꺼내 들고 그곳으로 질주해 갔습니다. 나는 그 뒤를 따랐죠.

사냥에 성공하지 못했기 때문에 다행스럽게도 우리의 말들은 그다지 지쳐있지 않았습니다. 폭발할 듯한 말들의 질주로 인해 안장이 들썩거렸고, 우리는 매 순간마다 점점 더 가까이 접근해 갔습니다…. 마침내 나는 그 놈이 까즈비치라는 걸 알아보았지만, 그가 앞에 싣고 가는 것이 무엇인지까지는 분간할 수가 없었습니다. 뻬초린을 따라 잡게 되자 난 그에게 '저건 까즈비치야!'라고 소리쳐 알려주었습니다. 그는 나를 쳐다보고 고개를 끄덕이더니 말에 채찍질을 했습니다.

마침내 그 놈이 우리의 소총 사정거리 안으로 들어왔습니다. 까즈비치의 말이 지쳤는지, 아니면 우리의 말들보다 못한 녀석이었는지는 모르겠지만, 어쨌든 까즈비치가 아무리 애를 써도 그의 말은 앞으로 쑥 나아가지 못하더군요. 아마 그 순간 까즈비치는 자신의 까라교즈를 머릿속에 떠올렸을 겁니다….

뻬초린이 말을 달리면서 총을 겨누는 게 보이더군요….

'쏘지 말게!' 내가 그에게 외쳤습니다. '총알을 아끼라고. 이렇게 가도 저 놈을 따라잡을 수 있어!'

하지만 젊은 사람들이란! 항상 엉뚱한 때 흥분을 한단 말입니다…. 총소리가 울려 퍼졌고 총알은 말의 뒷다리를 맞혔습니다. 말은 화들짝 놀라서 열 번쯤 펄쩍펄쩍 뛰다가 뭔가에 걸려 넘어지더니 무릎을 꿇고 쓰러지고 말았죠. 까즈비치는 말에서 뛰어내렸는데, 그때 우리는 그 놈이 차도르에 감긴 여자를 팔로 안고 있는 것을 보았습니다…. 그건 벨라였습니다…. 가엾은 벨라였죠! 놈은 우리에게 자기네 말로 뭐라고 외치더니 그녀 위로 단검을 쳐들었습니다…. 꾸물거릴 틈이 없었기에 이번엔 내가 황급히 총을 쐈습니다. 놈이 갑자기 팔을 내려뜨린 것으로 보아 총알이 그의 어깨에 맞은 것이 분명했습니다…. 화약 연기가 걷히자, 땅에는 부상당한 말이 누워 있었고 그 옆에는 벨라가 있었습니다. 까즈비치는 총을 버리고는 고양이처럼 관목 숲을 헤치고 절벽 위로 기어 올라가고 있었습니다. 놈을 쏴서 거기서 떨어뜨리고 싶었지만, 이런, 총알이 장전되어 있지 않더군요! 우리는 말에서 뛰어내려 벨라에게 달려갔습니다. 그 가련한 것은 꼼짝도 않고 누워 있었는데 상처에서 피가 개울물처럼 흘러나오더군요…. 참 악독한 놈이죠. 심장을 찔렀더라면, 차라리 그랬더라면, 한 번에 모든 걸 끝낼 수 있었을 텐데, 그러지 않고 등을 찌르다니…. 그야말로 강도다운 칼부림이었죠! 그녀는 의식이 없었습니다. 우리는 차도르를 찢어 부상 부위를 가능한 한 단단히 묶었습니다. 뻬초린이 그녀의 차가운 입술에 키스를 했지만 소용이 없었습니다. 아무 것도 그녀의 의식을 되돌려놓을 수 없었죠.

뻬초린이 말에 올랐고 나는 그녀를 땅에서 들어 올려 그의 말안장에 실었습니다. 그가 그녀를 팔로 안은 상태에서 우리는 귀환하기 시작했습니다. 몇 분쯤 아무 말이 없다가 그리고리 알렉산드로비치가 내게 말했습니다.

'들어보세요. 막심 막시므이치, 이래 가지고는 요새에 도착할 때까지 살아 있을 것 같지가 않습니다.'

'맞아!' 내가 이렇게 말했고, 우리는 전속력으로 말을 몰기 시작했습니다.

요새 정문에서 많은 사람들이 우리를 기다리고 있었습니다. 우리는 부상자를 조심스럽게 뻬초린의 방으로 옮긴 후 의사를 부르러 사람을 보냈습니다. 술에 취해 있긴 했지만 의사가 오긴 했습니다. 상처를 살펴보더니 하루를 넘기지 못할 거라고 했습니다. 하지만 그가 잘못 본 거였죠…."

"회복이 되었군요?" 나는 이등 대위의 손을 잡고 나도 모르게 기뻐하면서 물어보았다.

"아니요. 의사가 잘못 봤다는 건 그녀가 그것보다 이틀을 더 살았다는 뜻입니다." 그가 대답했다.

"그렇담 설명 좀 해 주세요. 까즈비치는 어떻게 그녀를 납치한 겁니까?"

"이런 식이었죠. 뻬초린이 금지했음에도 불구하고 그녀는 요새 밖으로 나가 샛강으로 갔습니다. 날씨가 매우 더워서 그랬겠죠. 그녀는 돌 위에 앉아 발을 물에 담갔죠. 그때 까즈비치가 몰래 다가와 그녀를 낚아채 입을 틀어막고 관목 숲으로 끌고 간 뒤에 말에 올라타 휙 내빼버린 겁니다! 그러는 사이 그녀가 비명을 질렀고 당황한 보초병들이 총을 쏘았지만 빗나갔습니다. 마침 그때 우리가 도착했던 겁니다."

"까즈비치는 뭐 하러 그녀를 데려가려 한 걸까요?"

"거 무슨 말씀을! 이 체르께스인들은 도둑 근성으로 유명한 사람들이라오. 임자 없이 놓인 물건이 보이면 훔치지 않고는 못 배기죠. 그 물건이 그들에게 필요가 있느냐 없느냐는 둘째 문제고, 일단 훔치고 보는 겁니다… 그래도 그게 습성이라니 뭐라 하겠습니까? 게다가 그 놈은 오래 전부터 벨라를 좋아했으니 말 다한 거죠."

"그래서, 벨라는 죽었나요?"

"죽었지요. 다만 오랫동안 괴로워했고 우리도 그녀를 지켜보며 상당히 괴로웠습니다. 밤 10시쯤 의식을 되찾더군요. 그때 우린 침대 옆에 있었는데, 그녀는 눈을 뜨자마자 뻬초린을 찾기 시작했습니다.

'나 여기 있어, 네 곁에, 나의 자네치까(우리말로는 사랑스러운 사람이라는 뜻입니다)!' 그가 그녀의 손을 잡은 후 대답했습니다.

'난 죽을 거예요!' 그녀가 말했습니다.

우리는 그녀를 달래기 시작했죠. 의사가 꼭 고쳐주겠다고 약속했다 말하면서요. 그녀는 고개를 가로젓고는 벽 쪽으로 얼굴을 돌렸습니다. 죽기가 싫었던 겁니다!

밤 늦게부터 그녀는 헛소리를 하기 시작했습니다. 머리는 불덩어리처럼 뜨거웠고 때때로 열병 환자처럼 오한에 온 몸을 부들부들 떨었습니다. 그녀는 아버지와 남동생에 관해 두서없는 말들을 중얼거리기도 했습니다. 산으로, 집으로 가고 싶었던가 봐요…. 그러고 나서는 뻬초린에 대해서도 중얼거리면서 여러 가지 다정한 별칭을 붙여 그를 부르거나 혹은 자네치까에 대한 사랑이 식었다며 그를 책망하기도 하는 것이었습니다.

뻬초린은 머리를 수그려 두 손으로 감싼 채 말없이 그녀의 얘기를 듣고 있었습니다. 하지만 계속되는 그 시간 동안 그의 속눈썹에는 단 한 방울의 눈물도 맺히지 않더군요. 그가 정말로 울 수 없었던 건지, 아니면 자제를 한 것인지 알 수가 없지만, 나로서는 그보다 더 속상한 장면은 본 적이 없습니다.

아침녘이 되자 헛소리는 멈췄습니다. 그녀는 한 시간쯤 꼼짝도 안 하고 창백한 얼굴로 누워 있었는데, 얼마나 힘이 없던지 숨을 쉬는 것도 간신히 알아챌 수 있을 정도였습니다. 그러고 나서 상태가 나아지면서 말을 하기 시작했는데, 무슨 얘기였을 것 같습니까…? 그런 생각은 죽어가는 사람한테만 떠오르는 법이잖아요…!
그녀는 자기가 기독교인이 아니라서 저 세상에서는 자신의 영혼이
그리고리 알렉산드로비치의 영혼과 절대 만나지 못할 것이며, 천국
에서는 다른 여자가 그의 애인이 될 거라며 슬퍼하기 시작했습니
다. 죽기 전에 그녀에게 세례를 받게 하자는 생각이 들었습니다. 그
래서 그녀에게 그렇게 제안을 해 봤죠. 그녀는 망설이는 눈빛으로
나를 쳐다보고는 오랫동안 아무 말도 하지 않았습니다. 그러더니
결국에는 자기가 태어났을 때 지녔던 신앙을 간직한 채 죽겠다고
대답하더군요. 그렇게 꼬박 하루가 흘렀습니다. 그 하루 동안 그녀
가 얼마나 달라졌던지…! 창백한 두 뺨은 푹 꺼지고 눈은 휑하니
커졌으며 입술은 타들어갔습니다. 가슴속에 마치 시뻘겋게 달군 쇳
덩어리라도 들어 있는 것처럼 그녀의 몸 안으로부터 열기가 뿜어져
나왔습니다.

두 번째 밤이 찾아왔습니다. 우리는 눈을 붙이지도 못한 채 그녀
곁을 떠나지 않았습니다. 그녀는 죽도록 괴로워하면서 신음 소리를
토해냈습니다. 그러다가 고통이 좀 잦아들라치면 자기는 좀 나아졌
다고 그리고리 알렉산드로비치를 안심시키려고 애썼고 그에게 그
만 가서 자라고 달래는 것이었습니다. 그의 손에 입을 맞추며 그
손을 놓으려 하지 않으면서 말입니다. 아침이 찾아오기 전, 죽음을
앞둔 고통을 느끼기 시작한 그녀가 몸부림을 치다보니 그만 붕대가
뜯겨져 나갔고 그 바람에 다시 피가 흘러나오기 시작했습니다. 상
처를 다시 동여매서 잠시 진정이 되자, 그녀는 뻬초린에게 키스를
해달라고 조르기 시작했습니다. 그는 침대 곁에 무릎을 꿇고 앉아

그녀의 머리를 베개에서 들어 올린 후 자신의 입술을 그녀의 싸늘해져가는 입술에 갖다 댔습니다. 그녀는 이 키스를 통해 자신의 영혼을 그에게 전달하고 싶은 듯, 떨리는 손으로 그의 목을 힘껏 휘감았습니다…. 예, 벨라는 죽길 잘 했어요. 만약 그리고리 알렉산드로비치가 그녀를 버렸다면 그녀에게 어떤 일이 생겼을까요? 이와 같은 일이 이르든 늦든 일어날 수밖에 없었을 겁니다….

다음 날엔 우리의 의사가 찜질이니 물약이니 반나절 동안이나 괴롭게 해도 그녀는 별 말 없이 잘 따라주었습니다. '거 참!' 내가 그에게 말했죠. '어차피 죽을 거라고 당신 자신이 말해놓고서는 이 약제들은 다 무슨 소용이 있다는 거요?' 그랬더니 '어쨌든 제 양심이 편해지려면 이렇게라도 하는 게 낫습니다, 막심 막시므이치.'라고 대답하더군요. 참, 별 훌륭한 양심도 다 있더군요!

정오가 지나자 그녀는 갈증에 시달리기 시작했습니다. 우리는 창문을 활짝 열었지만 바깥이 방 안보다 더 더웠습니다. 침대 곁에 얼음을 놓아두어도 전혀 도움이 되지 못했습니다. 나는 이 참을 수 없는 갈증이라는 게 최후가 다가온 징후임을 알았기에 그 점을 뻬초린에게 말해 주었습니다.

'물, 물 좀…!' 그녀가 침대에서 몸을 조금 일으키더니 쉰 목소리로 말했습니다.

그는 백지장처럼 얼굴이 창백해져 컵을 잡더니 물을 따라 그녀에게 건네주었습니다. 나는 양 손으로 눈을 가리고 기도문을 읊기 시작했습니다. 어떤 기도문이었는지는 기억이 안 나지만…. 그래요, 선생. 야전 병원이나 전장에서 사람들이 죽어가는 걸 많이 봐왔지만, 그런 죽음들과 이건 전혀 달랐어요. 전혀 다르더라고요…! 고백하자면, 나를 슬프게 한 게 하나 더 있었습니다. 그녀는 죽음을 앞두고 한 번도 나를 떠올리지 않더군요. 난 그녀를 아버지처럼 사랑해 주었던 것 같은데…. 뭐, 하나님이 그녀를 용서하시길…! 하긴 내가 어디 죽음을 앞두고 떠올릴 만한 인간이나 되나요?

물을 마시자마자 그녀는 좀 편안해졌지만, 그러고 나서 3분쯤 뒤에 죽었습니다. 거울을 입술에 가까이 가져가 보았는데 아무 것도 서리지 않더군요…! 나는 뻬초린을 방에서 데리고 나가 함께 요새의 담장으로 갔습니다. 우리는 한 마디도 하지 않고 뒷짐을 진 채 오랫동안 서로 나란히 이리저리 거닐었습니다. 그의 얼굴에 별다른 표정이 없어서 나는 부아가 났습니다. 만일 내가 그의 처지였다면 나는 비통해서 죽어 버렸을 겁니다. 마침내 그는 그늘이 진 땅바닥에 앉더니 막대기로 모래 위에 뭔가를 그리기 시작했습니다. 나는 예의상 그를 위로하려고 말을 걸었습니다. 그런데 그가 고개를 들더니 웃기 시작하는 겁니다…. 그 웃음소리에 나는 온 몸에 소름이 돋았습니다…. 나는 관을 주문하러 갔습니다.

솔직히 말해, 나는 어느 정도는 기분을 풀기 위해 그 일에 착수했습니다. 내게 비단 조각이 있었기에 그것으로 관을 덮고 그리고리 알렉산드로비치가 그녀를 위해 잔뜩 사 둔 체르께스산 은빛 레이스로 장식을 했습니다.

다음 날 아침 일찍 우리는 그녀를 요새 뒤의 샛강 옆, 그녀가 마지막으로 앉아 있었던 장소 곁에 묻어주었습니다. 그녀의 무덤 주위에는 지금 하얀 아카시아와 접골목이 무성해졌습니다. 십자가를 세워 줄까 생각도 해 봤지만, 글쎄요. 좀 어색하더군요. 어쨌든 그녀는 기독교인이 아니었으니까요…."

"그런데 **뻬초린**은 어땠습니까?"

"**뻬초린**은 오랫동안 몸이 좋질 않았습니다. 가엾은 사람, 많이 야위었지요. 다만 그 후로 우린 한 번도 벨라 얘기를 꺼내지 않았습니다. 나도 그가 불쾌해 할 걸 아는데 뭐 하러 그러겠습니까? 석 달쯤 뒤 그는 E 연대로 발령을 받아 그루지야로 떠났습니다. 그때 이후로 우린 만난 적이 없습니다. 그가 러시아로 돌아갔다는 말을 일전에 누군가 내게 해 준 기억은 납니다만, 사단 명령서에는 그런 사항이 없었거든요. 하긴 우리 같은 사람들에겐 소식이 늦게 도착하기도 하니까요."

여기서 그는 소식을 1년이나 늦게 알게 되는 것이 얼마나 불쾌한 일인지에 대해 장황하게 늘어놓기 시작했는데, 그건 아마도 슬픈 추억을 억누르기 위해서였을 것이다.

나는 그의 말을 가로막지는 않았지만, 귀 기울여 듣지도 않았다.

한 시간 뒤에 길을 떠날 수 있는 가능성이 생겼다. 눈보라는 잦아들고 하늘은 맑아졌기에 우리는 길을 나섰다. 도중에 나는 나도 모르게 또다시 벨라와 뻬초린 얘기를 꺼냈다.

"그런데 까즈비치가 어떻게 되었는지는 듣지 못했습니까?"

"까즈비치요? 사실 잘 모르겠습니다. 내가 듣기론, 샵수그인들의 우측 전선에 무슨 까즈비치라는 대담한 자가 있다고 하더군요. 붉은 베쉬메트를 입고 우리의 총탄 세례 아래서도 태연자적 말을 타고 돌아다니는데, 총알이 가까이서 윙하고 지나가면 아주 정중하게 머리를 숙여 인사까지 한다고 하더군요. 하지만 그 자가 그 까즈비치일리가 있나요…!"

꼬비에서 나는 막심 막시므이치와 헤어졌다. 나는 역마차로 마저 길을 갔지만 그는 짐이 너무 무거워서 나를 따라올 수 없었다. 다시 만날 거라는 기대는 전혀 못했지만, 그럼에도 우리는 다시 만나게 되었다. 원하신다면 그 얘기를 해 드리겠다. 그것 자체가 상당한 이야깃거리이다…. 또한 어쨌든 막심 막시므이치가 존경받을 만한 사람이라는 건 인정하셔야 되지 않겠는가…? 여러분이 그 점을 인정해 주신다면, 나는 어쩌면 너무나도 길었던 나의 이야기에 대해 충분히 보상받은 셈이 될 것이다.

2. 막심 막시므이치

막심 막시므이치와 헤어진 후 나는 쩨렉 협곡과 다리얄 협곡을 힘차게 말을 달려 통과했고 까즈벡에서 아침을 먹고 라르스에서 차를 마신 뒤 저녁 먹을 무렵에는 블라지까프까스(Владикавказ)에 도착할 수 있었다. 이 부분에서 나는 산에 대한 묘사, 아무 의미도 전달치 못하는 감탄사, 특히 그곳에 가보지 못한 사람들로서는 들어봤자 아무 것도 그려지지 않는 풍경 묘사, 결코 아무도 읽으려 하지 않을 통계 자료에 대한 언급에서 여러분을 해방시켜 드리겠다.

나는 한 여관에 여장을 풀었는데, 그곳은 모든 여행객들이 묶어가는 곳이긴 했지만, 그럼에도 불구하고 꿩을 굽고 배추 스프를 끓여오라고 명령을 내릴 만한 사람이 하나도 없었다. 여관 운영을 맡은 세 명의 퇴역 군인들은 아주 멍청하거나 혹은 술에 절어 있어서 그들로부터 얻을 수 있는 건 아무 것도 없었기 때문이다.

나는 거기에서 사흘이나 지내야 한다는 안내를 받았는데, 예까쩨리노그라드(Екатериноград)에서 아직 〈오까지야〉가 오지 않았고, 따라서 되돌아갈 수가 없기 때문이라는 것이었다. 참으로 희한한 경우29)다…! 하지만 썰렁한 말장난은 러시아인에게는 위안거리가 못 된다. 나는 기분도 풀 겸 벨라에 대한 막심 막시므이치의 이야기를 기록해 두어야겠다고 마음먹었는데, 그때는 그것이 이야기들의 긴 사슬에서 첫 번째 고리가 될 것이라고는 상상치 못했다. 가끔은 별 것도 아닌 일이 끔찍한 결과를 가져오지 않는가…! 그런데 여러분은 어쩌면 〈오까지야〉가 뭔지 모를 수도 있지 않을까? 그것은 보병 1개 중대의 절반과 화포 1문으로 구성된 호송 부대로 운송용 마차들은 그들과 함께 블라지까프까스에서 출발해 까바르다를 넘어 예까쩨리노그라드로 간다.

나는 첫날을 매우 지루하게 보냈다. 다음 날 아침 일찍 짐마차 한 대가 여관 마당으로 들어왔는데… 아! 막심 막시므이치였다…! 우린 오랜 친구처럼 서로 인사를 나누었다. 나는 내 방을 같이 쓰자고 권했다. 그는 딱히 격식을 차리지 않고 내 제안을 받아들였으며, 심지어 내 어깨를 툭 치고는 입술을 씰룩하며 미소를 지었다. 참 괴짜다…!

---

29) 러시아어의 '오까지야(оказия)'는 기본적으로 '(뜻하지 않게 다가온 희한한) 경우 또는 기회'라는 뜻이지만, 이 작품의 배경이 되는 까프까스의 전쟁 상황과 관련되어서는 특정 호송부대의 명칭이기도 하다. 따라서 여기에서 화자는 '오까지야(оказия) 호송 부대'가 아직 도착하지 않아 3일을 억지로 묶여야 하는 상황을 '희한한 경우(оказия)'로 칭하면서 두 단어를 이용한 일종의 말장난을 보여 주고 있는 것이다.

막심 막시므이치는 요리법에 정통한 사람이었다. 그는 꿩을 기가 막히게 굽더니 그것에 오이 절인 물을 멋지게 뿌려서 내었다. 솔직히 말해 그가 없었다면 나는 마른 빵으로 끼니를 때웠어야 했을 것이다. 까헤찐 산의 포도주 한 병이 요리가 한 개밖에는 없다는 사실을 잊게 해 주었다. 파이프에 불을 붙인 후 우리는 자리를 잡고 앉았다. 나는 창가에 앉았고, 그는 날이 습하고 추워서 그랬는지 불 지핀 벽난로 옆에 앉았다. 우리는 말없이 있었다. 할 얘기가 뭐가 있었겠는가…? 그는 이미 자신에 관한 흥미로운 얘기들을 모두 해 준 바 있고, 난 할 얘기가 없었으니 말이다. 나는 창밖을 쳐다보았다. 폭이 점점 더 넓어지면서 흘러가는 쩨렉 강변을 따라 여기저기 흩어져 있는 많은 수의 나지막하고 작은 집들이 나무들 뒤로 언뜻언뜻 보였고, 더 멀리에 있는 푸른 산들은 들쑥날쑥한 벽처럼 서 있었다. 그 산들 뒤로는 흰색 추기경 모자를 쓴 듯한 까즈벡 산이 얼굴을 내밀고 있었다. 나는 그들과 마음속으로 작별 인사를 나누었다. 그들을 남겨 두고 간다는 게 섭섭했다….

그렇게 우리는 오랫동안 앉아 있었다. 태양이 차가운 산꼭대기 너머로 모습을 감춰가고 희끄무레한 안개가 계곡에 퍼져나가기 시작했을 때 여행용 마차의 방울 소리와 마부들의 고함소리가 밖에서 들려왔다. 지저분한 아르메니아인들을 태운 짐마차 몇 대가 여관 마당으로 들어왔고, 뒤를 이어 사람을 태우지 않은 여행용 마차가 들어왔다. 여행용 마차의 가벼운 움직임, 편리한 설비, 세련된 외관이 뭔가 이국적인 인상을 주었다. 그 뒤를 따라 콧수염을 커다랗게 기르고 헝가리 식 재킷을 입은 사내가 걸어 들어왔다. 그는 하인

치고는 옷을 상당히 잘 차려입고 있었다. 파이프에서 담뱃재를 흔들어 털어 내고 마부에게 소리를 지를 때 나타나는 당당한 척하는 태도로 볼 때, 그의 신분을 잘못 짚을 수는 없었다. 그는 게으른 주인을 모시는 버릇없는 하인임이 분명했다. 러시아의 피가로 같다고나 할까.

난 창문 너머로 그에게 소리쳤다. "이보게, 친구, 이게 뭔가? 오까지야가 온 건가, 그런 거야?"

그는 상당히 오만한 표정으로 날 쳐다보더니 넥타이를 고쳐 매고는 고개를 돌려버렸다. 그의 곁을 지나던 아르메니아인이 그를 대신해서, 오까지야가 온 것이 맞으며 내일 아침에 되돌아갈 것이라고 미소를 지으며 대답해 주었다.

"다행이군요!"

그때 마침 창문 쪽으로 다가온 막심 막시므이치가 말했다.

"정말 멋진 마차일세!"

그가 덧붙였다.

"아마 어떤 관리가 사건 조사차 찌플리스로 가는 길일 거요. 우리 산들이 어떤지 모르는 모양이네요. 어이 친구, 가볍게 생각하면 안 돼. 이쪽 산들은 만만치가 않아. 영국 마차라도 덜컹거려 못 견디게 만들 걸…! 근데 마차 주인은 대체 누굴까요? 가서 한 번 알아봅시다."

우리는 복도로 나왔다. 복도 끝을 보니 측면 방으로 통하는 문이 활짝 열려 있었다. 하인은 마부와 함께 그 방으로 여행 가방들을 옮겨 넣고 있었다.

"이보게, 친구." 이등 대위가 그에게 물었다. "저 멋진 마차는 누구 건가…? 응…? 훌륭한 마차야…!"

하지만 하인은 돌아보지도 않고 여행 가방을 풀며 뭔가를 혼잣말로 중얼거렸다. 막심 막시므이치는 화가 나서 그 무례한 자의 어깨를 툭 치며 말했다. "이봐, 자네한테 하는 말이야!"

"누구 마차냐고요? 우리 주인님 거요."

"자네 주인이 누군데?"

"뻬초린이오."

"뭐? 뭐라고? 뻬초린이라고? 아이고, 맙소사…! 그 사람, 까프까스에서 복무한 적이 있지 않나?"

막심 막시므이치는 내 소매를 잡아당기며 환호성을 질렀다. 그의 눈은 기쁨으로 반짝이고 있었다.

"복무하신 것 같기는 한데, 난 그분 밑에서 일한 지가 얼마 안 돼서요."

"그렇지, 맞아…! 맞다고…! 그리고리 알렉산드로비치? 그 사람 이름이 이게 맞지? 난 자네 주인과는 친구 사이였어."

그가 이렇게 덧붙이며 하인의 어깨를 정답게 툭 쳤기 때문에 상대는 몸이 휘청했다.

"미안하지만, 나리, 일에 방해가 되네요."

상대가 얼굴을 찌푸리며 말했다.

"에이, 이 사람 참… 이 친구야! 모르겠어? 난 자네 주인과 막역한 사이였다고, 함께 살기도 했다니까…. 그래, 그 사람은 지금 어디가 있나?"

하인은 뻬초린이 N 대령 집에 저녁을 먹으러 가 있으며 거기서 묵을 거라고 알려주었다.

"저녁때 여기 들르지는 않을까?" 막심 막시므이치가 말했다. "아니면, 이보게, 자네가 그 사람한테 갈 일은 뭐 없나? 갈 일이 있으면 막심 막시므이치가 여기 있다고 말해 주게. 그렇게만 말하면… 그 사람이 알 거야…. 그렇게 해 주면 내 자네한테 보드카 값으로 80꼬뻬이까를 주겠네."

하인은 그토록 보잘것없는 약속을 듣고는 얄보는 표정을 지었지만, 그래도 부탁은 들어주겠노라고 막심 막시므이치에게 약속했다.

"당장 달려올 거요!" 막심 막시므이치가 의기양양한 표정을 지으며 내게 말했다. "문 밖에 나가서 기다려야겠소…. 에이! N 대령과 친분이 없는 게 아쉽군."

막심 막시므이치는 여관 정문 밖에 있는 벤치에 가서 앉았고 나는 내 방으로 갔다. 솔직히 말해, 나 역시도 약간은 초초한 마음으로 이 뻬초린이라는 사람의 등장을 기다렸다. 이등 대위의 이야기를 듣고 나서 그에 대해 그다지 좋지는 않은 생각을 갖게 되었지만, 그래도 그의 성격 중의 몇몇 특성들은 주목할 만한 것으로 여겨졌기 때문이다. 한 시간 뒤 퇴역 군인이 물이 보글거리는 사모바르와 찻주전자를 가져왔다.

"막심 막시므이치, 차 좀 드시지 않겠어요?" 내가 창문 밖으로 그에게 소리쳤다.

"고맙소만, 딱히 내키지가 않소."

"에이, 드세요! 보세요. 시간도 늦은데다가 춥잖습니까."

"난 괜찮소, 고마워요."

"그럼, 좋을 대로 하세요."

나는 혼자서 차를 마시기 시작했다. 10분쯤 뒤에 나의 노인이 들어왔다.

"당신 말이 맞는 것 같더군요. 어쨌든 차를 마시는 편이 낫겠소, 뭐, 밖에서 계속 기다리다 보니…. 하인이 그에게 간지 한참 되었는데, 아마 무슨 일이 생겨 늦어지는 모양이오."

그는 서둘러 차 한 잔을 비우고 두 번째 잔은 사양한 뒤 뭔가 불안해하는 표정으로 다시 대문 밖으로 나갔다. 뻬초린의 무심함이 그를 슬프게 한 것이 분명했다. 게다가 며칠 전에도 자신과 뻬초린의 우정에 대해 내게 말한 바 있고 또한 한 시간 전에는 자기 이름을 듣자마자 그가 달려올 거라고 확신했던 바에야 더욱 슬프지 않겠는가.

다시 창문을 열고 이제 잘 시간이라고 말하며 막심 막시므이치를 부르기 시작했을 때는 이미 날이 늦어 깜깜할 때였다. 그는 잇 사이로 뭐라고 중얼거렸다. 내가 다시 한 번 들어오라고 청했지만 그는 아무 대답도 하지 않았다.

나는 외투로 몸을 감싸고 초를 벽난로에 붙은 침상에 남겨둔 채 소파에 누웠다. 그러고는 곧 졸기 시작했는데, 만일 막심 막시므이치가 아주 늦은 시간에 방에 돌아와서 나를 깨우지 않았더라면 편안히 쪽 자버렸을 것이다. 그는 담배 파이프를 탁자 위에 내던지고는 방 안을 서성이다가 벽난로를 뒤적거리더니만 마침내 잠자리에 들었다. 하지만 오랫동안 기침을 하고 가래를 뱉어 내고 몸을 뒤척이는 것이었다.

"혹시 빈대가 물진 않나요?"

"예, 빈대가⋯." 그는 무겁게 한숨을 쉬며 대답했다.

다음 날 아침 나는 일찍 잠이 깼다. 하지만 막심 막시므이치가 나보다 앞섰다. 나는 그가 대문 옆의 벤치에 앉아 있는 걸 보았다.

"사령관에게 다녀와야 할 일이 있소." 그가 말했다. "그러니, 만일 뻬초린이 오면 날 부르러 사람을 보내 줘요."

나는 그러겠다고 약속했다. 그는 팔다리에 젊은이의 힘과 유연함을 다시 얻은 듯 달려 나갔다.

신선하고도 아름다운 아침이었다. 흡사 공중에 새로운 산들이 일렬로 늘어선 것처럼 황금 빛 구름들이 산 위에 첩첩이 쌓여 있었다. 여관 정문 앞으로는 커다란 광장이 펼쳐져 있었고, 그 뒤로는 시장에 사람들이 들끓고 있었다. 일요일이었기 때문이다. 맨발의 오세트 소년들이 벌집 꿀이 담긴 배낭을 어깨에 메고 내 주위를 맴돌았다. 그들에게 마음 쓸 상태가 아니었기에 나는 그들을 쫓아버렸다. 나는 마음씨 착한 이등 대위의 걱정을 공유하기 시작했던 것이다.

10분도 채 지나지 않았을 때 우리가 기다리던 사람이 광장 끝에서 모습을 드러냈다. 그는 N 대령과 함께 걸어왔는데, 대령은 그를 여관까지 데려다주고 작별인사를 나눈 뒤 요새로 돌아갔다. 나는 막심 막시므이치를 데려오라고 즉시 퇴역 군인을 보냈다.

뻬초린의 하인은 그를 마중 나와서 곧 말을 준비할 것이라고 보고를 하고는 시가 상자를 내밀었다. 하인은 몇 가지 지시를 받은 뒤 그 일들을 처리하기 위해 자리를 떴다. 시가에 불을 붙인 주인은 하품을 두어 번 하더니 정문의 다른 편에 있는 벤치에 앉았다. 이제 나는 여러분에게 그의 초상을 그려줘야 하겠다.

그는 중키였다. 균형 잡힌 날씬한 몸통과 넓은 어깨는 유랑 생활의 온갖 어려움과 기후의 변화를 견뎌낼 수 있고 수도에서의 방탕한 생활과 정신적인 폭풍에도 굴하지 않을 강인한 체격을 시사해 주고 있었다. 먼지를 뒤집어 쓴 그의 벨벳 프록코트는 아래쪽 단추 두 개만 채워져 있었기 때문에, 단정한 사람의 습관을 드러내주는 눈이 부실 만큼 깨끗한 셔츠를 알아볼 수 있었다. 때가 묻은 그의 장갑은 그의 귀족적인 작은 손에 맞도록 일부러 재단한 것 같았는데, 장갑 한 쪽을 벗었을 때 나는 그의 손가락들이 야윈 것에 놀랐다. 그의 걸음걸이는 무심하고 나태해 보였는데, 나는 그가 걸을 때 팔을 흔들지 않는다는 것을 깨달았다. 이것은 그의 성격에 속마음을 드러내지 않는 측면이 있음을 말해 주는 확실한 표식이었다. 하지만 이러한 것들은 나의 관찰에 근거를 둔 내 나름의 지적들이므로, 여러분에게 맹목적으로 믿으라고 강요하고 싶은 마음은 전혀 없다. 그가 벤치에 주저앉았을 때 그의 곧은 몸은 마치 등뼈가 하나도 없는 것처럼 굽어졌다. 그의 몸 전체의 자세는 신경 계통의 결함으로 인해 그에게 일종의 나약함이 생겨났음을 말해 주고 있었다. 그는 발자크 소설에 나오는 서른 살짜리 요부가 피곤한 무도회 후에 자신의 푹신한 안락의자에 앉아 있듯이 그렇게 앉아 있었다. 나중에는 그가 서른이 되어 보인다는 사실을 자연스럽게 받아들였지만, 그의 얼굴을 처음 보았을 때는 스물 셋 이상이라고는 생각하지 못할 정도였다. 그의 미소에는 뭔가 어린아이 같은 것이 있었다. 그의 피부에는 어떤 여성적인 부드러움이 있었다. 태어날 때부터 곱

슬인 금발의 머리카락들은 창백하고 귀족적인 이마의 윤곽선을 아름답게 그려주고 있었는데, 그 이마 위에 서로 엇갈리는 주름의 흔적이 있다는 것은 오랫동안 관찰한 뒤에만 알아챌 수 있었다. 아마도 그 흔적은 분노하거나 심리적으로 불안할 때면 훨씬 더 뚜렷하게 나타날 것이었다. 머리카락은 밝은 색이었지만 턱수염과 눈썹은 검었는데, 그것은 갈기와 꼬리가 검은 백마가 있는 것처럼 인간에게 있어 혈통의 표식이다. 초상에 대한 묘사에서 마지막으로 말해 두어야 할 것은, 그의 코는 약간 들창코이고 치아는 눈부시게 희며 눈은 갈색이었다는 사실이다. 그의 눈에 관해서는 몇 마디 덧붙여야 할 것 같다.

첫째, 그가 웃을 때도 그의 눈은 웃지 않았다! 여러분은 몇몇 사람들에게는 이런 이상한 점이 있다는 것을 감지해 본 적이 없는가…? 그것은 사악한 기질의 징표이거나 혹은 지속적으로 겪은 깊은 슬픔의 징표이다. 이렇게 표현해도 될지 모르겠지만, 그의 두 눈은 반쯤 내리깐 속눈썹 밑에서 왠지 인광을 내뿜듯 빛나고 있었다. 그것은 정신적인 열기나 약동하는 상상력의 반영이 아니었다. 매끈한 강철의 광채와 닮은, 눈부시지만 차가운 광채였다. 그의 시선은 상대에게 오래 머물지는 않았지만 꿰뚫어보는 듯이 묵직해서, 마치 무례한 질문을 던지는 것처럼 불쾌한 인상을 남기곤 했다. 만약 그토록 무심한 듯 평온하지만 않았다면 그 눈은 뻔뻔스러워 보일 수도 있었다. 이런 점들이 내 머릿속에 떠오른 것은 내가 그의 인생의 몇몇 일들을 자세히 알고 있었기 때문일 수도 있다. 따라서 다른 사람에게는 그의 모습이 전혀 다른 인상을 불러일으킬 수도 있을 것이다. 하지만 여러분은 그에 관한 얘기를 나 말고는 누구에게서도 들을 수 없을 테니 어쩔 수 없이 이런 묘사에 만족하셔야만 한다. 결론적으로, 그는 대체로 꽤 잘 생긴 편이었으며, 특히 사교계 여인들의 마음에 들 만한 독특한 용모를 소유하고 있었다.

말들은 이미 매여져 있었다. 멍에 밑에서 가끔씩 방울이 딸랑거렸고 하인은 벌써 두 번이나 뻬초린에게 다가와 준비가 끝났다고 보고를 했지만 막심 막시므이치는 아직도 나타나지 않았다. 다행히 뻬초린은 까프까스의 들쑥날쑥한 푸른 산들을 바라보며 생각에 잠겨 있었고, 전혀 갈 길을 서두르지 않는 것처럼 보였다. 나는 그에게 다가갔다.

"조금만 더 기다리실 마음이 있다면 옛 친구를 만나는 기쁨을 누리실 수 있을 겁니다…."

내가 말했다.

"아, 맞아요!"

그가 재빨리 대답했다.

"어제 얘기는 들었습니다. 그런데 그 사람은 대체 어디 있습니까?"

내가 광장 쪽으로 몸을 돌렸더니 죽을힘을 다해 뛰어오는 막심 막시므이치가 보였다…. 몇 분 후 그는 이미 우리 곁에 와 있었다. 그는 거의 숨이 넘어갈 지경이었으며, 얼굴에선 땀이 비 오듯 흘러내리고 모자 밑으로 삐져나온 희끗한 머리카락들은 축축하게 뭉쳐져 이마에 들러붙어 있었다. 무릎도 부들부들 떨리고 있었다…. 그는 뻬초린의 목을 끌어안으려고 달려들려 했지만, 상대는 반갑게 미소를 지을 뿐 상당히 냉정하게 손만 내밀었다. 이등 대위는 잠시 멍한 듯 서 있었지만, 곧 그의 손을 두 손으로 와락 붙잡았다. 그는 숨이 차서 아직 말을 할 수 있는 상태가 아니었다.

"정말 반갑습니다. 친애하는 막심 막시므이치! 그래, 어떻게 지내십니까?" 뻬초린이 말했다.

"그럼… 자네는? … 아니, 당신은?" 노인은 눈에 눈물을 글썽이며 중얼거렸다. "이게 대체 얼마 만이오…. 정말 얼마 만인지…. 그런데 대체 어디로 가는 길입니까?"

"페르시아로 갑니다. 그 다음엔 더 멀리…."

"아니 지금 간단 말이오…? 조금만 기다려 주시오. 이 귀중한 사람아…! 정말 지금 헤어지자는 말이오? 얼마나 오랫동안 못 봤는데…."

"이제 가봐야겠습니다, 막심 막시므이치." 이게 답이었다.

"맙소사, 맙소사! 어딜 가려고 이리 서두르는 거요…? 하고 싶은 말이 얼마나 많은데…. 이것저것 묻고 싶은 말도 많고…. 그래, 어떻소? 퇴역했소…? 어때요…? 어떻게 지냈소…?"

"권태롭게 지냈습니다!" 뻬초린은 미소를 지으며 대답했다.

"요새에서 우리가 어떻게 살았는지 기억나오? 사냥하기엔 정말 더할 나위 없는 곳이었죠! 당신은 총 쏘며 사냥하는 걸 정말 좋아했죠…. 그리고 벨라도 기억납니까?"

뻬초린은 얼굴이 살짝 창백해지더니 고개를 돌렸다.

"예, 기억납니다!" 뻬초린은 이렇게 말하면서 거의 동시에 억지로 하품을 했다.

막심 막시므이치는 두 시간만 함께 남아 있어 달라고 조르기 시작했다.

"우리 멋진 식사를 합시다. 나한테 꿩이 두 마리 있소. 그리고 이집 까헤찐 포도주도 아주 괜찮다오. 물론 그루지야 것과는 다르지만, 그래도 최상품이라오…. 얘기도 좀 합시다…. 뻬쩨르부르그에서 어떻게 지냈는지 얘기 좀 해 줘요… 그럴 수 있지요?"

"사실, 저는 해 드릴 얘기가 없습니다. 친애하는 막심 막시므이치…. 한데 떠날 시간이 되었네요. 안녕히 계십시오. 전 갈 길이 바빠서 이만…. 절 잊지 않으셨다니 감사하군요…." 그가 이등 대위의 손을 잡으며 덧붙였다.

노인은 눈썹을 찌푸렸다. 내색하지 않으려 애썼지만 슬프고 또 화가 났던 것이다.

"잊다니!" 그가 화를 내며 투덜댔다. "난 말이오, 아무 것도 잊지 않았소…. 뭐, 당신한테야 상관없는 일이겠지만…! 당신하고 이런 식으로 만나리라곤 생각하지도 못했소…."

"자, 됐어요. 됐습니다!" 뻬초린은 친밀하게 그를 포옹해 주며 말했다. "내가 정말 딴 사람이 됐습니까? 그렇다 해도 어쩌겠어요? 사람마다 다 자기 길이 있는 거니까요. 혹시 다시 만날 수 있을지는 하나님이 아시겠지요!"

이 말을 할 때 그는 이미 마차에 탄 상태였고, 마부는 벌써 고삐를 죄기 시작했다.

"잠깐, 잠깐!" 갑자기 막심 막시므이치가 마차 문을 붙잡으며 소리쳤다. "하마터면 완전히 잊을 뻔했군…. 당신이 써 놓은 글들이 나한테 남아 있소, 그리고리 알렉산드로비치…. 늘 그걸 가지고 다니고 있소…. 그루지야에서 당신을 찾을 수 있을 거라 생각해서 그랬는데…. 하나님이 이런 데서 만나게 해 주셨구려…. 그걸 어떻게 하면 되겠소?”

“마음대로 하세요!” 뻬초린이 말했다. “안녕히 계십시오.”

“그럼 페르시아로 가는 거요…? 언제 돌아오는 거요…?” 막심 막시므이치가 뒤에서 소리쳤다….

마차는 이미 멀리에 있었다. 그런데 뻬초린은 다음과 같이 해석할 수 있는 손짓을 했다.

‘그럴 일은 아마 없을 겁니다! 뭐 하러 그래야 하겠습니까?’

이미 오래 전부터 방울 소리도, 자갈길을 구르는 바퀴 소리도 들리지 않았지만, 가엾은 노인은 깊은 생각에 잠겨 여전히 같은 자리에 서 있었다.

“그렇군.” 마침내 그는 별 것 아니라는 표정을 지으려고 애쓰면서 말했다. 하지만 실망스러움의 눈물이 그의 속눈썹 위에서 때때로 반짝거렸다.

“물론 우린 친구였지만, 뭐, 요즘 세상에 친구라는 게 별건가…! 저 사람이 나한테서 얻을 게 뭐가 있겠어? 내가 부자이길 하나, 관등이 높기를 하나, 게다가 나이로 봐도 서로 전혀 안 어울리니…. 거 참, 뻬쩨르부르그에 다녀오더니 엄청난 멋쟁이가 되었군…. 뻔드르르한 마차에…! 무슨 짐은 저렇게나 많은 건지…! 하인 녀석도 오만하기가 정말…!” 이런 말들이 비꼬는 미소와 함께 내뱉어졌다.

“말 좀 해 봐요.” 그는 나를 향한 후 말을 이어갔다. “이런 걸 어떻게 생각해요? 아니, 무슨 악마가 씌워서 페르시아로 간다는 겁니까…? 웃기는군. 정말 웃겨…! 난 저 사람이 가망 없는 변덕쟁이라는 걸 늘 알고 있었소…. 사실, 안 되긴 했지만, 저 사람은 끝이 좋지 않을 거요…. 그렇지 않을 리가 없어요! 내가 늘 말했던 바지만, 옛 친구를 잊는 사람이 잘 될 리가 없지요!"

여기서 그는 흥분을 감추기 위해 몸을 돌리더니 자기 짐마차 근처의 마당을 서성거리기 시작했다. 그는 바퀴를 살펴보는 척 했지만 두 눈에는 계속해서 눈물이 차 올라왔다.

"막심 막시므이치." 나는 그에게 다가가 말했다. "뻬초린이 남겨둔 글이라는 게 뭡니까?"

"누가 알겠소! 무슨 수기 같던데…."

"그걸 어떻게 하실 건가요?"

"어떻게 하긴? 그걸로 탄약통이나 왕창 만들라고 명령할 거요."

"차라리 내게 주세요."

그는 놀란 표정으로 나를 쳐다보더니 잇 사이로 뭐라고 투덜거리고는 여행 가방 속을 뒤지기 시작했다. 이윽고 그는 작은 공책 하나를 꺼내서 경멸스럽다는 듯 땅바닥에 내던졌다. 그 다음으로 두 번째, 세 번째, 열 번째 공책도 똑같은 운명이 되었다. 그의 짜증 속에는 뭔가 어린애 같은 구석이 있었다. 나는 우습기도 하고, 불쌍한 마음도 들었다….

"자, 이게 다요. 횡재를 하게 됐으니 축하하오."

"그럼 이것들을 내 마음대로 해도 되겠습니까?"

"신문에라도 실어요. 나랑 무슨 상관이오…? 내가 그의 친구라도 된답디까? 아니면 친척이라도? 사실 우린 오랫동안 한 지붕 밑에서 살긴 했지요…. 하지만 내가 같이 살아본 사람이 어디 한둘이겠소?"

나는 공책들을 주웠고 이등 대위가 후회할까 봐 두려워서 얼른 치웠다. 곧 사람들이 우리에게 와서는 한 시간 후에 오까지야가 출발할 것이라고 알려 주었다. 나는 말을 매라고 지시했다. 이등 대위는 내가 모자를 쓰고 있을 때가 돼서야 방으로 들어왔다. 그는 출발 준비를 안 하고 있는 듯 보였다. 그의 모습에서는 뭔가 자연스럽지 못한 냉랭함이 묻어 나왔다.

"막심 막시므이치, 안 떠나실 겁니까?"

"예."

"아니 왜요?"

"아직 사령관을 만나 보지 못했소. 그에게 어떤 관용 물자를 전달해 줘야 해요."

"그 사람한테 갔다 오셨잖아요?"

"물론 갔다 왔죠." 그가 우물쭈물하며 말했다. "그런데 집에 없더라고요… 나도 끝까지 기다릴 수가 없었고."

나는 무슨 말인지를 이해했다. 가엾은 노인은 아마 태어나서 처음으로, 공식적인 언어로 표현해 보자면, 사적인 필요성 때문에 공무를 내던졌던 것이다. 그런데 그가 대체 어떤 보답을 받았던가!

"정말 유감입니다." 내가 그에게 말했다. "정말 유감이에요, 막심 막시므이치, 예정보다 일찍 헤어져야 하니 말입니다."

"우리 같이 못 배운 영감들이 어디 당신들 같은 사람들 뒤를 따라다닐 수야 있겠소…! 당신들은 상류 사회의 자존심 강한 젊은이들이요. 체르께스의 총알이 날아다니는 이곳에 있는 동안에야 그럭저럭 우리를 상대해 주지만… 나중에 만나면 우리들한테 손 내미는 것도 창피해하지요."

"저는 그런 비난을 들을 만한 짓은 하지 않았습니다, 막심 막시므이치."

"아니 난 뭐 그냥, 말을 하다 보니 그런 말까지 나왔소. 여하튼 모든 일이 잘 되고 여행도 즐겁게 하길 바라겠소이다."

우리는 상당히 건조하게 헤어졌다. 마음씨 좋은 막심 막시므이치가 고집 세고 심술궂은 이등 대위가 되어 버린 것이다! 대체 무엇 때문인가? 그가 뻬초린의 목을 확 껴안으려 했을 때 뻬초린이 멍한 태도로 혹은 다른 이유로 인해 그에게 손만 내밀었기 때문이다! 청년이 자신의 가장 훌륭한 희망과 꿈을 상실하는 것을 보는 것은, 그리고 그로 하여금 인간의 행동과 감정을 바라보게 해 주었던 장밋빛 베일이 그의 앞에서 걷히는 것을 보는 것은 슬픈 일이다. 설령 오래된 방황을 그것 못지않게 덧없지만 대신 그것 못지않게 달콤한 새로운 방황으로 대치할 희망이 그에게 있다 할지라도 말이다… 하지만 막심 막시므이치의 나이가 되면 그것을 대치할 만한 새로운 것이 무엇이 있겠는가? 싫든 좋든 마음은 굳어지고 영혼은 닫히는 것이다….

나는 혼자 떠났다.

Герой нашего времени

뻬초린의 수기

서문

얼마 전에 나는 **뻬초린**이 페르시아에서 돌아오는 길에 죽었다는 사실을 알게 되었다. 그 소식은 나를 무척 기쁘게 했다. 그 소식은 나에게 이 수기를 출판할 권리를 주었기에, 나는 타인의 작품에 내 이름을 서명해 넣을 기회를 이용하게 되었다. 이런 순진한 사기극을 벌였다고 해서 독자들이 나를 벌하시는 일은 부디 없기를!

이제 내가 전혀 알지 못했던 사람의 가슴속 비밀을 대중에게 공개하도록 나를 자극한 원인들에 대해 어느 정도 설명을 해야 하겠다. 내가 그의 친구였더라면 더 좋았을 것이다. 진정한 친구의 교활한 뻔뻔스러움은 누구에게나 이해가 가는 바이기 때문이다. 하지만 나는 평생 동안 그를 큰 길에서 딱 한 번 보았을 따름이고, 따라서 개인적인 우정 밑에 몸을 숨긴 채 자신이 사랑하는 대상의 머리 위에 책망과 충고와 조롱과 동정을 우박처럼 퍼붓기 위해 그의 죽음만을 기다리는, '진정한 친구'의 그런 식의 설명할 길 없는 증오를 그에게 품을 수도 없다.

이 수기를 다시 읽으면서 나는 자신의 연약함과 사악함을 이토록 무자비하게 밖으로 드러낸 사람의 진실성에 대해 확신을 가지게 되었다. 인간 영혼의 역사는, 그것이 아무리 하찮은 영혼일지라도, 민족 전체의 역사 못지않게 흥미롭고도 유익하다. 특히나 그것이 성숙한 지성이 자기 자신을 관찰한 결과이며, 동정이나 놀라움을 불러일으키려는 허영심에 들뜬 바람 없이 씌어졌다면 더욱 그러하다. 루소의 『고백록』은 그가 그것을 친구들에게 읽어주었다는 점만으로도 이미 결점을 가지고 있는 셈이다.

이리하여, 사람들에게 유익하리라는 바람 하나만을 가지고 나는 우연히 내 손에 들어온 수기의 일부분을 발표하게 되었다. 고유 명사들은 모두 바꾸었지만, 이 책에서 이야기되어지는 사람들은 분명 자신의 이야기도 있다는 점을 알아볼 것이다. 그리고 그들이 지금껏 비난해 왔던 사람, 이제는 이미 이 세상에 존재하지 않게 된 그 사람이 왜 그런 행위들을 하게 되었는지에 대한 변명의 여지를 발견할지도 모르겠다. 이해하게 되면 거의 항상 용서해 주게 되는 것이 우리들이 아닐까.

나는 이 책에 뻬초린의 까프까스 체류 시기와 관련되는 것만을 실었다. 내 손에는 그가 자신의 일생을 얘기해 주는 두툼한 공책한 권이 더 있다. 언젠가는 그것도 세상의 심판 아래 모습을 드러낼 것이다. 하지만 지금은 많은 중요한 이유들로 인해 감히 그런 책무까지 떠맡을 수가 없다.

혹시 **뻬초린**의 성격에 관한 나의 견해를 알고 싶은 독자들이 좀 계신가? 나의 대답은 이 책의 제목과 같다. "하지만 이 제목은 심술 궂은 아이러니잖아!" 그분들은 이렇게 말할 것이다. 난 모르겠다.

1. 따만

　따만은 러시아의 모든 해안 도시들 중에서 가장 추악한 소도시이다. 나는 거기서 거의 굶어 죽을 뻔했으며, 그에 더해 나를 물에 빠뜨려 죽이려 한 자들까지 있었다. 나는 역마차를 타고 밤늦게 그곳에 도착했다. 마부는 지친 삼두마차를 도시 입구에 있는 유일한 석조 건물의 대문 옆에 세웠다. 흑해 출신의 보초병은 말방울 소리를 듣자 잠이 덜 깬 거친 목소리로 "거기 누구요?"라고 소리쳤다. 하사와 상등병이 나왔다. 그들에게 나는 장교이며 공무 수행을 위해 작전 중인 부대로 가는 길이라고 설명한 뒤 관용 숙소를 요구했다. 상등병은 우리를 도시 이곳저곳으로 안내하기 시작했다. 어느 농가로 가 보아도 다 차 있었다. 날씨는 추운 데다가 3일 동안 잠을 못 잔 상태였기에, 나는 기진맥진해서 화를 내기 시작했다.

"아무 데로나 데리고 가, 이 강도 같은 놈아! 악마의 집이라도 좋으니 머물 수 있는 곳이기만 하며 된다고!" 내가 소리쳤다.

"아직 한 군데가 더 있기는 한데요." 상등병이 뒤통수를 긁으며 대답했다. "다만 장교님 마음에 안 들 겁니다. 거긴 깨끗하지가 않거든요!"

마지막 단어의 정확한 뜻을 이해하지 못한 채 나는 그에게 앞장서라고 명령했다. 좌우로 지저분한 담장만 보이는 골목길들을 따라 오랫동안 이리저리 걸어간 후에 우리는 바닷가 바로 옆의 작은 오두막 농가에 이르렀다.

보름달이 나의 새 거처의 갈대 지붕과 흰색 담벼락을 비추고 있었다. 둥근 돌로 만들어진 담장에 둘러싸인 마당에는 첫 번째 것보다 더 작고 더 오래 된 다른 오두막이 삐딱하게 서 있었다. 그 오두막의 담장 거의 바로 옆에서 절벽 형태의 해안선이 바다로 뻗어 내려가고 있었고, 아래쪽에서는 검푸른 파도가 끊임없이 투덜대는 듯한 소리를 내며 철썩거리고 있었다. 달은 요동을 치면서도 자신에게 순종하는 자연을 조용히 내려다보고 있었다. 나는 달빛 속에서 해안에서 멀리 떨어진 곳에 있는 배 두 척을 분간해 볼 수 있었는데, 그 배들의 검은 밧줄들이 창백한 수평선을 배경으로 거미줄처럼 움직임 없이 드리워져 있었다. '배들이 정박해 있군. 내일 겔렌지크로 떠나야겠다.' 나는 생각했다.

나에겐 나의 당번병 노릇을 해 주는, 전선 부대로부터 온 까자크 한 명이 있었다. 여행 가방을 꺼내놓고 마부를 물러가도록 그에게 지시한 뒤 나는 주인을 부르기 시작했다. 대답이 없다. 문을 두드려

본다. 대답이 없다…. 어떻게 된 일이지? 마침내 현관에서 열넷쯤 되어 보이는 사내아이가 어슬렁거리며 나왔다.

"주인은 어디 있니?"

"없어요."

"없다니? 이 집엔 주인이 완전히 없다는 거냐?"

"예."

"그럼 여주인은?"

"읍내로 갔어요."

"그럼 대체 누가 문을 열어줄 거냐?"

내가 문을 발로 차며 말했다. 문이 저절로 열렸다. 오두막으로부터 습기가 풍겨 나왔다. 나는 성냥불을 켜서 소년의 코 쪽으로 가져 갔다. 성냥불이 하얀 두 눈을 비추었다. 그는 장님이었는데, 태어날 때부터 완전히 장님이었다. 그가 내 눈 앞에 꼼짝 않고 서 있기에 나는 그의 얼굴 모습을 뜯어보기 시작했다.

솔직히 나는 모든 장님, 애꾸, 귀머거리, 벙어리, 다리 없는 사람, 팔 없는 사람, 꼽추 등등에 대해 강한 편견을 가지고 있다. 나는 사람의 외모와 영혼 사이에는 항상 어떤 이상한 관계가 존재한다는 사실을 보아 왔다. 마치 팔다리를 잃으면 영혼도 그에 따라 어떤 감각 능력을 잃는 것 같다.

그리하여 나는 장님의 얼굴을 뜯어보기 시작했다. 하지만 눈이 없는 자의 얼굴에서 무엇을 읽어낼 수 있겠는가? 나도 모르게 동정 심이 생겨 오랫동안 그를 바라보고 있었는데, 갑자기 그의 얇은 입 술에 보일 듯 말 듯 미소가 번져갔고, 왠지 모르지만, 그것이 나에게 아주 불쾌한 인상을 주었다. 이 장님이 보이는 것처럼 그렇게 완전한 장님은 아닐지도 모른다는 생각이 내 머릿속에서 떠올랐다. 나는 백내장인 척하는 건 불가능하다고 쓸데없이 내 자신을 설득해 보려 했다. 그런 척을 해야 할 이유가 대체 뭐가 있단 말인가? 하지만 어쩌겠는가? 종종 편견에 치우치는 게 내 습성인 것을….

"넌 주인 아들이냐?" 내가 마침내 그에게 물었다.

"아니요."

"그럼 누구냐?"

"고아에다 불구자죠."

"그럼 안주인에겐 자식들이 있냐?"

"없어요. 딸이 있었는데 따따르 남자랑 바다 건너로 도망갔어요."

"어떤 따따르 남자랑 말이냐?"

"알게 뭐예요! 크림 반도 출신 따따르 남잔데, 케르치에서 온 뱃사람이에요."

나는 오두막 안으로 들어갔다. 두 개의 긴 의자와 탁자, 벽난로 옆 큰 궤짝이 가구의 전부였다. 벽에는 성상이 하나도 없었다. 나쁜 징조다! 깨진 유리창을 통해 바닷바람이 몰려 들어왔다. 나는 여행 가방에서 양초 토막을 꺼내 불을 밝히고 짐을 풀기 시작했는데, 검과 총은 구석에 세워놓고 권총은 탁자 위에 올려놓은 다음 긴 의자 위에 망토를 깔았다. 까자크는 다른 의자 위에 자기 망토를 깔았다. 10분 뒤 그는 코를 골기 시작했지만 나는 오랫동안 잠을 이룰 수 없었다. 눈앞의 암흑 속에서 하얀 눈의 소년이 계속 맴돌았다.

그렇게 한 시간쯤 지났다. 달이 창문을 비추었고 달빛은 오두막의 흙바닥 위를 노닐었다. 그런데 바닥을 가로지르는 밝은 줄무늬 위로 갑자기 그림자가 획 지나갔다. 나는 몸을 약간 일으켜 창문 밖을 쳐다보았다. 누군가가 두 번째로 창문 옆을 뛰어지나가더니 어딘지 모를 곳으로 사라졌다. 이 생명체가 해안가 절벽을 따라 뛰어 내려갔을 거라고 생각할 수는 없었지만, 그렇지 않고서는 그가 달리 숨을 데가 없었다. 나는 자리에서 일어나 베쉬메트를 걸치고 단검을 허리에 찬 뒤 살그머니 오두막을 나왔다. 장님 소년이 내 쪽으로 오고 있었다. 나는 담장 옆으로 몸을 숨겼고, 그는 확실하지만 그래도 조심스럽기는 한 발걸음으로 내 옆을 지나갔다. 겨드랑이에는 보퉁이 비슷한 걸 끼고 있었는데, 부두 쪽으로 방향을 튼 뒤 좁고 가파른 오솔길을 내려가기 시작했다. 나는 그를 시야에서 놓치지 않을 만한 거리에서 뒤따르며 '그날에 벙어리들이 울부짖고 눈먼 자들이 보게 될 것이다'[30]라는 생각을 했다.

그러는 사이 달이 먹구름 옷을 입기 시작했고 바다 위에는 안개가 피어올랐다. 가까이 있던 배의 선미에 켜 놓은 등불이 안개 사이로 보일락 말락 반짝였다. 해변을 집어삼킬 듯 위협하며 끊임없이 밀려오는 파도들은 해변에 닿으면서 반짝이는 거품을 만들어냈다. 내가 가파른 비탈길을 힘겹게 내려가다가 보았더니, 장님은 잠시 멈춰선 다음 구릉지를 따라 오른쪽으로 방향을 꺾었다. 그는 바다에 아주 가깝게 걷고 있었기 때문에 당장에라도 파도가 그를 잡아채서 데리고 가 버릴 것만 같았다. 하지만 자신 있게 이 돌에서 저

---

30) 구약 성경 「이사야 서」 29장 18절이 변형된 구절.

돌로 발을 내딛고 움푹 파인 곳을 피해가는 모습으로 판단해 봤을 때는 이 길을 따라 산책하는 게 이번이 처음은 아닌 모양이었다. 마침내 그는 멈춰 섰고 무엇인가에 귀를 기울이는 듯 땅바닥에 쭈그리고 앉아 보퉁이를 자기 옆에 놓았다. 나는 해변의 돌출된 바위 절벽 뒤로 몸을 숨긴 후 그의 행동을 살펴보았다. 몇 분 후 반대편으로부터 하얀 형태가 나타나더니 장님에게 다가와 그의 옆에 앉았다. 바람이 그들의 대화 소리를 간간이 내게 실어다 주었다.

"이게 뭐야, 장님아?" 여자 목소리가 말했다. "폭풍우가 심해. 얀꼬는 오지 않을 거야."

"얀꼬는 폭풍우를 두려워하지 않아." 상대방이 대답했다.

"안개가 더 짙어져." 슬픔어린 목소리로 다시 여자 목소리가 반박했다.

"안개가 끼면 경비정 옆을 통과하기는 더 쉬워." 이런 대답이 왔다.

"그러다 물에 빠져 죽기라도 하면?"

"그럼 어때서? 일요일에 네가 교회에 매고 갈 새 리본이 없게 되겠지."

침묵이 뒤따랐다. 그런데 나를 깜짝 놀라게 한 사실이 하나 있었다. 장님은 나와 얘기할 때는 소러시아 방언을 썼는데, 이번에는 깔끔한 러시아어로 말을 하고 있는 것이었다.

"거봐, 내 말이 맞잖아." 장님이 손뼉을 치며 말했다. "얀꼬는 바다도, 바람도, 안개도, 해안 경비정도 두려워하지 않아. 좀 들어봐. 이건 바닷물이 철썩거리는 소리가 아니야. 내 귀는 못 속이지. 이건 그가 긴 노를 젓는 소리야."

여자는 자리에서 벌떡 일어나더니 불안한 표정으로 먼 곳을 응시하기 시작했다.

"헛소리 하고 있네, 장님 녀석이. 아무 것도 안 보이잖아." 그녀가 말했다.

솔직히 말해, 나 역시 저 멀리에 보트 비슷한 게 있나 보려고 무던히 애를 써 보았지만 소용없었다. 그렇게 10분 정도가 흘렀다. 그때 산더미 같은 파도 사이로 검은 점 하나가 모습을 나타냈다. 그것은 커졌다 작아졌다 했다. 천천히 파도 꼭대기로 올라갔다가 급속도로 내려오기를 반복하면서 보트 한 척이 해변으로 다가왔다. 이런 밤에 20베르스타나 되는 해협을 건너기로 작정한 사공이라면 대담한 자일 터이고, 그로 하여금 그런 행동을 하도록 자극한 중대한 이유도 틀림없이 있을 것이다! 이런 생각을 하면서 나는 나도 모르게 두근거리는 가슴을 안고 보트를 바라보았다. 그런데 그 보트는 오리처럼 물속으로 들어갔다가는 마치 날개를 퍼덕이듯 재빨리 노를 저으며 물거품을 뚫고 파도의 심연으로부터 튀어 올라오곤 했다. 나는 이제 그 보트가 해안에 세게 부딪혀 산산조각날 것이라고 생각했다. 하지만 그것은 교묘하게 옆쪽으로 방향을 틀더니 아무 상처도 입지 않고 작은 만으로 미끄러져 들어왔다. 보트에서는 따따르 식 양털 모자를 쓴 중키의 사람이 내렸다. 그가 손을 한 번 쓱 내젓자 모두 세 명이 보트에서 뭔가를 끌어내리기 시작했다. 짐은 대단히 컸는데, 그걸 싣고도 보트가 어떻게 가라앉지 않았는지 지금도 이해가 가지 않는다. 그들은 어깨에 한 보퉁이씩 짊어진 채 해변을 따라 걷기 시작했고 나는 곧 그들을 시야에서 놓쳤다. 집으로 돌아가야 했다. 하지만, 솔직히 이 모든 이상한 일들로 인해 마음이 동요되면서 나는 거의 뜬 눈으로 밤을 샜다.

잠에서 깨어난 나의 까자크는 내가 옷을 다 입고 있는 것을 보고는 많이 놀랐다. 하지만 난 그에게 이유를 얘기하지 않았다. 얼마간 창문을 통해 조각구름이 군데군데 떠 있는 푸른 하늘과, 보랏빛 선이 뻗어나가다가 절벽으로 끝나는 모양을 한 멀리에 있는 크림 반도의 해변과, 그 절벽 위에 하얗게 아른거리는 등대 탑까지를 감상한 후, 나는 겔렌지크로 떠날 수 있는 시각을 사령관에게 알아보기 위해 파나고리야 요새로 갔다.

하지만 이런! 사령관도 내게 결정적인 것은 하나도 말해 주지 못했다. 부두에 정박해 있는 배들은 모두 경비정이거나 상선이었는데, 아직 선적을 시작하지도 않은 상태였다. "사나흘 쯤 있으면 우편물을 운송하는 배가 올 것 같은데, 그때 한 번 상황을 보세." 사령관이 말했다. 나는 우울하고 화가 난 상태로 집에 돌아왔다. 문가에서 나의 까자크가 몹시 놀란 표정으로 나를 맞이했다.

"일이 잘 안 됐군요. 장교님!" 그가 내게 말했다.

"그래, 이 사람아. 여기서 언제 떠날 수 있을지 정말 모르겠어!"

그러자 그는 더욱 불안해졌는지 내 쪽으로 몸을 기울이며 속삭였다.

"여기는 더럽습니다! 오늘 흑해 출신 하사관을 만났어요. 작년에 같은 부대에 있어서 아는 사이거든요. 우리가 어디 묵고 있는지 말해 주자마자 그가 저한테 말하더군요. '이봐, 거기는 더러운 곳이야, 사람들도 좋지 못하고…' 그 말이 맞는 게, 저 장님은 대체 뭡니까! 혼자서도 안 다니는 데가 없더라고요. 빵 사러 시장도 가고, 물도 길어오고…. 이곳에선 다들 저런 거에 익숙한 모양입니다."

"그게 뭐 어떻다고? 그런데 안주인은 모습을 나타내기라도 하던가?"

"오늘 장교님이 안 계실 때 노파가 딸이랑 같이 왔더라고요."

"어떤 딸 말인가? 딸은 없을 텐데."

"딸이 아니라면 그 여자는 대체 누군지 모르겠네요. 노파는 지금 저쪽 자기 오두막에 있습니다."

나는 오두막 안으로 들어갔다. 벽난로를 후끈하게 때놓았는데, 그 안에서 가난한 사람들 치고는 상당히 호화로운 음식이 끓고 있었다. 노파는 나의 모든 질문에 대해 자기는 귀가 먹어서 잘 들리지가 않는다고 대답했다. 어쩔 수 있겠는가? 나는 벽난로 앞에 앉아 불 속에 마른 나뭇가지들을 던져 넣고 있던 장님에게 말을 걸었다.

"이봐, 눈먼 악마 놈아." 나는 그의 귀를 잡아당기며 말했다. "너 간밤에 보퉁이를 들고 어딜 돌아다녔던 거야, 응?"

갑자기 나의 장님이 울면서 소리를 지르고 구슬픈 소리를 내기 시작했다.

"내가 어딜 갔다니요…? 아무 데도 안 갔어요…. 보퉁이라니요? 무슨 보퉁이요?"

노파가 이번에는 알아듣고서 투덜대기 시작했다.

"참, 생각해내는 것 하고는. 그것도 이런 병신한테! 뭣 때문에 애를 가지고 그러는 거예요? 애가 나리한테 무슨 짓을 했다고요?"

나는 이 일에 질려버려서, 이 수수께끼의 열쇠를 손에 넣으리라 굳게 결심하고는 밖으로 나왔다.

나는 망토를 몸에 두르고 담장 옆 돌에 앉아 먼 곳을 바라보았다. 간밤의 폭풍우로 흥분된 바다가 내 앞에 펼쳐졌다. 잠들어가는 도시의 투덜거림과도 같은 단조로운 바다의 소음이 옛 시절을 상기시키며 나의 생각을 북쪽으로, 우리의 차가운 수도로 데려갔다. 추억에 의해 동요된 상태에서 나는 무념무상의 상태에 빠져들었다…. 그렇게 한 시간쯤, 어쩌면 그 이상이 흘렀을까…. 갑자기 뭔가 노래 비슷한 것이 내 귀를 놀라게 했다. 분명히 그것은 노래였고 여자의 생기 넘치는 목소리였다. 하지만 어디서 들려오는 거지…? 귀를 기울여보니, 늘어지고 구슬퍼졌다가 또 빠르고 경쾌하게도 되는 이상한 곡조이다. 주위를 둘러보지만 아무도 없다. 다시 귀를 기울여보니 소리가 마치 하늘에서 떨어지는 것 같다. 나는 눈을 들었다. 나의 오두막 지붕 위에 줄무늬 원피스를 입은 처녀가 땋은 머리를 풀어 헤친 채 서 있었다. 진짜 루살까[31] 같았다. 그녀는 손바닥으로 햇빛을 가린 채 먼 곳을 뚫어지게 바라보고 있었는데, 웃으면서 혼잣말을 하기도 하고 노래를 다시 부르기도 했다.

나는 그 노래를 단어 하나까지 다 기억하고 있다.

자유롭게 되고 싶은 마음으로
푸른 바다를 따라
배들, 흰 돛단배들이

---

31) 루살까(русалка): 슬라브 족들의 고대 신화에 나오는 숲과 물의 요정으로서 머리카락을 길게 늘어뜨린 여성의 형상이다. 경우에 따라 다리에 해당하는 부분에 마치 인어처럼 물고기의 꼬리가 그려지는 경우도 존재한다.

끊임없이 오가는구나.

저 배들 사이에서
밧줄도 갖추지 못하고
노도 두 개뿐인
나의 작은 보트가 오는구나.

폭풍이 일면
낡은 배들은
날개를 들어올리고
바다 위로 뻗어갈 거야.

나는 몸을 굽혀
바다에 인사할 거야.
"심술궂은 바다야,
나의 작은 보트를 건드리지 말아줘.
내 작은 보트는
귀중한 물건을 싣고 온단다.
캄캄한 밤에 그 배를 모는 이는
두려움을 모르는 사내라네."

　나는 문득 간밤에도 똑같은 목소리를 들었다는 생각이 들었다.
잠시 생각에 잠겼다가 다시 지붕을 쳐다보았을 때 처녀는 이미 거

기 없었다. 갑자기 그녀는 뭔가 다른 것을 흥얼거리며 내 곁을 뛰어
지나가서는 손가락을 튕기며 노파의 방으로 뛰어 들어갔다. 그런데
그때 그들 사이에 말다툼이 시작되었다. 노파는 화를 내고 있었는
데 그녀는 큰 소리로 깔깔댔다. 나의 운지나[32]가 다시 깡충거리며
뛰어오는 모습이 보인다. 내가 있는 데까지 오자 그녀는 멈춰 서더
니, 마치 내가 있는 것에 놀랐다는 듯 내 눈을 뚫어지게 쳐다보았다.
그러더니 태연히 몸을 돌려 조용히 부두 쪽으로 가버렸다. 그것이
끝이 아니었다. 그녀는 하루 종일 내 숙소 주위를 맴돌았다. 노래하
고 깡충거리는 것을 잠시도 멈추지 않았다. 이상한 존재다! 그녀의
얼굴에 광기의 징후는 전혀 없었다. 오히려 그녀의 두 눈은 기민하
게 통찰하듯이 내게 머물곤 했다. 그 눈들은 마치 자석과 같은 힘을
부여받은 것 같아서 마치 매번 나로부터의 질문을 기다리는 듯한
느낌을 주었다. 하지만 내가 말을 꺼내기만 하면 그녀는 교활하게
미소를 지으며 달아나 버렸다.

확실히 나는 그런 여자를 본 적이 한 번도 없었다. 그녀가 미인이
었던 것은 결코 아니지만, 나는 미에 대해서도 나만의 편견이 있다.
그녀에게는 많은 혈통이 섞여 있었다…. 여자에게 있어 혈통이란
말의 경우에서와 마찬가지로 중대한 문제인데, 이런 발견을 한 것
은 '젊은 프랑스'[33]이다. 그것, 즉 젊은 프랑스가 아니라 혈통은 대

---

32) 운지나(ундина): 독일 민속에 나오는 물의 요정으로서 독일어로는 운디네(undine)라고
표기한다.
33) 젊은 프랑스(Юная Франция): 1830년대 프랑스에서 낭만주의 경향을 띄었던 일련의 젊은
작가들을 칭함.

개 걸음걸이와 손발을 통해서 드러난다. 특히나 코가 많은 것을 의미한다. 러시아에서 곧게 뻗은 코는 작은 발보다 더 드물다. 나의 여가수는 열여덟 살을 넘지 않아 보였다. 보기 드물게 유연한 몸매, 그녀 특유의 고개를 갸우뚱하는 독특한 행동, 긴 아마 빛 머리카락, 햇볕에 살짝 탄 목과 어깨 피부에 어리는 황금빛 광채, 유난히 곧게 뻗은 코, 이 모든 것들이 내겐 매혹적이었다. 비록 그녀의 비스듬한 시선에서 뭔가 거칠고 수상쩍은 게 느껴지긴 했지만, 그리고 미소에서도 뭔가 모호한 것이 있었지만, 그럼에도 불구하고 편견의 힘이란 그런 것이다. 곧은 코가 나를 미치게 만들었던 것이다. 나는 괴테의 미뇽[34]을 찾았다고 상상했다. 그것은 그의 독일적 상상력이 만들어낸 환상적인 창조물이었는데, 확실히 이 둘 사이에는 비슷한 점이 많았다. 엄청난 불안정로부터 완전한 부동 상태로의 급격한 전환, 수수께끼 같은 말들, 깡충거림, 이상한 노래들…. 이 모두가 똑같다.

저녁 무렵에 나는 그녀를 문가에 세워놓고 다음과 같은 대화를 이끌어냈다.

"예쁜 아가씨, 나한테 말 좀 해 봐." 내가 물었다. "오늘 지붕 위에서 뭘 한 거지?"

"바람이 어디서 불어오는지 봤어요."

"그게 아가씨한테 왜 필요한데?"

"바람이 불어오는 곳에서 행복도 오니까요."

---

34) 미뇽(Миньон, Mignon): 괴테의 장편소설 『빌헬름 마이스터의 수업 시대』에 나오는 여자 주인공의 이름.

"그게 무슨 소리야? 그럼, 정말로 노래를 불러서 행복을 초대하고 있었단 말이야?"

"노래가 있는 곳에 행복도 있어요."

"혹시 그러다 슬픔을 초대하게 되면 어쩌지?"

"뭐 어때요? 더 좋아지지 않으면 더 나빠지는 거겠지만, 나쁘든 좋든 무슨 일이 생겨도 큰 차이는 없어요."

"누가 너한테 그 노래를 가르쳐 주었지?"

"가르쳐 준 사람 없어요. 떠오르는 대로 부르는 거예요. 들어야 할 사람은 듣게 될 거고, 듣지 말아야 할 사람은 들어도 이해 못하겠죠."

"그런데 이름은 뭐야, 나의 가수 아가씨?"

"세례를 해 준 사람이 알겠죠."

"누가 세례를 해 주었는데?"

"내가 어떻게 알아요?"

"참 숨기는 게 많은 아가씨로군! 그런데 난 너에 대해 뭔가를 알게 됐지."

그녀는 마치 자기에 대한 일이 아니라는 듯 얼굴 표정 하나 변하지 않았고 입술에는 미동도 없었다.

"나는 네가 어제 밤에 바닷가에 다녀온 걸 알고 있어."

그러고 나서 나는 그녀가 당황할 거라고 생각하면서 내가 본 모든 것을 잔뜩 거드름피우며 이야기했지만, 어림없는 일이였다! 그녀는 목이 터져라 깔깔거리기 시작했다.

"본 건 많지만 아는 건 별로 없군요. 그러니 아는 건 자물통을 꼭 채워 둬요."

"하지만 가령 내가 사령관한테 밀고할 생각이라도 한다면?" 나는 매우 진지한, 심지어 엄격한 표정까지 지으며 말했다.

그녀는 갑자기 깡충 뛰어올라 노래를 부르기 시작하더니, 관목 숲에서 놀라 쫓겨나온 새처럼 자취를 감추었다. 나의 마지막 말은 전혀 적절치가 않았다. 그때는 그 말이 중요하게 될 거라는 생각을 못했는데, 그 결과로 나중에 가서야 그 말을 후회할 일이 생겼다.

날이 저물자마자 나는 까자크에게 행군용 찻주전자를 데우라고 한 뒤 촛불을 밝히고 여행용 파이프 담배를 피우며 탁자 옆에 앉았다. 차를 두 잔째 다 마셔 가고 있을 때 갑자기 문이 삐거덕거리더니 원피스자락이 가볍게 스치는 소리와 발걸음 소리가 내 뒤에서 들렸다. 나는 흠칫 몸을 떨고는 뒤를 돌아보았다. 그것은 그녀, 나의 운지나였다! 그녀는 나의 맞은편에 말없이 조용히 앉더니만 나에게 눈을 고정했다. 왠지 모르지만 그 시선이 내겐 경이로울 정도로 부드러워 보였다. 그것은 오래 전 내 삶을 자기 멋대로 가지고 놀던 시선들 중 하나를 상기시켰다. 그녀는 질문을 기다리는 것 같았지만 나는 설명할 수 없는 당혹감에 가득 차서 침묵했다. 그녀의 얼굴은 심리적 흥분을 드러내 주는 흐릿한 창백함에 덮여 있었다. 그녀의 손은 목적 없이 탁자 위를 배회했는데, 나는 그 손이 가볍게 떨리는 것을 보았다. 그녀의 가슴은 높이 솟아오르는가 하면, 또 숨을 참고 있는 것 같기도 했다. 이 코미디가 싫증이 나기 시작해서 나는 가장 산문적인 방식으로, 즉 그녀에게 차 한 잔을 권함으로써 이 침묵을 깰 준비를 갖췄다. 그때 갑자기 그녀가 튀어 오르더니 두

114

팔로 내 목을 휘감았다. 촉촉하고 불같이 뜨거운 키스가 내 입술 위로 울려 퍼졌다. 눈앞이 아득해지고 머리가 핑 도는 가운데 나는 젊은이의 열정으로 온 힘을 다해 그녀를 꽉 껴안았다. 하지만 그녀는 뱀처럼 나의 팔에서 미끄러져 나가면서 귀에 대고 속삭였다.

"오늘밤에 모두 잠들면 바닷가로 나와요."

그러고 나서 그녀는 쏜살같이 방에서 뛰어나갔다. 현관에서 그녀는 바닥에 놓여 있던 찻주전자와 촛대를 엎어뜨렸다.

"저런 망할 계집애!" 짚더미 위에 자리를 잡고 앉은 상태에서 내가 남긴 차로 몸을 덥히려 생각하고 있던 까자크가 소리를 질렀다. 그때서야 나는 제 정신이 돌아왔다.

두 시간쯤 뒤 부둣가의 모든 것이 잠잠해졌을 때 나는 까자크를 깨웠다.

"내가 권총을 쏘면 바닷가로 뛰어와." 내가 그에게 말했다. 그는 눈을 휘둥그레 뜨고는 "알겠습니다, 장교님."이라고 기계적으로 대답했다. 나는 권총을 허리띠에 꽂아 넣고 밖으로 나갔다. 그녀는 내리막길이 시작되는 곳에서 나를 기다리고 있었다. 옷차림은 날아갈 듯 가벼웠고, 작은 숄로 유연한 허리를 감싸고 있었다.

"나를 따라와요." 그녀가 내 손을 잡고 말했다.

우리는 밑으로 내려가기 시작했다. 어떻게 내가 목을 부러뜨리지 않았는지 지금도 이해 못할 정도의 길이었다. 아래로 내려간 우리는 오른쪽으로 방향을 튼 후 전날 밤 내가 장님을 뒤따라갔던 그 길을 따라 걷기 시작했다. 달이 아직 뜨지 않았기에 작은 별 두 개만이 구원의 등대처럼 검푸른 반원형 하늘에서 반짝이고 있었다. 무거운 파도가 해안에 정박된 외로운 보트를 살짝살짝 들어 올리며 규칙적이고 고르게 계속해서 밀려들고 있었다.

"보트로 올라가요." 나의 동행인이 말했다.

나는 망설였다. 나는 바다 위에서 감상적인 산책을 하는 걸 즐기는 사람이 아니기 때문이다. 하지만 그때는 물러설 때가 아니었다. 그녀가 보트로 뛰어올랐고 나는 그녀 뒤를 따랐는데, 제 정신이 다들기도 전에 우리가 떠가고 있다는 사실을 알아차렸다.

"이게 무슨 뜻이지?" 내가 화가 나서 물었다.

"무슨 뜻이냐면." 그녀가 나를 의자에 앉히고 내 몸통을 팔로 감으며 말했다. "내가 당신을 사랑한다는 뜻이지…."

그녀의 뺨이 내 뺨에 밀착되었고 얼굴에 그녀의 뜨거운 숨결이 느껴졌다. 갑자기 뭔가가 풍덩하며 물속으로 빠졌다. 허리춤을 만져보니 권총이 없다. 아, 그 순간 무서운 의심이 내 영혼을 파고들었고 피가 거꾸로 치솟았다…! 주위를 둘러보니 해안으로부터 50싸젠 정도 떨어져 있는데, 나는 수영을 할 줄 모른다! 그녀를 밀쳐내고 싶었지만 그녀는 고양이처럼 내 옷에 꼭 달라붙어 있었다. 그러다가 그녀가 갑자기 나를 강하게 떠밀어서 나는 하마터면 바다에 빠질 뻔했다. 보트가 흔들거리기 시작했지만 나는 균형을 잡았고 곧 우리 사이에 필사적인 싸움이 시작되었다. 격노한 덕분에 몸에 힘이 솟기는 했지만 곧 나는 내 적수의 날렵함에는 미치지 못함을 깨달았다….

"뭘 원하는 거야?"

나는 그녀의 조그만 손을 꽉 쥐며 소리쳤다. 그녀의 손가락에서 빠지직 소리가 났지만 그녀는 비명 한 번 지르지 않았다. 뱀 같은 천성이 그런 고문을 견뎌낸 것이다.

"넌 봤어. 그러니까 밀고하겠지." 그녀가 대답했다. 그러고는 초자연적인 노력으로 나를 뱃전으로 쓰러뜨렸다. 우리는 둘 다 허리 윗부분이 보트 밖으로 밀려나 있었고 그녀의 머리카락은 물에 닿았다. 결정적인 순간이었다. 내가 무릎을 배 바닥에 붙이고 한 손으로는 머리채를 다른 손으로는 목을 움켜잡자 그녀는 내 옷을 놓았다. 그때 나는 재빨리 그녀를 파도 속으로 던져 버렸다.

이미 상당히 어두웠다. 그녀의 머리가 바다의 거품 사이에서 두 번 정도 어른거렸지만 더 이상은 아무 것도 보이지 않았다.

보트 바닥에서 나는 오래된 노의 반쪽을 발견하여 오랫동안 애쓴 끝에 이럭저럭 부두에 도착할 수 있었다. 해변을 따라 오두막을 향해 힘들게 걷고 있다가 나는 전날 밤 장님이 사공을 기다리던 쪽을 우연히 눈여겨보게 되었다. 하늘에는 이미 달이 떠 있었는데, 내 눈에는 흰 옷을 입은 누군가가 해변에 앉아 있는 듯이 보였다. 호기심이 발동한 나머지 나는 그쪽으로 살며시 다가가 해변에 솟아 있는 절벽 위의 풀에 엎드렸다. 고개를 약간 내밀자 아래에서 일어나고 있는 일이 모두 잘 보였는데, 나의 루살까를 알아본 나는 딱히 놀라지 않았을 뿐더러 거의 기쁘기까지 했다. 그녀는 긴 머리카락에서 물거품을 짜내고 있었다. 물에 젖은 셔츠로 인해 그녀의 유연한 몸매와 높이 솟은 가슴의 윤곽이 두드러져 보였다. 곧 멀리에서 보트가 모습을 드러내더니 빠른 속도로 다가왔다. 그 보트에서 전날 밤처럼 따따르 식 모자를 쓴 사람이 내렸는데, 머리는 까자크 식으로

잘랐고 허리띠 뒤로는 큰 칼이 삐져나와 있었다.

"얀꼬." 그녀가 말했다. "다 틀렸어."

그 다음으로 이어진 그들의 대화는 소리가 아주 작았기 때문에 나는 아무 것도 들을 수 없었다.

"그런데 장님은 어디 있어?" 마침내 얀꼬가 목소리를 높이며 말했다.

"가져올 게 있어서 보냈어." 그녀의 대답이었다. 몇 분 뒤 장님이 등에 자루를 짊어지고 나타났는데, 그들은 그것을 보트에 실었다.

"잘 들어, 장님!" 얀꼬가 말했다. "너는 그 곳을 지켜… 알겠지? 거기엔 값비싼 물건들이 있잖아…. 그리고 ○○(이름은 알아듣지 못했다)에게 전해, 난 더 이상 그의 하인이 아니라고 말이야. 일이 잘 못돼서 더 이상은 날 볼 수 없을 거라고도 말해. 이젠 위험해. 다른 곳에 일감을 찾으러 가야겠어. 그 자도 나만큼 배짱 좋은 놈은 찾기 힘들 거야. 품삯만 좀 더 잘 쳐 줬더라면 얀꼬도 그를 버리고 떠나지는 않았을 거라고도 전해라. 바람이 불고 파도가 치는 곳이라면 내겐 어디나 다 길이야!"

잠시 침묵이 흐른 뒤 얀꼬는 말을 이어갔다.

"이 여잔 나와 함께 갈 거다. 여기 남는 건 안 되니까. 그리고 노파에게 전해, 죽을 때가 됐다고 말이야. 그만큼 살았으면 염치를 알 때도 됐다고 말이야. 노파도 우릴 다신 못 볼 거다."

"그럼 나는?" 장님이 애처로운 목소리로 말했다.

"네가 나한테 왜 필요하겠니?" 그의 대답이었다.

그러는 동안 나의 운지나는 보트로 뛰어오른 후 동료에게 한 손으로 신호를 보냈다. 그는 장님의 손에 무언가를 쥐어주며 말했다.

"옛다, 이걸로 당밀 과자 사 먹어라."

"이것뿐이야?" 장님이 말했다.

"뭐 그럼, 좀 더 주지."

동전 하나가 떨어져 돌에 부딪히면서 딸랑거렸다. 장님은 그것을 줍지 않았다. 얀꼬는 보트에 탔고, 육지 쪽으로부터 바람이 불어오는 가운데 그들은 작은 돛을 올린 후 급히 떠나버렸다. 달빛 아래서 어두운 파도 사이로 하얀 돛단배가 오랫동안 아른거렸다. 장님 소년은 계속해서 해변에 앉아 있었는데, 곧 뭔지 흐느낌 비슷한 소리가 내 귀에 들려왔다. 장님 소년은 정말로 울고 있었다. 오래, 오래…. 나는 슬퍼졌다. 무얼 위해서 운명은 나를 이 성실한 밀수업자들의 평화로운 세계에 던져 넣어야 했을까? 마치 잔잔한 샘물에 던져진 돌처럼 나는 그들의 평온을 깨뜨려버렸고, 나 자신도 돌처럼 밑바닥으로 떨어질 뻔했지 않았는가?

나는 집으로 돌아왔다. 현관에서는 다 타버린 초가 나무 접시 위에서 빠지직 소리를 내고 있었고, 나의 까자크는 명령에도 불구하고 두 손으로 소총을 쥔 채 깊은 잠에 빠져 있었다. 나는 그를 편히 자도록 내버려둔 뒤 양초를 가지고 오두막 안으로 들어갔다. 이런! 나의 자개 보석함, 은테를 두른 장검, 친구의 선물인 다게스딴제 단검, 모든 것이 사라졌다. 그때서야 나는 그 저주받을 장님 녀석이 짊어지고 가던 물건들이 무엇이었는지 깨달았다. 나는 까자크를 상당히 거칠게 흔들어 깨운 뒤 욕설을 퍼붓고 화를 냈지만, 어쩔 도리가 없었다! 또한, 앞 못 보는 아이가 내 물건을 싹 다 훔쳐갔고 열여덟 살짜리 처녀가 나를 물에 빠뜨려 죽일 뻔했다고 상부에 탄원하는 건 우스꽝스럽지 않겠는가?

다행히 아침녘엔 떠날 수 있게 되었기에 나는 따만을 뒤로 했다. 노파와 불쌍한 장님이 어떻게 됐는지는 모른다. 하긴 공무 수행용 역마권이나 가지고 떠돌아다니는 나 같은 장교에게 인간사의 기쁨과 불행이란 것이 무슨 소용이나 있겠는가…?

Герой нашего времени

2부

2. 공작 영애 메리

5월 11일

어제 나는 빠찌고르스크(Пятигорск)에 도착해서 도시의 끝자락에서 가장 높은 장소인 마슈크(Машук) 산기슭에 방을 빌렸다. 뇌우가 올 때는 구름이 지붕까지 내려올 것 같은 집이다. 오늘 아침 다섯 시에 창문을 여니까 내 방은 소박한 앞쪽 정원에서 자라는 꽃들의 향기로 가득 찼다. 꽃을 피운 벚나무 가지들이 나의 창문을 들여다보고 있고, 그 꽃잎들은 이따금씩 바람에 날려 내 책상에 흩뿌려진다. 내 방에서 세 방향으로 보이는 경치는 경이롭다. 서쪽으로는 봉우리가 다섯 개인 베쉬투(Бешту) 산이 '흩어져 버린 폭풍의 마지막 먹구름'[35]처럼 푸른색을 띠고 있다. 북쪽으로는 마슈크 산이 페르시아 털모자처럼 솟아올라 지평선의 이쪽 부분을 전부 가리고 있다. 동쪽을 바라보면 더욱 즐겁다. 내 앞의 아래쪽으로는 깨끗한 신도시가 화려하게 펼쳐지고 약수터의 물 흐르는 소리, 다양한 언어를 쓰는 군중의 웅성거리는 소리가 들려온다. 그쪽으로 좀 더 멀리 가면, 산들이 점점 더 안개에 휩싸여 가는 가운데서도 점점 더 푸른색을 띠어 가며 마치 반원형 극장처럼 겹겹이 쌓여 있다. 지평선 끝으로는 눈 덮인 봉우리들이 까즈벡 산에서 시작하여 봉우리가 두 개인 엘보루스(Эльборус) 산까지 은빛 사슬처럼 이어지고 있다…. 이런 땅에서 사는 것은 즐거운 일이다! 어떤 기쁨의 감정이 내 혈관에 흘러넘쳤다. 공기는 어린아이의 키스처럼 깨끗하고 신선하다. 태양은 밝고 하늘은 푸르다. 더 이상 뭐가 필요할까? 여기에 열정이니 소망이니 후회니 하는 것들이 왜 필요할까…? 그나저나 가야 할 시간이 되었다. 엘리자베트 샘으로 가야겠다. 사람들 말로는 아침이면 온천장 사교계가 전부 거기에 모인다고 한다….

도시의 중심부로 내려간 후 나는 산책로를 따라 걷기 시작했는데, 그러다가 천천히 산을 오르고 있는 슬픈 표정을 한 몇몇 무리의 사람들을 보게 되었다. 그들은 대부분이 초원 지대의 지주 가족들이었다. 그 점은 남편들의 낡고 구식인 프록코트와 아내들과 딸들의 세련된 옷차림을 보면 바로 알 수 있었다. 그들은 이미 온천장 젊은이들에 대해서는 속속들이 꿰고 있는 낌새였다. 나를 보더니 호기심이 살짝 담긴 눈길로 바라보았기 때문이다. 뻬쩨르부르그 식

---

35) 알렉산드르 뿌쉬낀의 1835년 시 「먹구름(туча)」에서 인용된 구절.

으로 만든 내 프록코트가 그들을 잠시 현혹하기도 했지만, 내가 보병의 견장을 단 것을 알아보고는 그들은 이내 짜증스러워하는 표정으로 몸을 돌렸다.[36]

이 지역 권력자들의 부인들, 다시 말해 온천장의 여주인들은 좀더 호의적이었다. 그들에겐 오페라용 안경이 있다. 그들은 누가 군복을 입었다는 사실에는 신경을 덜 쓰는 편이었는데, 까프까스에서 그들은 군번이 새겨진 단추 밑에서도 열정적인 가슴을 만날 수 있고 하얀 군모 밑에서도 교양 있는 지성을 만날 수 있다는 사실에 이미 익숙해졌기 때문이다. 이 부인들은 참으로 사랑스럽다. 그리고 오랫동안 지속적으로 사랑스럽다! 그들의 숭배자들은 매년 새로운 사람들로 바뀌는데, 그들의 지칠 줄 모르는 상냥함의 비밀은 아마도 여기에 있을 것이다. 좁은 오솔길을 따라 엘리자베트 샘으로 올라가다가 나는 한 무리의 문관과 무관 남자들을 앞지르게 되었다. 나중에 알게 된 바지만, 그들은 온천의 효험을 기대하는 사람들 중에서 특별한 계층을 형성한다. 그들은 마시되 온천수가 아니라 술을 마시며, 산책은 하되 조금만 하고, 여자들 꽁무니를 따라다니되 슬쩍 그러기만 하고 만다. 그들은 카드놀이를 하면서 지루하다고 불평을 해댄다. 그들은 허세를 부리는 멋쟁이들이다. 그들은 온천의 탄산유황수 우물에 잔가지로 감싼 컵을 담그면서도 학자연하

---

36) 뻬쩨르부르그 식으로 만든 군인 프록코트는 첫눈에는 그가 대체로 수도 근위대의 그럴듯한 기병 장교가 아니겠냐는 추측을 사람들에게 불러일으키지만, 앞서 보았듯이 뻬초린은 그곳으로부터 까프까스로 육군 소위보라는 비교적 낮은 직책으로 전보되어 왔기에 보병의 견장을 달고 있다. 따라서 신분과 직위로만 사람을 판단하는 속물적인 사람들은 이 장면에서 뻬초린의 낮은 신분에 대해 실망하고 있는 것이다.

는 포즈를 취한다. 그들 중 문관들은 밝은 하늘색 넥타이를 매고 있고, 무관들은 목의 칼라 밖으로 둥근 레이스 장식을 드러내 놓는다. 그들은 이곳 시골의 집들에 대한 깊은 경멸감을 토로하면서, 그들을 받아주지 않는 수도 귀족들의 거실이 그리워 한숨을 쉰다.

마침내 우물에 다 왔다…! 이 우물 근처 공터에는 목욕탕 위에 붉은 지붕이 달린 작은 건물이 있고, 좀 더 멀리에는 비올 때 산책할 수 있는 회랑이 있다. 몇몇 부상자 장교들이 지팡이를 접은 채 창백하고 슬픈 얼굴로 벤치에 앉아 있었다. 몇몇 부인들은 온천수의 효험을 기대하며 빠른 걸음으로 공터를 앞뒤로 오가고 있었다. 그중에는 두셋 정도의 예쁜 얼굴도 있었다. 마슈크 산의 비탈길을 덮고 있는 포도나무 산책로 아래서는 둘만의 고독을 즐기려는 여자들의 알록달록한 모자들이 때때로 아른거렸다. 그런 모자 옆에서는 으레 군모 혹은 볼썽사나운 둥그런 모자가 눈에 들어오곤 했다. 에올로바 하프라는 이름의 정자가 있는 가파른 바위 절벽 위에서는 경치를 즐기는 사람들이 수시로 나타나 망원경을 엘보루스 산 쪽으로 돌려대고 있었다. 그들 사이에는 두 명의 가정교사도 있었는데, 임파선 종양을 치료하러 온 학생들과 함께였다.

나는 숨을 헐떡거리며 산자락 끝에 멈춰선 뒤 작은 건물 모퉁이에 기대어 서서 그림 같은 주변 경관을 살펴보기 시작했다. 그때 갑자기 뒤에서 귀에 익은 목소리가 들려왔다.

"뻬초린! 여기 온지 오래 됐나?"

돌아보니, 그루쉬닛스끼(Грушницкий)였다! 우리는 서로 끌어안았다. 그를 알게 된 건 작전 중인 부대에서였다. 그는 다리에 총상을 입어 나보다 1주일 먼저 온천으로 떠났다.

그루쉬닛스끼는 예비사관[37]이다. 그는 군복무를 한 지 1년밖에 안 되었는데, 유난스러운 멋을 부리려고 두껍고 긴 사병용 외투를 입고 다닌다. 그는 사병에게 수여하는 게오르기 십자 훈장도 가지고 있다. 그는 체격이 좋으며 거무스름한 피부에 머리카락은 검다. 겉으로 보기엔 스물다섯은 되어 보이지만, 실제로는 이제 겨우 스물한 살이다. 말을 할 때면 고개를 뒤로 젖히고 왼손으로 연신 콧수염을 꼰다. 오른손으론 목발을 짚고 말이다. 그는 우쭐대면서 빠른 속도로 말을 한다. 그는 인생의 모든 경우에 대비해 화려한 문구들을 준비해 놓고 있는 부류에 속하는데, 그런 부류들은 단순히 아름다운 것에는 감동하지 않고, 특별한 감정, 고양된 열정, 이례적인 고통을 자신이 느끼고 있는 양 자못 엄숙한 태도를 취한다. 그럼으로써 사람들에게 어떤 효과를 불러일으키는 것, 이것이 그들의 즐기는 일이다. 낭만적인 시골 여자들은 그들에게 미칠 정도의 매력을 느낀다. 나이가 들면 이들은 태평스러운 지주가 되거나 술주정뱅이가 되는데, 간혹 둘 다가 되기도 한다. 그들의 영혼 속에는 종종 선량한 자질들도 많이 발견되지만, 시적인 측면이라고는 조금도 없다. 그루쉬닛스끼는 웅변조로 말하는 것을 무척 좋아했다. 그는 대

---

37) 예비사관(юнкер): 러시아에서 1860년대까지 귀족 자제 중 군 자원자는 '예비사관'이라는 계급을 우선 부여받은 후 2년을 부대에서 복무하고 시험을 통과하면 비로소 장교(офицер)가 될 수 있었다. 이 예비사관들의 복장은 일반 병사와 거의 차이가 없었다. 당시에는 귀족 자제들을 장교로 속성으로 육성하기 위한 여러 종류의 사관학교도 존재하여 러시아 혁명 시기까지 유지되었는데, 이 학교 생도들에게도 '사관후보생'이라는 뜻으로서 같은 단어가 사용되었다. 레르몬또프도 근위 기병 사관학교를 2년간 다녔다.

화가 일상적 일들의 영역 밖으로 나오기만 하면 즉시로 상대방에게 말 세례를 퍼붓기 시작하는 인간이었다. 그와 논쟁하는 건 나로서는 불가능한 일이었다. 그는 상대방의 반박에 대답도 하지 않고, 상대방의 말을 듣지도 않는다. 상대방이 말을 멈추기 무섭게 긴 장광설을 늘어놓기 시작하는데, 겉으로 보기엔 상대방이 말한 것과 어떤 연관이 있어 보이지만 실제로는 자기 말의 연장일 뿐이다.

그의 말은 꽤 재치가 있다. 그가 사용하는 경구들은 종종 재미있기도 하다. 그러나 정곡을 꿰뚫거나 신랄한 느낌을 주는 경우는 절대 없다. 따라서 말 한 마디로 사람을 꼼짝 못하게 만들지도 못한다. 그는 사람들을 모르고 사람들의 약점도 모른다. 평생 자기 자신에게만 몰두해 살아왔기 때문이다. 그의 목표는 소설의 주인공이 되는 것이다. 자신이 평화를 위해 창조된 존재가 아니라 모종의 비밀스러운 고통을 겪을 운명을 타고난 존재라는 사실을 사람들에게 확신시키기 위해 너무나 자주 노력한 탓에, 그 자신도 거의 그렇게 확신하게 되었다. 바로 이 점 때문에 그는 두꺼운 사병용 외투를 그토록 당당하게 입고 다니는 것이다. 나는 그의 마음을 간파했고, 그래서 그 점 때문에 그는 나를 좋아하지 않는다. 비록 겉으론 우리가 아주 우정이 깊은 사이인 것처럼 보이더라도 말이다. 그루쉬닛스끼는 대단한 용사로 정평이 나 있다. 나는 전투 중에 그를 본 적이 있다. 그는 눈을 반쯤 감고 장검을 휘두르고 소리를 지르며 앞으로 돌진한다. 이건 뭔가 러시아적인 용맹함과는 다른 것이다…!

나 역시 그를 좋아하지 않는다. 언젠가는 그와 외나무다리에서 만나 우리 중 하나는 불행한 일을 당할 것 같은 느낌이 든다.

그가 까프까스에 온 것도 그의 낭만적인 맹신의 결과이다. 아버지의 마을을 떠나기 전날 밤 그는 우울한 표정을 지으며 어떤 예쁘장한 이웃 여자에게 말했을 것이다. 자신은 단순히 복무를 위해서 가는 것이 아니라 죽음을 찾아서 가는 것이라고, 왜냐하면…. 여기서 그는 틀림없이 한 손으로 눈을 가리고 이렇게 이어갔을 것이다. "아닙니다. 당신은(혹은 그대는) 그 이유를 알아서는 안 됩니다! 당신의 순결한 영혼이 전율할 테니까요! 더구나 무엇 때문에 알아야 하겠습니까? 내가 당신에게 무슨 존재라고요! 당신이 나를 이해하실 수 있을까요…?" 그 외 등등.

자신이 K 연대에 입대하도록 자극한 원인은 자신과 하늘만이 아는 영원한 비밀로 남을 것이라고 그가 내게 직접 말한 적도 있다.

하지만 비극의 망토를 벗어던지는 순간 그루쉬닛스끼는 상당히 사랑스럽고 재미있는 사람이다. 나는 그가 여자들과 함께 있는 모습을 보고 싶다. 내 생각엔, 그가 진짜 노력을 기울이는 건 그때일 것이기 때문이다!

우리는 오랜 동료로서 만났다. 나는 그에게 온천장의 생활 방식과 주목할 만한 인물들에 대해 이것저것 묻기 시작했다.

"우리는 상당히 틀에 박힌 삶을 살고 있어." 그가 한숨을 내쉬고 말했다. "아침에 온천수를 마시는 자들은 여느 환자들이나 마찬가지로 축 늘어져 있고, 밤에 포도주를 마시는 자들은 여느 건강한 사람들과 마찬가지로 참아내기 힘든 족속들이지. 여자들의 모임도 있긴 하지만, 그들로부터 위안을 얻을 건 별로 없어. 그들은 휘스트 놀이나 하고 옷차림도 형편없고 프랑스어 실력은 끔찍하지. 올해 모스크바에서 온 사람이라곤 딸과 함께 온 리곱스까야(Лиговская) 공작부인뿐이야. 하지만 난 그들과는 모르는 사이지. 내 사병 외투는 거부의 낙인과도 같아. 그것이 불러일으키는 동정심은 적선만큼이나 마음을 무겁게 하지.”

그때 두 명의 숙녀가 우리 곁을 지나 우물 쪽으로 갔다. 한 명은 나이가 지긋했고 다른 한 명은 젊고 날씬했다. 모자 때문에 그들의 얼굴을 잘 알아볼 순 없었지만, 옷차림은 훌륭한 취향이 요구하는 엄격한 규칙에 맞춰서 입은 것이었다. 군더더기라고는 전혀 없었다! 두 번째 여성은 가슴이 덮이는 gris de perles(약간 진한 진주빛) 원피스를 입고 나긋나긋한 목에는 가벼운 실크 스카프를 두르고 있었다. 복사뼈까지 올라오는 couleur puce(어두운 붉은 색의) 부츠가 복사뼈 주변의 가느다란 발목을 너무나 사랑스럽게 휘감고 있어서, 아름다움의 비밀에는 미숙한 사람이라 할지라도 놀라워서라도 반드시 탄성을 내질렀을 것이다. 그녀의 경쾌하지만 기품 있는 걸음걸이에는 딱히 뭐라 규정할 수는 없지만 한 번 보면 금방 알 수 있는 왠지 처녀다운 데가 있었다. 그녀가 우리 옆을 지나갈 때 그녀에게서 설명할 수 없는 향기가, 사랑스러운 여인의 메모에서 간혹 발산되는 그러한 향기가 풍겨 나왔다.

“저 사람이 리곱스까야 공작부인이야.” 그루쉬닛스끼가 말했다. “함께 있는 여자는 딸인 메리(Мери)인데, 영국식으로 해서 그렇게 부르더라고. 여기 온 지 사흘 됐지.”

“그런데 자네는 벌써 저 여자의 이름을 알고 있는 건가?”

“그래, 우연히 들었지.” 그는 얼굴을 붉히며 대답했다. “솔직히 난 저들과 알고 지내고 싶은 생각은 없어. 저런 오만한 귀족들은 우리 보병들을 야만인처럼 쳐다보지. 군번 찍힌 군모 밑에 지성이 있을지, 두꺼운 외투 밑에 열렬한 가슴이 있을지가 저들에게 관심 사항이나 되겠나?"

"가련한 외투여!" 내가 피식 웃으며 말했다. "저들 쪽으로 다가가 저렇게 굽실거리며 컵을 대령해 주는 저 신사는 누군가?"

"오! 저 사람은 모스크바의 멋쟁이 라예비치야! 노름꾼이지. 푸른 색 조끼에 꿈틀거리듯이 달려 있는 커다란 금색 시곗줄만 봐도 금방 알 수 있지. 저 굵은 지팡이는 또 뭔가. 꼭 로빈슨 크루소의 지팡이 같군! 게다가 턱수염 기른 꼴하며, 머리 모양은 à la moujik(농사꾼 스타일)일세."

"자네는 인류 전체에 증오심을 품은 모양이군."

"그럴 만한 이유가 있지⋯."

"오! 정말인가?"

그때 숙녀들은 우물을 떠나 우리 있는 곳을 지나갈 참이었다. 그 루쉬닛스끼는 목발의 도움을 받아 드라마틱한 포즈를 때늦지 않게 취하는 데 성공했고, 그 다음에 나를 향해 프랑스어로 큰 소리로 대답했다.

"Mon cher, je hais les hommes pour ne pas les mépriser, car autrement la vie serait une farce trop dégoûtante(이보게, 내가 사람들을 증오하는 건 그들을 경멸하지 않기 위해서라네. 그렇지 않다면 삶은 너무나 혐오스러운 어릿광대 극이 될 테니까 말이야)."

예쁘장한 공작 영애가 몸을 돌리더니 연사에게 오랫동안 호기심

어린 시선을 선사했다. 그 시선의 표정은 무슨 의미인지가 매우 불분명했지만 비웃는 표정은 아니었으므로 나는 마음 깊이 그를 축하했다.

"저 공작 영애는 굉장히 예쁜데", 내가 그에게 말했다. "눈이 정말 벨벳 같아. 그야말로 벨벳이라고. 그녀의 눈에 대해 얘기할 때면 이 표현을 쓰라고 충고하고 싶네. 아래위 속눈썹도 어찌나 긴지 눈동자에 햇빛도 비치지 않겠어. 나는 광채가 나지 않는 저런 눈이 좋아. 저런 눈은 너무나 부드러워서 마치 상대를 어루만져 주는 것 같거든…. 그런데 그녀의 얼굴에서 괜찮은 건 눈뿐인 것 같은데…. 어때, 이는 하얀가? 이건 매우 중요해. 그녀가 자네의 화려한 문구에 이를 드러내고 미소를 보내지 않은 게 유감이로군."

"자네는 예쁜 여자를 두고 마치 영국산 말에 대해 얘기하듯 말하는군." 그루쉬닛스끼가 분개하며 말했다.

나는 그의 어조를 흉내 내려 애쓰며 대답했다.

"Mon cher, je méprise les femmes pour ne pas les aimer, car autrement la vie serait un mélodrame trop ridicule(이보게, 내가 여자들을 경멸하는 건 그들을 사랑하지 않기 위해서라네. 그렇지 않다면 삶은 너무나 우스꽝스러운 멜로드라마가 될 테니까 말이야)."

나는 그로부터 몸을 돌려 딴 데로 걸어갔다. 30분 정도 포도나무 산책길을 따라, 그리고 관목들이 여기저기 우거진 석회암 바위 사이 길들을 따라 산책했다. 날씨가 더워지자 나는 서둘러 집으로 발걸음을 옮겼다. 탄산유황수 샘 옆을 지나다가 나는 숨을 좀 돌리려고 지붕이 있는 회랑 옆에서 걸음을 멈추었는데, 그로 인해 자못 흥미로운 장면의 목격자가 되어 버렸다. 등장인물들은 바로 다음과 같은 상태에 있었다. 공작부인이 모스크바에서 온 멋쟁이와 함께 지붕이 있는 회랑의 벤치에 앉아 있었는데, 둘 다 진지한 대화에 몰두해 있는 것 같았다. 공작 영애는 이미 마지막 컵을 다 마신 듯, 생각에 잠겨 우물가를 거닐고 있었다. 그루쉬닛스끼는 우물 바로 옆에 서 있었다. 공터에는 그 외의 다른 사람은 없었다.

나는 좀 더 가까이 다가가 회랑의 모퉁이 뒤로 몸을 숨겼다. 그때 그루쉬닛스끼가 자신의 컵을 모래 위에 떨어뜨렸고, 그것을 줍기 위해 몸을 굽히려 낑낑거리기 시작했다. 하지만 부상당한 다리 때문에 잘 되지가 않았다. 불쌍한 녀석! 목발에 기대 안간힘을 써 보았지만 소용이 없었다. 표정이 풍부한 그의 얼굴에는 정말로 고통스러움이 나타났다.

공작 영애 메리는 이 모든 것을 나보다 더 잘 볼 수 있는 위치에 있었다.

그녀는 새보다 더 가볍게 그에게 뛰어가더니 몸을 숙여 컵을 집어 들고는, 말로 표현키 힘들 정도의 매력이 넘치는 몸짓으로 그에게 컵을 건넸다. 그러고는 얼굴이 새빨개져서 회랑 쪽을 돌아보는데, 엄마가 아무 것도 보지 못했다는 확신이 들자 금방 안심하는 것 같았다. 그루쉬닛스끼가 감사하다는 말을 하려고 입을 열었을 때 그녀는 이미 멀리 가 있었다. 얼마 후 그녀는 어머니와 그 멋쟁이랑 함께 회랑에서 나왔지만, 그루쉬닛스끼 옆을 지날 때는 너무나 단정하고도 근엄한 태도를 취했다. 그녀는 그의 쪽으로 고개를 돌리지도 않았을뿐더러, 산에서 내려와 넓은 산책로의 보리수나무들 너머로 사라질 때까지 오랫동안 그녀를 배웅하는 그의 열렬한 시선도 알아채지 못했다…. 하지만 곧 그녀의 모자가 길 건너편에서 아른거렸다. 그녀는 빠찌고르스크에 있는 가장 훌륭한 집들 중 하나의 대문 안으로 뛰어 들어갔다. 그녀를 따라 걸어가던 공작부인은 대문 옆에서 라예비치와 작별 인사를 나누었다.

열정에 사로잡힌 가엾은 예비사관은 그때서야 비로소 나의 존재를 알아차렸다.

"봤나?" 그가 내 손을 꽉 쥐며 말했다. "정말 천사야!"

"왜 그렇게 생각하나?" 나는 더할 나위 없이 순진한 척하며 물어보았다.

"정말 못 봤단 말이야?"

"아니, 봤지. 그녀가 자네 컵을 주워 주더군. 문지기가 그 자리에 있었더라도 똑같이 했을 거야. 그것도 보드카 값이라도 받아낼 요량으로 더 서둘러 해 주었겠지. 하지만 그녀가 자네를 측은하게 여긴 건 충분히 이해할 만해. 총알에 관통당한 다리를 내디뎠을 때 정말 엄청나게 찡그려댔으니까…."

"그럼 자네는 전혀 감동을 받지 않았다는 건가? 그녀의 영혼이 얼굴에서 반짝이는 순간을 봤으면서도 말이야…?"

"전혀."

나는 거짓말을 했다. 하지만 나는 그를 격분하게 만들고 싶었다. 나는 반박하는 것에 타고난 열정이 있다. 나의 전 인생은 감정이나 이성에 대한 슬프고도 부질없는 반박의 연속일 뿐이었다. 열광하기 좋아하는 사람이 앞에 있으면 내 몸에는 주현절38)의 냉기가 확 끼쳐온다. 축 처지고 둔한 사람과 자주 접해 왔다면 나는 아마 열정적인 몽상가가 되었을 것이다.

더욱 솔직히 말해 보자면, 불쾌하지만 익숙한 감정이 그 순간 나의 가슴을 스쳐 지나갔다. 그것은 질투였다. 내가 용감하게 '질투'라는 말을 하는 건, 내 자신에 대한 모든 것을 고백하는 데 익숙해졌기 때문이다. 한 청년이 무기력했던 자신의 관심을 쏠리게 하는 예쁜 여자를 우연히 만났는데, 그가 있는 데서 그녀가 갑자기 다른 남자에게, 어쨌거나 그녀와는 알지 못하는 사이인 다른 남자에게 특별한 관심을 보내는 것을 보고도 그 청년이(물론 화려한 사교계 생활을 하면서 자신의 자부심을 키워가는 데 익숙해진 청년 말이다) 불쾌한 충격을 받지 않는 일은 아마 거의 없을 것이다.

나와 그루쉬닛스끼는 말없이 산을 내려와서 산책로를 따라 걷다가 우리의 미녀가 모습을 감춘 집의 창문 곁을 지나게 되었다. 그녀는 창문 옆에 앉아 있었다. 그루쉬닛스끼는 내 손을 잡아당기고는 여자들에게는 별 효과가 없는 흐릿하고도 부드러운 류의 시선을 그녀에게 던졌다. 나는 그녀 쪽으로 오페라 안경을 갖다 댔는데, 그녀가 그의 시선에 대해서는 미소를 지었지만 나의 무례한 오페라 안경에 대해서는 엄청나게 화가 났다는 사실을 알아차렸다. 사실 일개 까프까스 보병이 어찌 감히 모스크바의 공작 영애에게 외알 안경을 들이댈 수 있다는 말인가…?

---

38) 주현절(主顯節, Крещение Господне, Epiphany): 그리스도가 서른 번째 생일에 세례자 요한에게 세례를 받고 하나님의 아들임을 나타내었다는 의미로 경축하는 러시아 정교의 축일이다. 1월 6일이며 러시아 기후상 가장 추운 때에 속한다.

5월 13일

방금 아침녘에 의사가 내게 들렀다. 이름은 베르너(Вернер)이지만 러시아인이다. 이게 뭐 놀랄 일인가? 나는 이바노프라는 사람을 알고 지낸 바 있는데, 그는 독일인이었다.

베르너는 많은 이유에서 뛰어난 사람이다. 거의 모든 의사가 그러하듯 그도 회의론자이며 유물론자이지만, 그에 더하여 참된 시인이기도 하다. 그는 평생 시라고는 단 두 줄도 써 본 적이 없지만 그의 모든 행동에서, 그리고 말에서도 자주 시인의 느낌이 나기에 그러하다. 그는 시체의 혈관을 연구하듯 사람 마음의 모든 생생한 선율을 연구했지만, 그 지식을 이용할 줄은 몰랐다. 뛰어난 해부학자가 열병을 고치지 못하는 일이 간혹 있듯이 말이다! 베르너는 자기 환자들을 몰래 비웃는 일이 흔했지만, 한번은 그가 죽어가는 사병 앞에서 우는 것을 내가 본 적도 있다…. 그는 가난했기에 백만장자가 되기를 꿈꾸기도 했지만, 그렇다고 해서 돈을 위해 쓸데없는 짓을 할 사람은 아니었다. 한 번은 그가 친구에게 은혜를 베풀기보다는 차라리 적에게 베풀겠다고 말한 적이 있는데, 그 이유는 전자의 경우는 자선을 파는 것을 의미할 테지만 후자의 경우에는 적의 관대함에 비례하여 증오가 더 강해질 따름이기 때문이라는 것이다. 그는 독설가였다. 그의 경구로 인해 속물적인 바보의 딱지가 붙어 이름을 날리게 된 호인이 한둘이 아니다. 그의 경쟁자들인 온천장의 질투심 많은 의사들은 그가 자기 환자들을 희화하고 다닌다는 소문을 퍼뜨렸고, 환자들은 얼굴이 하얗게 질려서 거의 대부분 그를 거부했다. 그의 친구들, 즉 까프까스에 근무하던 진실로 품행이 훌륭한 의사들이 추락한 그의 신용을 회복시켜 보려고 노력했으나 허사였다.

그의 외모는 첫 눈에는 불쾌한 인상을 주지만 그 고르지 못한 얼굴 윤곽에서 고난을 겪은 고상한 영혼의 흔적을 발견하게 되면 나중에는 마음에 들게 되는 그런 부류에 속하는 외모였다. 여성들이 이런 사람들을 미칠 듯이 사랑하게 되어 그들의 추함을 가장 신선한 장밋빛 엔디미온39)들의 아름다움과도 바꾸지 않으려 하는 예들도 때때로 있었다. 여성들의 정당성을 인정해 줄 필요가 있다. 영적인 아름다움을 알아보는 직감이 있기 때문이다. 바로 이 때문에 베르너와 같은 사람들이 여성을 그토록 정열적으로 사랑하는지도 모른다.

베르너는 키가 작고 말랐으며 어린아이처럼 약했다. 또한 한쪽 다리는 바이런처럼 다른 쪽 다리보다 짧았다. 머리는 몸통에 비해 너무 커 보였다. 그는 머리를 매우 짧게 자르고 다녔기에 울퉁불퉁한 두상이 그대로 드러났는데, 상호 충돌하는 경사각들의 기묘한 얽힘은 골상학자들에게 충격을 줄 만했다. 늘 불안함을 담은 작고 검은 두 눈은 상대의 생각을 뚫어보려 애썼다. 옷차림에는 취향과 단정함이 눈에 띄었다. 여위고 힘줄이 솟은 작은 손에는 밝은 노란색 장갑을 껴서 꽤 멋이 났다. 그의 프록코트, 넥타이, 조끼는 항상 검은 색이었다. 젊은이들은 그에게 메피스토펠레스40)라는 별명을

---

39) 엔디미온(Эндимион, Endymion): 그리스 신화에 나오는 미소년.
40) 메피스토펠레스(Mephistopheles): 괴테의 희곡 『파우스트(Faust)』에 등장하는 악마의 이름.

붙였다. 그는 이 별명에 화를 내는 척했지만, 사실 그것은 그의 자존심에 만족을 주는 것이었다. 우리는 서로를 빠른 시간에 이해했고 '친한 사이인 사람'이 되었는데, 그 이유는 나에겐 우정이라는 걸 쌓을 능력은 없기 때문이다.[41] 두 친구 사이에서 한 명은 늘 다른 사람의 노예다. 비록 그들 중 누구도 이 점을 인정하지 않는 일이 종종 있지만 말이다. 나는 노예는 될 수 없는데, 그렇다고 해서 명령하는 사람이 되는 것도 피곤한 일이다. 명령과 동시에 상대를 기만해야 하기 때문이다. 더구나 나에겐 하인과 돈이 있다! 우리가 친한 사이가 된 건 다음과 같은 일을 통해서였다. 나는 S.라는 곳에서 수많은 젊은이들이 떠들썩하게 모인 와중에 그를 만났다. 저녁 시간이 끝날 무렵 대화는 철학적이고 형이상학적인 방향으로 흘렀다. 확신이라는 것에 대한 논의가 오갔는데, 각자가 다양한 것들을 확신하고 있었다.

---

41) 이 문장은 독자들의 오해를 일으킬 수 있는 부분이다. 러시아어에는 사람들 간의 친밀도를 표현하는 세 가지 단어가 존재한다. 일상적인 의사소통 관계인 '지인(知人)'은 '즈나꼼므이(знакомый)'이고, 우정이 많이 쌓인 '친구'를 말할 때는 '드루그(друг)'라는 단어를 쓴다. 물론 '친구(드루그)'라는 단어의 무게감이 떨어지고 보편화되면서 러시아어에서도 우리말에서처럼 일정 정도 이상의 친분만 있어도 이 단어를 사용하는 경향이 확산되었지만, 엄밀히 말해 이 단어는 속마음까지 터놓고 교류할 수 있는 사람을 칭하는 것이다. '지인'과 '친구' 사이 정도에 해당하는 단어가 우리말 번역으로는 '친한 사이인 사람'이 되는 '쁘리야쩰(приятель)'이다. 이 단어의 우리말 번역어가 다소 어색하므로 그냥 '친구' 혹은 '동료'라고 번역하는 경우도 있지만, 러시아어 친구(друг)와 이 단어 사이에 뉘앙스 차이는 분명히 존재한다는 점은 알아두어야 한다. 위 문장에서 뻬초린은 우정이라는 것을 중요시하지 않고, 또 우정을 쌓을 능력도 되지 않는 자신의 한계 때문에 베르너와 자신은 '친구'까지는 아닌 '친한 사이인 사람' 관계로만 머물렀다는 점을 밝히고 있는 것이다. 물론 뻬초린은 위의 단락에서 우정에 대한 자신만의 엄밀하고도 독특한 정의를 내리는 와중에서 이 용어들을 구별해 쓴 것이기에, 다른 곳에서까지 그러한 엄정성에 집착하지는 않는다. 따라서 다른 곳에서는 친구(друг)라는 단어를, 심지어 자신과 앙숙이 되는 그루쉬닛스끼와의 관계에서도 무심코 사용하는 경우도 간혹 있다.

"나로 말할 것 같으면, 난 단 하나만을 확신합니다." 의사가 말했다.

"뭔가요?" 그때껏 입을 다물고 있던 이 사람의 견해를 알고 싶어서 내가 물었다.

"그건 뭐냐면, 조만간 어느 아름다운 아침에 내가 죽을 거라는 사실입니다."

"내가 당신보다 부자군요." 내가 말했다. "내겐 그것 말고도 확신이 하나 더 있거든요. 뭐냐면, 내가 아주 추악한 어느 날 저녁에 태어나는 불행을 겪었다는 사실입니다."

다들 우리가 헛소리를 하고 있다고 생각했지만, 사실 그들 중 이보다 더 현명한 말을 한 사람은 아무도 없었다. 그 순간부터 우리는 사람들 가운데서 서로를 특별히 여기게 되었다. 우리는 자주 만났고, 서로 상대에게 사기를 치고 있다는 것을 알아채기 전까지 추상적인 문제들에 대해 매우 진지하게 토론을 하곤 했다. 서로 사기치고 있다는 사실을 알아채게 되면, 키케로의 말에 의하면 로마의 점쟁이들이 그렇게 했다는데, 서로의 눈을 의미심장하게 들여다보고 나서 큰 소리로 웃기 시작했고 실컷 웃은 다음에는 함께 보낸 저녁에 만족하며 헤어지곤 했다.

베르너가 내 방에 들어왔을 때 나는 팔베개를 하고 천장을 응시한 채 소파에 누워 있었다. 그는 안락의자에 앉아 지팡이를 구석에 세워놓더니 하품을 하고는 바깥 날씨가 더워지고 있다고 알려주었다. 나는 파리 때문에 성가시다고 답했고 그 다음엔 둘 다 입을 다물었다.

"알아 두세요, 친애하는 의사 선생." 내가 말했다. "바보들이 없다면 세상은 무척 지루할 겁니다…! 자, 보자고요. 여기 두 명의 현명한 사람인 우리가 있습니다. 우리는 모든 것에 대해 끝없이 논쟁할 수 있다는 걸 미리 알기에 논쟁을 하지 않습니다. 서로의 마음 깊숙한 생각들도 거의 모두 알고 있기에 한 마디 말이 우리에겐 이야기 전체가 됩니다. 세 겹의 껍질에 싸인 각자의 감정의 낱낱까지도 뚫어 보는 셈입니다. 우리에겐 슬픈 것은 우습고, 우스운 것은 슬프죠. 사실대로 말해 보자면, 대체로 우리는 우리 자신을 제외한 모든 것에 상당히 무관심합니다. 따라서 우리 사이에는 감정과 생각의 교환이란 존재할 수가 없어요. 우리는 서로에 대해 알고 싶은 건 다 알고 있으니까 더 알고 싶은 생각도 없는 겁니다. 그럼 남은 방법은 단 하나, 새 소식을 이야기하는 거죠. 어서 내게 뭐든 새 소식을 들려줘요."

말을 길게 하느라 지쳐서 나는 눈을 감고 하품을 했다.

그는 잠시 생각하더니 대답했다.

"당신의 그 실없는 말 속에도 한 가지 생각은 들어 있군요."

"두 가지입니다!" 내가 대답했다.

"하나를 내게 얘기해 주면, 내가 당신에게 다른 하나를 말해 주겠소."

"좋아요. 당신이 먼저 시작하세요." 계속 천장을 바라보고 속으로 미소를 지으며 내가 말했다.

"당신은 이 온천장에 온 사람들 중 누군가에 대해서 뭐든 자세한 얘기를 알고 싶어 하는 것이겠죠. 나는 당신이 신경을 쓰는 사람이 누구인지 이미 짐작이 갑니다. 그쪽에서 당신에 대해 벌써 물어보았기 때문이죠."

"의사 선생! 확실히 우린 대화를 하지 말아야겠네요. 서로의 영혼을 읽고 있잖습니까."

"이제 다른 생각을…."

"다른 생각이란 이런 겁니다. 나는 당신으로 하여금 내게 무엇이든 얘기하도록 만들고 싶었어요. 첫째로, 듣는 게 말하는 것보다 덜 힘드니까. 둘째로, 듣기만 하면 무심코 헛소리를 지껄이는 일은 없을 테니까. 셋째로, 다른 사람의 비밀을 알 수 있으니까. 넷째로, 당신처럼 현명한 사람들은 얘기를 해 주는 사람보다는 자신의 말을 들어주는 사람을 좋아하니까. 이제 본론으로 들어갑시다. 리곱스까야 공작부인이 나에 대해 무슨 말을 하던가요?"

"당신은 그게 공작부인이라고 아주 확신하는 모양이네요. 공작 영애가 아니라…?"

"완벽하게 확신합니다."

"왜지요?"

"왜냐하면 공작 영애는 그루쉬닛스끼에 대해 물었을 테니까요."

"당신은 판단 능력을 아주 타고났군요. 공작 영애는 사병 외투를 입은 그 젊은이가 결투 때문에 사병으로 강등됐을 거라 확신한다고 말하더군요."

"그녀가 그런 유쾌한 오해를 계속 하도록 내버려 두셨길 바랍니다만…."

"물론입니다."

"얘기의 발단은 갖춰졌군요!" 내가 환희에 차서 소리쳤다. "이제 이 코미디의 결말을 어떻게 만들지 힘써 봅시다. 내가 지루하지 않도록 운명이 신경 써 주고 있는 게 분명합니다."

"내 예감으론", 의사가 말했다. "가련한 그루쉬닛스끼가 당신의 희생물이 될 것 같소…."

"계속하세요, 의사 선생…."

"공작부인은 당신이 낯이 익다고 하더군요. 그래서 난 그분이 당신을 아마 뻬쩨르부르그의 어느 사교계에서 봤을 거라고 말해 주었고… 당신 이름도 말해 주었습니다. 이름을 알고 있더군요. 당신과 관련된 이야기가 거기서 많은 논란을 일으킨 모양입니다…. 공작부인은 사교계의 뜬소문들에 아마 자신의 견해인 것까지 덧붙여 가며 당신의 편력들에 대해 얘기해 주었죠. 딸은 호기심을 가지고 듣더군요. 그녀의 상상 속에서 당신은 새로운 스타일의 소설 속 주인공이 되었습니다…. 나는 공작부인이 헛소리를 하고 있다는 걸 알았지만 반박을 하지는 않았습니다."

"당신은 훌륭한 친구에요!" 내가 그에게 손을 내밀며 말했다. 의사는 정감 있게 손을 잡더니 말을 계속했다.

"원한다면, 당신을 그들에게 소개해드리죠…."

"무슨 말씀을!" 나는 손뼉을 치며 말했다. "주인공을 소개시키는 법도 있나요? 주인공은 자신이 마음에 품은 여인을 피할 수 없는 죽음의 문턱에서 구해내면서 비로소 그녀와 인사를 나누는 법입니다."

"그럼 당신은 정말로 공작 영애에게 구애를 할 생각인 겁니까…?"

"그 반댑니다. 완전히 반대에요…! 의사 선생, 마침내 내가 이겼네요. 당신이 내 말을 이해하지 못하는 걸 보니 말입니다…! 하지만 그 사실이 나를 슬프게도 만드는군요."

몇 분 침묵하다가 내가 말을 이어갔다.

"나는 내 비밀을 스스로 털어놓은 적은 한 번도 없지만, 남들로 하여금 그걸 추측해 보게 하는 건 끔찍이도 좋아합니다. 왜냐하면 그런 식으로 하면, 필요한 경우 늘 그건 틀린 추측이라고 부인을 할 수가 있거든요. 그나저나 그 모녀에 대해 내게 얘기를 해 주셔야 겠습니다. 어떤 사람들인가요?"

"첫째, 공작부인은 마흔 다섯인데", 베르너가 대답했다. "위는 아주 좋지만 혈액이 상했습니다. 그래서 뺨에 붉은 반점들이 있지요. 최근까지 반평생을 모스크바에서 살았는데, 거기서 편하게 지내다 보니 살이 쪘습니다. 남녀 간의 자극적인 일화들을 좋아하고, 딸이 방에 없을 때는 그녀 자신도 이따금 점잖지 못한 말들까지 한답니다. 그녀는 자기 딸이 비둘기처럼 순결하다고 말하더군요. 그게 나랑 무슨 상관이라고요…? 그 얘긴 아무에게도 하지 않을 테니 안심하라고 말하고 싶을 정도였습니다! 공작부인은 류머티즘 치료를 받는 중인데, 딸은 글쎄 무슨 치료를 받고 있으려나. 나는 두 사람 모두에게 하루에 탄산유황수 두 잔씩을 마시고 묽은 유황 온천에서 1주일에 두 번 목욕을 하라고 처방을 해 주었습니다. 공작부인은 명령을 하는 것에는 익숙지 않은 것 같았습니다. 바이런을 영어로 읽고 대수학을 아는 딸의 지성과 지식에 존경심을 품고 있더라고요. 모스크바에서는 귀족 집 아가씨들이 학문을 하겠다고 나서는 모양인데, 그건 참 잘된 일입니다! 우리 남자들은 대체로 그다지 친절한 편이 못 되니, 현명한 여자라면 그런 남자들에게 아양을 떠는 일이 분명히 참기 힘들 겁니다. 공작부인은 젊은이들을 무척 좋아하지만, 공작 영애는 그들을 다소간 경멸하는 시선으로 바라봅니다. 모스크바적인 습관인 거죠! 모스크바에선 마흔 살쯤은 되어야 풍자가로 인기를 누리니까요."

"모스크바에 가 본 적은 있습니까? 의사 선생."

"예, 거기서 실습을 한 적이 있습니다."

"얘기 계속하시죠."

"뭐, 다한 것 같은데…. 아, 하나 더 있군요. 공작 영애는 감정이나 열정 등등에 관해 논하는 걸 좋아하는 것 같았습니다…. 한 번은 겨울에 뻬쩨르부르그에 갔었는데 그곳이 마음에 들지 않았다나 봐요. 특히 사교계가 말이죠. 냉대를 받은 게 틀림없어요."

"오늘 그들 집에서 아무도 못 봤습니까?"

"그 반대입니다. 부관 한 명, 긴장한 근위병 한 명, 그리고 최근에 여기로 온 부인이 한 명 있었습니다. 공작부인의 남편 쪽 친척이라는데 아주 예쁘긴 하지만, 몸이 많이 아파 보이더군요…. 혹시 우물 근처에서 그녀를 본 적이 없습니까? 중키에 금발이고 얼굴 윤곽은 반듯한데, 얼굴색이 결핵환자 같고 오른쪽 뺨에 검은 점이 있더군요. 그런데 얼굴 표정이 풍부해서 놀랐습니다."

"점이라고요!" 나는 이 사이로 중얼거렸다. "그럴 리가?"

의사는 나를 쳐다보더니 자신의 한 손을 내 심장 근처에 갖다 대고 의기양양하게 말했다.

"아는 사람이군요."

실제로 나의 심장은 여느 때보다 강하게 뛰고 있었다.

"이제 당신이 승리할 차례군요!" 내가 말했다. "단, 당신이 날 배신하지는 않을 거라고 기대해 봅니다. 아직 그녀를 보지는 못했지만, 당신이 묘사해 준 초상 속에 내가 옛날에 사랑했던 한 여자의 모습이 분명히 있는 것 같습니다…. 그녀에겐 나에 대해 한 마디도 하지 마세요. 만약 그녀 쪽에서 물어 온다면 나에 대해 좋지 않게 말해 줘요."

"뭐, 그렇게 하지요." 베르너가 어깨를 으쓱하며 말했다.

그가 떠났을 때 끔찍한 슬픔이 내 가슴을 짓눌러왔다. 운명이 우리를 다시 까프까스에서 만나도록 한 걸까, 아니면 나를 만날 줄 알고 그녀가 일부러 이곳으로 온 걸까…? 우리는 어떤 식으로 만나게 될까…? 그런데, 정말 그녀가 맞긴 한 걸까…? 나의 예감은 나를 속인 적이 한 번도 없었다. 이 세상에서 나처럼 과거의 일에 강력하게 지배를 받는 사람은 없을 것이다. 지나가버린 슬픔이나 기쁨에 대한 온갖 추억이 나의 영혼을 병적으로 두드려서 그곳으로부터 늘 똑같은 소리를 끄집어낸다…. 나는 어리석게 창조되었다. 아무 것도 잊지 못하니까, 아무 것도!

식사를 하고 여섯 시쯤 산책로로 나섰다. 사람들이 모여 있었다. 공작부인과 공작 영애는 앞을 다투어 아양을 떠는 젊은이들에게 둘러싸인 채 벤치에 앉아 있었다. 나는 약간 거리를 두고 다른 벤치에 자리를 잡은 다음, 나와 아는 사이인 D 부대 소속의 장교 두 명을 불러 세워서 그들에게 뭔가를 얘기하기 시작했다. 그들이 미친 사람처럼 깔깔거리기 시작한 걸 보면 내 얘기가 우스웠던 모양이다. 호기심이란 녀석이 공작 영애를 둘러싼 사람들 중 몇몇을 나에게 끌어들였다. 시간이 흐르면서 다들 그녀를 버리고 우리 그룹에 합류를 했다. 나는 잠시도 입을 다물지 않았다. 내가 들려준 일화들은 엉뚱할 정도로 재치가 넘치는 것들이었고, 옆을 지나가는 기인(奇人)들에 대한 나의 조소는 광포하다고 할 정도로 사악한 것이었다… 나는 해가 질 때까지 계속 청중을 즐겁게 해 주었다. 공작 영애는 다리를 저는 어떤 노인을 동반하고 어머니의 팔짱을 낀 채 내 옆을 몇 번 지나갔다. 몇 번이나 내게 꽂힌 그녀의 시선은 무관심한 척하려 애썼지만 노여움을 드러내고 있었다….

"저 사람이 무슨 얘기를 해 주던가요?" 예의상 그녀에게로 돌아간 젊은이들 중 한 명에게 그녀가 물었다. "아주 흥미로운 얘기 같던데, 자신이 전투에서 공을 세운 얘기였겠죠…?"

그녀는 이 말을 상당히 크게 했는데, 빈정대는 소리가 내게 들리게 하려는 의도로 그렇게 했음이 분명했다.

'아하! 사랑스러운 공작 영애님, 진짜 화가 나셨나 보군요. 잠시 기다리시죠, 더 많은 일이 생길 테니까!' 나는 생각했다.

그루쉬닛스끼는 맹수처럼 그녀의 뒤를 따라다니며 그녀에게서 눈을 떼지 않았다. 그가 내일이면 누구한테든 가서 자기를 공작부인에게 소개해 달라고 부탁할 것이라는 데 내기를 걸어도 좋다. 그녀도 지루하다니까 매우 기뻐할 것이다.

5월 16일

지난 이틀 동안 나의 작업은 엄청나게 진척되었다. 공작 영애는 나를 확실히 증오한다. 그녀가 나를 겨냥해 말한 두세 개의 경구들을 이미 전해 들었는데, 꽤 신랄하지만 동시에 내 비위에 맞는 것들이기도 했다. 상류 사회에 익숙하고 그녀의 뻬쩨르부르그 사촌들이나 이모들과도 그렇게 친한 사이인 내가 그녀와 알고 지내려 하지 않는다는 것이 그녀로서는 끔찍이 이상할 것이다. 우물가와 산책로에서 우리는 매일 마주친다. 나는 그녀를 숭배하는 자들, 화려한 부관들, 창백한 모스크바 사람들 등등의 주의를 끌어오려 온 힘을 쏟고 있는데, 거의 언제나 성공을 한다. 나는 내 집을 찾아오는 손님들을 늘 증오해 왔다. 하지만 이제는 내 집에 매일 사람이 꽉 차서, 점심을 먹고 저녁을 먹고 카드놀이를 한다. 이를 어쩌나, 나의 샴페인은 자력과 같은 힘을 가진 그녀의 눈을 누르고 의기양양하게 나아가고 있는 것이다!

어제 나는 그녀를 첼라호프의 상점에서 보았다. 그녀는 기막힌 페르시아 양탄자를 사려고 흥정 중이었다. 그녀는 엄마에게 인색하게 굴지 말라고 졸라대고 있었다. 그런 양탄자라면 그녀의 서재를 멋지게 장식해 주었을 텐데…. 나는 40루블을 더 얹어주고 그 양탄자를 사버렸다. 그 덕택에 나는 가장 매혹적인 분노로 이글거리는 시선을 보답 받았다. 식사 시간 무렵에 나는 일부러 이 양탄자를 나의 체르께스 산 말에 얹어 그녀의 창문 옆으로 지나가게 하도록 지시했다. 마침 그때 그들 집에는 베르너가 있었는데, 이 장면의 효과가 대단히 극적이었다고 나에게 전해 주었다. 공작 영애는 나와 맞설 의용군이라도 모집하고 싶어 한다. 심지어 나는 부관 두 명이 그녀가 있는 데서는 나에게 매우 건성으로 목례만 한다는 것을 알아챘다. 하지만 그들이 매일 내 집에서 식사를 하는 건 여전하다.

그루쉬닛스끼는 비밀스러운 분위기를 풍기기 시작했다. 뒷짐을 지고 서성거리느라 사람들을 알아보지 못한다. 다리는 갑자기 다 나아서 거의 절지도 않는다. 그는 공작부인의 대화 상대자가 되고 공작 영애에게 찬사를 건넬 기회를 잡았다. 그때 이후로 그가 약간 고개를 숙여 인사하면 가장 사랑스러운 미소로 답해 주는 걸 보니 공작 영애도 그리 까다로운 성격은 아닌 모양이다.

"자넨 리곱스까야 모녀와 알고 지내고 싶은 생각이 확실히 없는 건가?" 그가 어제 내게 말했다.

"확실히 없어."

"아이고, 이보게! 온천장에서 가장 유쾌한 집이야! 여기서 최고의 사교계 사람들은 죄다 그 집에…."

"이보게, 친구. 난 여기가 아니더라도 사교계라면 질릴 대로 질린 사람이야. 그런데 자넨 그 집에 좀 드나드는 편인가?"

"아직은 아니야. 공작 영애와 두어 번 얘기를 나눠봤을 뿐이지. 그런데 그 이상은, 뭐 자네도 알잖아, 초대해 달라고 먼저 청을 하는 건 어색한 일이라는 걸. 여기선 통상 그렇게도 한다지만… 만일 내가 견장을 달고 있다면 얘기는 달라졌겠지만 말이야…."

"그 무슨 말을! 자네는 지금 이대로의 모습이 훨씬 더 흥미로워! 자신의 유리한 처지를 도무지 이용할 줄 모르는군…. 자네의 사병용 외투는 감수성 예민한 귀족 아가씨의 눈에 자네를 영웅으로, 수난자로 비치게 만들어 줄 거야."

그루쉬닛스끼는 스스로 만족하여 미소를 지었다.

"무슨 그런 말도 안 되는 소리를!" 그가 말했다.

"난 확신하네." 내가 계속했다. "공작 영애가 이미 자네한테 빠졌다는 걸."

그는 귀까지 빨개지고는 숨을 들이마시며 우쭐해했다.

오, 자만심이여! 너는 아르키메데스가 지구를 들어 올리려 했던 그 지렛대로다!

"자네는 하는 말마다 농담뿐이군!" 그는 화가 난 척하며 말했다. "첫째, 그녀는 아직 나에 대해 아는 게 거의 없고…."

"여자는 자신이 잘 모르는 사람만 좋아하는 법이야."

"게다가 난 그녀의 마음에 들기 위해 애쓰려는 생각이 전혀 없어. 그저 유쾌한 집안과 알고 지내고 싶은 마음뿐이니까, 만일 내가 그 이상의 어떤 기대를 갖는다면 정말 우스울 거야… 하지만 가령 자네 같은 사람들이라면 얘기가 다르지! 자네 같은 사람들은 뻬쩨르부르그 사교계의 승리자들이니까 말이야. 쳐다보기만 해도 여자들이 녹지 않나… 그런데 뻬초린, 공작 영애가 자네에 대해 무슨 말을 했는지 혹시 알고 있나?"

"뭐라고? 그녀가 자네한테 내 얘기를 했다고…?"

"하지만 기뻐하진 말게. 어쩌다 우물가에서 그녀와 얘기를 나누게 됐지. 우연히 말이야. 세 번째로 한 말이 이렇더군. '시선이 불쾌하고 답답한 그 신사는 누구죠? 당신과 함께 있었는데, 그때…' 이렇게 말하다 얼굴을 붉혔는데, 자신의 사랑스러운 장난기어린 행동을 떠올리고는 그 날을 딱 집어 말하고 싶지 않았던 게지. '그 날을 말로 하지 않아도 됩니다. 그 날은 영원히 내 기억 속에 있을 테니까요.' 내가 이렇게 대답했지. 이보게, 친구여! 자네를 축하해 주지는 못하네. 자넨 그녀에게 나쁜 인상을 주었거든…. 정말 유감일세! 메리는 저토록 사랑스러운데…!"

지적해 둘 필요가 있는 것은, 그루쉬닛스끼는 막 안면이나 튼 여자에 대해서도, 만일 그녀가 자기 마음에 들었다면 '나의 메리', '나의 소피'라는 식으로 부르는 유형의 인간이다.

나는 심각한 표정을 지으며 그에게 말했다.

"그래, 그녀는 예쁜 편이지…. 러시아의 귀족 아가씨들은 대부분 플라토닉한 사랑만을 마음에 키워가기 때문에 사랑 속에다 결혼에 대한 생각을 섞어 넣지는 않아. 그런데 플라토닉한 사랑은 상당히 불안정한 것이지. 공작 영애는 사람들이 자기를 재미있게 해 주길 원하는 부류의 여자인 것 같더군. 만일 그녀가 자네와 함께 있을 때 지루함이 2분간 지속되면 자넨 돌이킬 수 없이 끝난 거야. 자네의 침묵은 그녀의 호기심을 불러일으켜야 하고, 자네의 대화는 그 호기심을 완전히 만족시키진 말아야 해. 매 순간 그녀의 애를 태워야 한다는 말이지. 그녀는 자네를 위해 사람들의 통념을 열 번이라도 공개적으로 무시할 것이고, 그러면서 그런 행동을 희생이라고 부를 거야. 그러고는 그에 대한 보상을 받기 위해 자네를 괴롭힐 것이고, 그 다음엔 자기는 자네를 참을 수 없다고 말할 걸세. 만일 자네가 그녀에 대한 지배력을 확보하지 못한다면, 그녀와 첫 키스를 한다 한들 그것이 두 번째 키스의 권리를 주지는 못할 거야. 그녀는 자네 앞에서 실컷 교태를 부릴 테지만, 2년 쯤 지난 뒤에는 엄마의 말에 복종한다며 어떤 추악한 놈에게 시집을 가겠지. 그러면서 이렇게 자기 자신을 설득하려 들 거야. 자기는 불행하다. 자기는 오랫동안 한 사람만을, 즉 자네만을 사랑해왔다. 하지만 하늘이 그와 자신을 연결해 주려 하지 않았다. 왜냐하면 그가 사병의 외투를 입고 있었기 때문이다. 그 두꺼운 회색 외투 밑에서 열정적이고 고결한 심장이 고동치고 있었음에도 불구하고…."

그루쉬닛스끼는 주먹으로 탁자를 치고는 방을 앞뒤로 서성거리기 시작했다.

나는 속으로 깔깔거렸고 심지어 두 번 정도는 미소를 짓기까지 했지만 다행히도 그는 알아채지 못했다. 예전보다 사람 말을 훨씬 더 잘 믿게 된 걸 보니 그는 사랑에 빠진 것이 분명하다. 그는 심지어 여기서 맞춘, 흑색 상감이 된 은반지까지 끼고 다니기 시작했다. 그게 수상쩍어 보이기에 찬찬히 살펴보았더니, 이게 뭔가…? 안쪽에 깨알 같은 글씨로 메리라는 이름이 새겨져 있고 그 옆에는 그 유명한 컵을 그녀가 주워 주었던 날짜가 새겨져 있었다. 이런 발견을 한 사실은 숨겼다. 그에게 고백을 강요하고 싶지는 않으니까. 나는 그가 스스로 나를 자신의 속내를 털어놓을 사람으로 택해 주길 원한다. 그렇게 되어야 내 자신도 즐길 수 있을 테니까.

＊ ＊ ＊

오늘 나는 늦게 일어났다. 우물로 가보니 이미 아무도 없었다. 날이 더워지고 있었다. 흰 털구름이 눈 덮인 산에서 빠르게 미끄러져 내려오는 것을 보니 뇌우가 올 것 같았다. 마슈크 산의 정상은 꺼진 횃불처럼 뿌연 연기에 휩싸여 있었다. 회색 구름 조각들은 마치 가시 많은 관목에 걸려 급격한 흐름이 시들해지기라도 한 듯 뱀처럼 몸을 꼬며 마슈크 산 주위를 기어다니고 있었다. 공기는 전기를 흠뻑 머금고 있었다. 나는 동굴로 이어지는 포도나무 산책길로 깊숙이 접어들었다. 마음이 슬펐다. 의사가 얘기해 준, 뺨에 점이 있는 젊은 여자에 대해 생각하고 있었던 것이다…. 그녀가 왜 여기에? 그리고 정말 그녀일까? 나는 왜 그 여자가 그녀일 거라고 생각하는 걸까? 그리고 나는 왜 이토록이나 그 사실을 확신하는 걸까? 뺨에 점이 있는 여자가 어디 한둘이겠는가? 이런 생각을 하면서 나는 동굴 쪽으로 다가갔다. 동굴의 반원형 입구가 만들어낸 서늘한 그늘 아래 한 여자가 밀짚모자를 쓰고 검은 숄을 두른 채 고개를 가슴 쪽으로 숙이고 벤치에 앉아 있었다. 모자가 그녀의 얼굴을 가리고 있었다. 그녀의 공상을 깨뜨리지 않으려고 바로 돌아가려 했는데, 그때 그녀가 나를 흘끗 바라보았다.

"베라(Bepa)!" 나는 나도 모르게 소리를 질렀다.

그녀는 몸을 부르르 떨고는 창백해졌다.

"나는 당신이 이곳에 있다는 걸 알고 있었어요." 그녀가 말했다. 나는 그녀 곁에 앉은 후 손을 잡았다. 그 사랑스러운 목소리를 듣자 오래 전에 잊어버린 떨림이 내 혈관을 타고 흘러갔다. 그녀는 깊고 평온한 두 눈으로 내 눈을 바라보았다. 그녀의 눈에는 불신, 그리고 책망과 비슷한 무언가가 담겨 있었다.

"오래만이군." 내가 말했다.

"그래요. 그리고 우리 둘 다 많은 점에서 달라졌어요!"

"그러니까, 나를 더 이상 사랑하지 않는다는 뜻인가…?"

"난 결혼했어요." 그녀가 말했다.

"또? 하지만 몇 년 전에도 같은 이유가 역시 존재했었지. 그렇다고 해도….”

그녀는 내 손에서 자기 손을 빼냈고, 뺨이 붉게 타올랐다.

"두 번째 남편을 사랑하나 보군…?"

그녀는 대답을 하지 않고 고개를 돌렸다.

"아니면 그 사람이 질투가 심한 건가?"

여전히 말이 없었다.

"대체 뭐가 문제인 거야? 그 사람은 젊고 잘 생겼을 것이고, 특히나 분명히 부자이겠지. 그래서 당신은 좀 걱정스러울 테고….”

나는 그녀를 쳐다보고는 깜짝 놀랐다. 그녀의 얼굴에 깊은 절망감이 나타났고 두 눈에는 눈물이 반짝였기 때문이다.

"말해 봐요." 마침내 그녀가 속삭였다. "나를 괴롭히는 게 그렇게 즐거운가요? 나는 당신을 증오해야만 해요. 우리가 서로 알게 된 이후로 당신은 내게 고통 이외엔 아무 것도 주지 않았으니까요….” 그녀의 목소리가 떨리기 시작했다. 그녀는 내게로 몸을 기울여 내 가슴에 머리를 떨구었다.

'아마 당신은 바로 그 때문에 나를 사랑했겠지. 기쁨은 잊히지만 슬픔은 절대 잊히지 않으니까…' 나는 생각했다.

나는 그녀를 꼭 껴안았고, 우리는 오랫동안 그 상태로 있었다. 마침내 우리의 입술이 가까워져서 뜨겁고도 황홀한 키스로 이어졌다. 그녀의 손은 얼음처럼 찼지만 머리는 뜨겁게 달아오르고 있었다. 그리고 나서 우리 사이엔 대화가 시작되었는데, 그건 종이에 쓴

들 별 의미가 없고, 반복할 수도 심지어 기억해 둘 수도 없는 그런 종류의 대화였다. 이탈리아 오페라에서처럼 소리의 의미는 단어의 의미를 대체하고 보충해 줄 수 있는 것이다.

그녀는 내가 자신의 남편, 산책로에서 언뜻 보았던 다리 저는 그 노인과 알고 지내는 것을 결단코 원치 않는다. 그녀는 아들을 위해 그에게 시집을 갔다. 그는 부자이며 류머티즘을 앓고 있다. 나는 그를 조소하는 말은 단 한 마디도 하려들지 않았다. 그녀는 그를 아버지처럼 존경한다. 그리고 남편으로서는 기만하게 될 것이다…. 인간의 마음이란 대체로 이상한 것이다. 특히나 여자의 마음은!

베라의 남편인 세묜 바실리예비치 G.는 리곱스까야 공작부인의 먼 친척이다. 그는 그녀의 바로 옆에 살기 때문에 베라는 공작부인의 집에 자주 간다. 나는 그녀에게 리곱스까야 모녀와 안면을 트겠으며 공작 영애의 꽁무니도 쫓아다니겠다고 약속했다. 사람들의 관심을 그녀로부터 딴 데로 돌리기 위해서 말이다. 이런 식으로 해서 내 계획은 조금도 흐트러지지 않았다. 나 또한 내 나름대로 즐거울 것이다….

즐거움이라…! 그렇다. 나는 삶의 정신적 시기 중에서, 행복만을 추구하고 싶거나 가슴이 누군가를 강하고 열렬하게 사랑할 필요성을 느끼는 시기는 이미 지나왔다. 이제 나는 그저 사랑받기만을 원한다. 그것도 아주 소수에 의해 사랑받기만을 원한다. 하나의 꾸준한 애정만 있어도 충분하리라는 생각조차 든다. 마음을 이렇게 달래는 건 참 불쌍한 습관이다…!

내겐 늘 이상한 게 하나 있었다. 나는 사랑하는 여자의 노예가 된 적이 한 번도 없다. 그와는 반대로, 나는 전혀 노력하지 않고도 늘 그들의 의지와 감정에 대한 견고한 지배력을 획득했었다. 그 이유는 무엇일까? 나는 절대로 아무 것도 소중히 여기지 않은 반면, 그들은 나를 손에서 놓칠까 봐 매순간 두려워했기 때문일까? 아니면, 강력한 유기체의 자석과 같은 영향 때문에 그런 일이 생긴 것일까? 아니면, 그냥 내가 고집이 센 여자를 만나보지 못해서일까?

솔직히 말해서, 나는 성격이 강한 여자는 확실히 싫어한다. 여자들이 강한 성격을 뭐에 써 먹겠다는 건지…!

사실 지금 생각이 났는데, 나도 절대 굴복시킬 수 없는, 의지가 강한 여자를 사랑한 적이 한 번, 딱 한 번 있다…. 우리는 원수가 되어서 헤어졌다. 그렇다 해도, 5년 쯤 뒤에 만났더라면 다른 식으로 헤어졌을지도 모르겠다….

베라는 아프다. 매우 아프다. 그녀가 이 사실을 고백하지는 않지만 말이다. 나는 그녀가 폐결핵이나 fièvre lente(소모열)라 불리는 질병을 앓고 있는 건 아닌지 걱정스럽다. 이것은 러시아의 질병이 아니어서 러시아어에는 그에 합당한 명칭도 없다.

동굴에 있는 동안 뇌우가 쏟아져 우리는 30분을 더 지체하게 되었다. 그녀는 자기에게만 충실해 달라고 나로 하여금 맹세하게 만들지도 않았고, 우리가 헤어진 뒤 다른 여자들을 사랑한 적이 있냐고 묻지도 않았다…. 그녀는 예전처럼 편안한 마음으로 나를 신뢰했다. 나도 그녀를 속이지 않을 것이다. 그녀는 세상에서 내가 속일 수 없는 유일한 여자이다! 나는 우리가 곧 다시 헤어질 것임을, 그리고 아마도 영영 이별할 것임을 알고 있다. 우리는 무덤까지 서로 다른 길을 갈 것이다. 하지만 그녀에 대한 추억은 내 영혼 속에서 신성불가침의 것으로 남을 것이다. 나는 그녀에게 늘 이 말을 한 바 있고, 그녀 역시 겉으로는 내 말을 부정해도 실은 내 말을 믿는다.

마침내 우리는 헤어졌다. 나는 그녀의 모자가 관목 숲과 바위 뒤로 모습을 감출 때까지 오랫동안 그녀의 뒷모습을 눈으로 쫓았다. 나의 가슴은 처음 이별한 후처럼 아프게 죄어들었다. 아아, 난 이 감정을 느끼게 되어 너무나도 기뻤다! 젊음이 자신의 유익한 폭풍우와 함께 다시 내게 돌아오고 싶어 하는 것은 아닐까, 아니면 이건 단지 청춘이 내게 기념으로 주는 작별의 시선이자 마지막 선물일까…? 겉보기엔 내가 아직 소년 같다는 생각을 하면 우스워진다. 얼굴은 창백하긴 하지만 아직 신선하고, 팔다리도 유연하고 늘씬하며, 숱 많은 머리카락은 구불구불하며, 눈은 불타오르고 피는 끓고 있다….

집으로 돌아온 뒤 나는 말을 타고 초원으로 달려나갔다. 나는 사나운 말을 타고 황야의 바람을 가르며 높이 자란 풀밭을 질주하는 것을 좋아한다. 향기로운 공기를 탐욕스럽게 삼키고, 매순간 점점 더 또렷하게 다가오는 물체들의 어슴푸레한 윤곽을 포착하려 애쓰며 저 멀리 푸르른 곳에 시선을 고정시킨다. 가슴속에 어떤 슬픔이 있든, 어떤 불안함이 생각을 괴롭히든, 그 모든 것이 순식간에 흩어져 사라진다. 영혼은 편안해지고 육신의 피로가 정신의 불안을 이겨낸다. 남녘의 햇빛을 받은 구불구불한 산들과 푸른 하늘을 바라볼 때, 혹은 벼랑에서 벼랑으로 흘러내리는 급류의 소음에 귀를 기울일 때 내가 잊지 못할 여자의 시선은 없다.

망루 위에서 하품을 하는 까자크들은 내가 어떤 필요나 목적도 없이 말을 달리는 걸 보면서 오랫동안 그것을 수수께끼처럼 무척 의아하게 생각해왔을 것이다. 옷차림 때문에 분명 나를 체르께스인으로 착각했을 테니까 말이다. 실제로, 체르께스 옷을 입고 말을 탄 내 모습이 여느 까바르디아인들보다 더 까바르디아인을 닮았다는 얘기도 들었다. 정말로 이 고상한 전투복과 관련해서는 나는 완전한 댄디이다. 불필요하게 달아놓은 레이스라곤 하나도 없고, 무기는 비싸지만 소박하게 장식이 되어 있다. 모자의 털가죽은 너무 길지도, 너무 짧지도 않다. 각반과 굽 높은 구두는 더할 나위 없이 딱 맞는다. 베쉬메트는 하얗고 체르께스까42)는 진한 갈색이다. 나는 오랫동안 산악민들의 승마 기술을 연마했다. 그래서 나의 까프까스 식 승마 기술을 인정해 주는 것만큼 나의 자존심을 흡족하게 해 주는 것은 없다. 나는 말을 네 마리 기르고 있다. 한 마리는 나 자신을 위한 것이고, 다른 세 마리는 들판을 나 혼자 돌아다녀 지루하지 않도록 친구들을 위한 것이다. 그들은 내 말들을 기꺼이 빌려가지만, 나와 더불어 말을 타고 다니는 일은 절대 없다.

식사 시간이 됐다는 것을 떠올렸을 때는 이미 저녁 여섯 시가 되어 있었다. 나의 말은 지쳐 있었다. 나는 빠찌고르스크 내의 독일인 거주 지역으로 연결되는 길로 접어들었는데, 온천장 사교계가 거기로 en piquenique(소풍가기) 하는 일이 종종 있다. 길은 관목들 사이

---

42) 체르께스까(черкеска): 까프까스 제 민족들의 전통 의상인 남성 상의이다. 베쉬메트보다는 얇고, 무릎 아래까지 올 정도로 길 때도 있다. 행군이나 여행 시에 베쉬메트나 까프딴 위에 걸쳐 입는 옷이다.

로 구불구불 이어지다가 높이 자란 풀의 그늘 아래 시냇물이 소란스럽게 흘러가는 작고 좁은 골짜기로 내려간다. 주위에는 베쉬투 산, 즈메이나야 산,[43] 쥘레즈나야 산,[44] 릐싸야 산[45] 등 푸른색의 덩치 커다란 녀석들이 반원형 극장처럼 솟아 있다. 좁은 골짜기를 이곳 말로는 '발키'라고 하는데, 나는 그런 발키들 중의 하나로 내려가서 말에게 물을 먹이기 위해 멈춰 섰다. 그때 길에 휘황찬란한 기마대가 요란스럽게 모습을 드러냈다. 검고 푸른 여성용 승마복을 입은 부인들, 그리고 체르께스 식과 니제고로드 식이 혼합된 복장을 한 기수들이었다. 앞쪽에는 그루쉬닛스끼가 공작 영애 메리와 함께 말을 타고 오고 있었다.

온천장의 부인들은 백주대낮에도 체르께스인들이 공격해 올 수 있다는 말을 여전히 믿는다. 아마 그 때문에 그루쉬닛스끼가 사병 외투 위에 검 한 자루와 권총 한 쌍을 달고 있는 것이리라. 저렇듯 영웅처럼 차려입으니 상당히 우스꽝스러웠다. 키 큰 관목 때문에 내 모습은 가려졌지만 나는 나뭇잎 사이로 모든 것을 볼 수 있었기에, 그들의 얼굴 표정으로 미루어 볼 때 감상적인 대화가 오가고 있다는 사실을 짐작할 수 있었다. 마침내 그들은 내리막길 쪽으로 다가갔다. 그루쉬닛스끼는 공작 영애의 말고삐를 잡았고 그때 그들 대화의 끝부분이 들려 왔다.

"그럼 평생 동안 까프까스에 남을 생각이세요?" 공작 영애가 말

---

43) 즈메이나야 산(Змейная гора): 고유명사로서 '뱀 산'이라는 뜻.
44) 쥘레즈나야 산(Железная гора): 고유명사로서 '철 산'이라는 뜻.
45) 릐싸야 산(Лысая гора): 고유명사로서 '대머리 산'이라는 뜻.

했다.

"내게 러시아가 뭡니까? 수천의 사람들이 자신이 나보다 부자라는 이유로 나를 경멸의 눈으로 쳐다볼 곳입니다. 하지만 여기서는, 여기선 당신과 내가 아는 사이가 되는 데 이 두툼한 외투가 방해가 되진 않았습니다…."

"그 반대였죠…." 얼굴을 붉히며 공작 영애가 말했다.

그루쉬닛스끼의 얼굴에 만족감이 나타났다. 그는 말을 이어갔다.

"이곳에서 나의 삶은 야만인들의 총탄 아래 소란스럽게, 눈에 띄지 않게, 순식간에 흘러가 버릴 겁니다. 그리고 만일 신께서 해마다 나에게 한 번씩 여인의 밝은 시선을 보내주신다면… 어떤 시선이냐면 그때와 비슷한…."

이때 그들은 내가 있는 곳까지 이르렀다. 나는 말에 채찍질을 가하며 관목 뒤에서 뛰어나갔다….

"Mon Dieu, un Circassien(어머나, 체르께스인이에요)…!" 공포에 사로잡힌 공작 영애가 소리를 질렀다.

그녀의 잘못된 믿음을 완벽하게 바로잡기 위해 나는 몸을 살짝 굽히며 프랑스어로 대답했다.

"Ne craignez rien, madame, je ne suis pas plus dangereux que votre cavalier(두려워하지 마세요, 부인. 내가 당신의 수호 기사보다 더 위험하지는 않답니다)."

그녀는 당혹했다. 하지만 왜 그랬을까? 자신의 실수 때문에, 아니면 나의 대답이 무례하게 들렸기 때문에? 후자의 가정이 맞기를 바란다. 그루쉬닛스끼는 나에게 불만스러운 시선을 던졌다.

저녁 늦게, 그러니까 열한 시쯤 돼서 나는 보리수가 가로수로 심어진 대로의 산책로를 따라 산책을 나섰다. 도시는 잠들어 있었고, 몇 군데 창문에서만 불빛이 아른거렸다. 마슈크 산에서 뻗어 나온 절벽들이 삐죽삐죽 거무스름한 모습을 삼면에서 드러내고 있었고, 산의 정상에는 불길한 구름이 내려앉아 있었다. 동쪽에는 달이 떠 있었고 멀리에는 눈 덮인 산들이 은빛 술 장식처럼 빛났다. 보초병들의 외침 소리가 밤이 되면 거침없이 흐르는 뜨거운 샘물 소리와 뒤섞였다. 이따금 쟁쟁한 말발굽 소리가 노가이[46] 짐마차의 삐걱대는 소리, 따따르 노래의 처량한 후렴구 소리와 함께 거리에 울려 퍼졌다. 나는 벤치에 앉아 생각에 잠겼다⋯. 우정 어린 대화 속에서 나의 생각들을 토로하고 싶은 마음이 간절해졌다⋯. 하지만 누구와? '지금 베라는 뭘 하고 있을까?' 나는 생각했다⋯. 그 순간 베라의 손을 잡을 수 있다면 무슨 대가라도 치를 수 있을 것 같았다.

갑자기 빠르고 불규칙한 발소리가 들린다⋯ 아마 그루쉬닛스끼이겠지⋯. 역시나 그였다!

"어디서 오는 건가?"

"리곱스까야 공작부인 댁에서 오는 길이야." 그가 무척 거드름을 피우며 말했다. "메리의 노래 솜씨는 정말⋯!"

"그런데 이거 알고 있나?" 내가 그에게 말했다. "내기를 해도 좋은데, 그녀는 자네가 예비사관이라는 걸 모르고 있을 거야. 자네가 강등됐다고만 생각하고 있을 테니 말이야."

---

46) 노가이(Ногайцы 또는 ногаи): 북 까프까스 지역에 사는 터키계 유목민의 후예들.

"그럴지도 모르지! 그게 나랑 무슨 상관인가…!" 그가 별 관심 없다는 표정으로 말했다.

"아니, 난 그냥 그렇다고 말하는 것뿐이야…."

"그런데 자네가 오늘 그녀를 몹시 화나게 만들었다는 건 알고 있나? 그녀는 그것이 한 번 들어본 적도 없는 무례한 행동이라고 생각하더군. 나는 자네가 교육도 잘 받고 사교계도 잘 아는 사람이므로 그녀를 모욕할 의도는 없었을 거라고 말해서 겨우 그녀를 달래 놓았네. 그녀는 자네 시선이 뻔뻔스럽고, 자네가 스스로를 너무 높이 평가하는 게 틀림없다고 말하더군."

"그녀가 잘못 짚은 건 아니군…. 한데 자네는 그녀를 편들어 줄 마음이 있는 건 아닌가?"

"내게 아직은 그럴 권리가 없다는 게 유감일 뿐이네."

'어이고!' 나는 생각했다. '벌써 희망을 품고 있는 것 같은데….'

"그나저나 자네야말로 사정이 더 나빠졌어." 그루쉬닛스끼가 계속했다. "이제는 그들과 첫인사를 나누는 것도 힘들어질 테니, 참 유감이야! 그 집은 내가 아는 한 가장 유쾌한 집들 중 하나인데…."

나는 속으로 미소를 지었다.

"지금 나에게 가장 유쾌한 집은 내 집이야." 나는 하품을 하면서 말한 다음 가려고 일어섰다.

"하지만 솔직히 말해 보게, 자네 지금 후회하고 있지?"

"무슨 헛소릴! 난 마음만 내키면 당장 내일 저녁이라도 공작부인 집에 갈 수 있어…."

"두고 보자고…."

"자네를 만족시키기 위해 공작 영애 꽁무니를 쫓아다닐 수도 있지…."

"그렇게 해. 만일 그녀가 자네와 말을 섞고 싶어 한다면 말이야…."

"나는 자네의 이야기에 그녀가 싫증을 낼 순간만을 기다리겠네…. 잘 가게…!"

"난 좀 돌아다니다 가야겠어. 지금은 전혀 잠이 올 것 같지 않아…. 이보게, 차라리 레스토랑에나 가세. 거긴 지금 한 판 벌어졌을 거야…. 오늘은 강렬한 느낌이 필요하다고…."

"몽땅 잃기를 기원하네…."

나는 집으로 갔다.

5월 21일

거의 1주일이 지났지만 나는 여전히 리곱스까야 모녀와 첫인사를 나누지 않았다. 적당한 기회를 기다리고 있는 중이다. 그루쉬닛스끼는 어딜 가나 그림자처럼 공작 영애의 뒤를 따라다니고 있다. 그들의 대화는 끝이 없다. 대체 언제가 되어야 그녀는 그에게 싫증이 날까…? 그녀의 어머니는 이 일에 신경 쓰지 않는다. 그가 신랑 감이 아니기 때문이다. 이런 게 어머니들의 논리다! 나는 두어 번 나를 향한 부드러운 시선을 느꼈는데, 그런 것도 이제는 끝을 내줘야 하겠다.

어제 처음으로 베라가 우물가에 모습을 나타냈다…. 그녀는 동굴에서 나와 만난 이후로는 집 밖으로 나오질 않았던 것이다. 우리는 동시에 컵을 물에 담갔고 몸을 숙이고 있는 동안 그녀가 나에게 속삭였다.

"리곱스까야 모녀와 알고 지내고 싶은 마음이 없는 거예요…? 우린 거기서만 만날 수 있는데…."

책망이다…! 지겹다! 하지만 나도 책망을 들을 만한 짓을 했다….

마침 내일 레스토랑 홀에서 예약된 무도회가 열린다고 하니, 공작 영애와 마주르카를 추어야겠다.

5월 22일

레스토랑의 홀은 귀족들 모임의 홀로 변해 버렸다. 아홉 시에 모두들 모였다. 공작부인과 딸은 마지막 즈음에 온 손님들과 함께 나타났다. 많은 부인들이 질투가 담긴 곱지 않은 시선으로 그녀를 바라보았는데, 공작 영애 메리가 세련된 옷차림을 하고 나타났기 때문이었다. 자기도 역시 이곳의 귀족이라는 자존심을 가진 사람들은 질투심을 숨기고 그녀에게 들러붙었다. 어쩌겠는가? 여자들의 모임이 있는 곳에선 금방 상류층과 하류층이 나타나기 마련인 것을. 창문 밑 한 무리의 사람들 속에서 그루쉬닛스끼가 유리창에 얼굴을 갖다 댄 채 자신의 여신에게서 눈을 떼지 않고 서 있었다. 그녀는 그의 곁을 지나면서 보일락 말락 고개를 까닥했다. 그의 얼굴이 태양처럼 빛났다…. 폴란드 춤으로부터 무도회가 시작되었다. 그 다음엔 왈츠를 연주하기 시작했다. 남자들의 구두 박차가 쩔렁거리기 시작했고 여자들의 드레스 자락이 올라갔다가 빙빙 돌기 시작했다.

나는 장밋빛 깃털로 만든 관을 머리에 쓰고 있는 어느 뚱뚱한 부인 뒤에 서 있었다. 그녀의 드레스의 화려함은 드레스 가운데를 둥글게 부풀려 입던 시대를 상기시켰지만, 그녀의 거칠고 얼룩덜룩한 피부는 검정색 호박단 곤지를 유행처럼 붙이던 행복했던 시대를 연상시켰다. 그녀의 목에 난 상당히 큰 사마귀는 목걸이의 이음쇠에 가려져 있었다. 그녀는 자신의 파트너인 용기병 대위에게 말했다.

"저 리곱스까야 공작 영애는 정말 참기 힘든 계집애에요! 생각해 보세요. 나를 밀쳐놓고는 사과는 커녕 몸을 돌리더니 오페라 안경을 대고 날 쳐다보더라고요. C'est impayable(정말 참을 수가 없네요)…! 뭐가 그리 잘난 게 있다고? 저런 애는 따끔한 맛을 보여 줘요 한다고요…."

"그런 것쯤이야 일도 아니죠!" 아양을 잘 떠는 대위가 이렇게 대답하더니 다른 방으로 갔다.

나는 모르는 사이인 부인들과도 춤추는 것이 허락되는 이곳의 자유로운 풍습을 이용해 즉시 공작 영애에게로 다가가 왈츠를 청했다.

그녀는 미소가 떠오르려는 것을 억누르고 승리감을 감추느라 안간힘을 썼다. 하지만 상당히 빨리 완벽하게 무관심하고 심지어 엄격하기까지 한 표정을 짓는 데 성공했다. 그녀는 성의 없이 내 어깨에 손을 얹고는 고개를 옆으로 살짝 기울였다. 우리는 춤을 추기 시작했다. 나는 이보다 더 관능적이고 유연한 허리를 본 적이 없다!

그녀의 신선한 숨결이 내 얼굴에 닿았다. 이따금 왈츠의 선율이 격해질 때면 자신의 원래 머리채로부터 떨어져 나온 머리 타래가 나의 뜨거운 뺨을 미끄러지듯 스쳐갔다…. 나는 세 바퀴를 돌았다(그녀의 왈츠 솜씨는 기가 막히다). 그녀는 숨을 헐떡였고 눈은 몽롱해졌으며 반쯤 열린 입술은 'Merci, monsieur(감사합니다. 므슈)'라는 꼭 필요한 말만을 간신히 중얼거릴 수 있었다.

얼마간의 침묵이 흐른 뒤 나는 아주 순종적인 태도를 취하며 그녀에게 말했다.

"공작 영애, 저는 불행히도 당신을 전혀 모르는 상황에서 당신을 노엽게 하는 짓을 저질렀다는 말을 들었습니다…. 그리고 당신이 저를 무례한 사람으로 생각하신다는 말도 들었습니다만… 그것이 정말 사실인지요?"

"그래서 지금 그런 생각이 옳다는 걸 저에게 확인시켜 주시려는 건가요?" 그녀는 이렇게 말하며 비꼬듯 얼굴을 찌푸렸는데, 그것은 그녀의 역동적인 얼굴 표정에 잘 어울리는 것이었다.

"제가 어떤 식으로든 당신을 모욕하는 무례를 범했다면, 당신께 용서를 구하는 더 큰 무례를 범하는 것도 허락해 주십시오…. 그리고 사실, 저는 당신이 저를 잘못 알고 계시다는 점을 증명해 보일 수 있기를 진심으로 원하기도 합니다…."

"그건 당신껜 상당히 힘든 일일 거예요…."

"대체 왜지요?"

"당신은 우리 집에 오시지도 않고, 또 이런 무도회는 아마 자주 열리지도 않을 거니까요."

'그러니까, 자기 집 문은 내게는 영원히 닫혀 있다는 뜻이로군.' 나는 생각했다.

"그런데 말입니다. 공작 영애." 나는 약간 유감스러운 표정을 지으며 말했다. "회개하는 죄인은 절대 배척해서는 안 됩니다. 절망감 때문에 두 배는 더한 죄를 저지를 수 있거든요…. 그렇게 되면…."

우리 주위의 사람들이 요란스럽게 웃고 또 수군 수군대는 바람에 나는 하던 말을 멈추고 그쪽으로 고개를 돌릴 수밖에 없었다. 내게서 몇 걸음 떨어진 곳에 한 무리의 남자들이 서 있었는데, 그중에는 사랑스러운 공작 영애에 대해 적대적인 의도를 드러냈던 용기병 대위도 있었다. 그는 뭔가에 특히 만족한 모양으로, 양손을 비비고 껄껄 웃으며 동료들과 서로 눈짓을 주고받고 있었다. 갑자기 그들 중에서 콧수염이 길고 낯짝이 불그레한, 연미복을 입은 신사가 따로 떨어져 나오더니 비틀거리며 공작 영애 쪽으로 곧장 다가왔다. 그는 취해 있었다. 그는 당혹한 공작 영애의 맞은편에서 걸음을 멈추더니 뒷짐을 진 채 흐릿한 회색 눈으로 공작 영애를 똑바로 바라보고는 목이 쉬어 카랑카랑해진 목소리로 말했다.

"Permettez(실례입니다만)… 아니 뭐 이런 말까지! 그냥 당신이랑 마주르카 한 번 추고 싶어서요…."

"왜 이러시는 거예요?" 그녀는 애원하는 눈초리로 주위를 둘러보며 떨리는 목소리로 말했다. 이런! 그녀의 어머니는 멀리에 있었고 주위엔 그녀가 아는 용감한 기사라고는 한 명도 없었다. 부관 한 명이 이 장면을 모두 본 것 같았지만 문젯거리에 엮이지 않으려고 사람들 뒤로 숨어 버렸다.

"뭐라고요?" 술 취한 신사는 자기에게 신호를 보내며 용기를 북돋는 용기병 대위에게 눈을 찡긋하며 말했다. "그럼 싫다는 거요…? 그래도 난 다시 한 번 당신에게 pour mazurk(마주르카를 추자고) 청하는 영광을 누리겠소…. 혹시 내가 술에 취했다고 생각하는 거요? 아무 상관없소…! 오히려 훨씬 더 자유롭게 출 수 있단 말이오. 내 장담할 수 있지."

나는 그녀가 공포와 분노 때문에 기절 직전에 있는 것을 보았다.

나는 술 취한 신사에게 다가가 그의 팔을 상당히 꽉 쥐고는 그의 눈을 뚫어져라 들여다보며 물러가라고 말했다. 공작 영애는 나와 마주르카를 추기로 이미 오래 전에 약속했다는 이유를 덧붙였다.

"뭐, 할 수 없군…! 그럼 다음 기회에!" 그는 이렇게 말하더니 창피를 당한 자기 동료들 쪽으로 히히거리며 물러갔는데, 그들은 그를 즉시 다른 방으로 데려갔다.

나는 깊고 매력적인 시선으로 보답받았다.

공작 영애는 어머니에게로 가서 모든 일을 이야기했고, 그러자 어머니는 사람들 속에서 나를 찾아내 감사의 말을 전했다. 그녀는 나의 어머니를 알고 있으며 여섯 명이나 되는 나의 이모, 고모들과도 친한 사이라고 알려 주었다.

"우리가 지금까지 모르고 지내는 일이 어떻게 생긴 건지를 알 수가 없네요." 그녀가 덧붙였다. "하지만 이건 당신 자신의 잘못이라는 걸 인정하셔야 해요. 사람들과 만나는 걸 그리 싫어하시니, 정말 어찌 그럴 수가 있을까. 우리 집 거실의 공기가 당신의 우울증을 쫓아주길 바라요… 안 그런가요?"

나는 이와 유사한 경우에 대비해 누구나 준비해 두기 마련인 문구들 중의 하나를 그녀에게 말했다.

카드리유는 끔찍하게 오랫동안 이어졌다.

마침내 악단에서 마주르카가 울려 퍼지기 시작했다. 나는 공작 영애와 자리를 잡고 앉았다.

나는 술 취한 신사, 앞서 나의 행동, 그루쉬닛스끼 등에 대해서 단 한 마디도 비추지 않았다. 불쾌한 장면으로부터 받은 인상이 조금씩 지워져가면서 그녀의 얼굴도 활짝 피어났다. 그녀는 매우 사랑스럽게 농담을 했다. 그녀의 이야기는, 일부러 재치를 드러내려 하지는 않았지만, 분명히 재치가 있었고 생기가 있었으며 자유분방했다. 그녀의 견해는 가끔 심오하기도 했다⋯. 나는 매우 복잡하게 얽힌 어구를 사용해서 그녀가 오래전부터 내 마음에 들었다는 사실을 느끼도록 만들었다. 그녀는 고개를 숙이고는 살짝 얼굴을 붉혔다.

"당신은 이상한 사람이에요!" 나를 향해 벨벳 같은 눈을 들어 어색하게 웃으며 그녀가 말했다.

"저는 당신과 아는 사이가 되어야겠다는 생각이 없었습니다." 내가 계속했다. "당신을 숭배하는 사람들이 너무나 두텁게 당신을 에워싸고 있어서 그 속에 있으면 나란 사람은 완전히 사라져 버릴까 봐 두려웠거든요."

"쓸데없는 걱정을 하셨군요! 그들은 모두 참으로 지루한 사람들이에요⋯."

"모두! 정말 모두가 그렇습니까?"

그녀는 무언가를 회상해내려 애쓰듯 나를 뚫어지게 바라보더니 또다시 얼굴을 살짝 붉혔고 마침내 "모두!"라고 단호하게 말했다.

"심지어 제 친구인 그루쉬닛스끼도요?"

"그분이 당신 친구에요?" 그녀가 약간의 의구심을 보이며 물어보았다.

"그렇습니다."

"그분은 물론 지루한 부류에는 들어가지 않지만…."

"하지만 불행한 부류에는 들어가겠죠." 내가 웃으며 말했다.

"물론이죠! 그런데 그게 우스운가요? 당신이 그분과 같은 처지라면 어떨지 생각해 보라고 말씀드리고 싶군요…."

"그게 무슨 문제라도 되나요? 나 자신도 언젠 예비사관이었고 내겐 그때가 정말로 인생의 황금기였습니다."

"그분이 예비사관인가요…?" 그녀는 득달같이 말하고는 잠시 후에 덧붙였다. "제가 생각했던 건…."

"어떻게 생각하셨는데요?"

"별 거 아니에요…! 그런데 저 부인은 누구시죠?"

여기서 대화의 방향이 바뀌었고 더 이상은 그 얘기로 돌아가지 않았다.

마주르카가 끝났고 우리는 다음에 다시 보자는 말을 하며 헤어졌다. 부인들도 흩어져 갔다…. 나는 저녁을 먹으러 가다가 중간에 베르너를 만났다.

"아하!" 그가 말했다. "무도회가 끝난 모양이군요! 그런데 그녀를 피할 수 없는 죽음의 문턱에서 구출하면서 비로소 인사를 나누고 싶다고 한 말은 어떻게 됐나요?"

"그것보다 더 잘 해냈습니다." 내가 그에게 대답했다. "무도회에서 기절할 뻔한 그녀를 구했단 말입니다."

"어떻게요? 얘기 좀 해 보세요…!"

"안 됩니다. 알아 맞혀 보세요. 당신은 세상 모든 걸 다 알아맞히는 사람이잖아요!"

5월 23일

저녁 일곱 시 쯤 나는 산책로를 거닐고 있었다. 그루쉬닛스끼가 멀리서부터 나를 알아보고는 내게 다가왔다. 어떤 우스꽝스러운 환희가 그의 눈에서 빛나고 있었다. 그는 내 손을 꽉 잡더니 비극적인 목소리로 말했다.

"자네에게 감사하네, 뻬초린…. 내 말 알아듣겠나…?"

"아니. 하지만 어찌 된 경우이든 감사할 필요는 없네." 양심상 어떤 선행도 한 적이 없기에 나는 이렇게 대답했다.

"그게 무슨 소리야? 그럼 어제는? 설마 잊은 건가…? 메리가 내게 모두 얘기해 주었네…."

"뭐야, 설마 자네들 벌써부터 모든 걸 함께 하는 건가? 감사하는 것도?"

"내 말 좀 들어봐." 그루쉬닛스끼가 매우 엄숙한 낯빛으로 말했다. "자네가 내 동료로 남아 있고 싶다면 제발 내 사랑을 놀리지 말아 주게. 난 그녀를 미칠 정도로 사랑한단 말일세. 그리고 내 생각으론,

내 바람이기도 하지만, 그녀도 역시 나를 사랑하네. 그래서 자네한테 부탁이 있네. 오늘 저녁에 나랑 그들 집에 가서, 돌아가는 모든 상황을 다 살펴봐 주겠다고 약속해 주게. 자네가 이런 일에 경험이 많아서 여자를 나보다 더 잘 안다는 사실을 난 알고 있어…. 정말 여자들이란! 여자들이란! 누가 그들을 이해할 수 있을까? 그들의 미소와 시선은 서로 모순되지. 그들의 말은 무언가를 약속해 주고 유혹을 하지만 목소리 톤은 사람을 밀어내지…. 우리의 가장 비밀스러운 생각까지도 순간적으로 감지하고 알아맞히는가 하면, 또 어떤 때는 너무나 분명한 암시까지도 이해하지 못한단 말일세…. 공작 영애만 봐도 그런 걸 알 수 있어. 어제 그녀의 눈길은 내게 머물 때마다 열정으로 불타올랐는데, 오늘은 흐릿하고 냉랭하더라고….”

“온천수의 효험이 그렇게 나타나는 모양이군.” 내가 대답했다.

“자네는 매사에 나쁜 쪽만 보는군… 이 유물론자 같으니라고.” 그가 경멸스럽다는 듯 덧붙였다. “뭐 그렇다면 화제를 바꿔보자고.” 그는 상당히 수준 낮은 말놀이47)에 만족하며 즐거워했다.

여덟 시가 좀 지나서 우리는 함께 공작부인 집으로 향했다.

베라의 집 창 옆을 지나다 보니 그녀의 모습이 창가에 보였다. 베라와 나는 스치듯 눈인사를 주고받았다. 우리가 들어간 다음 베

---

47) ‘(대화의) 화제’라는 뜻의 러시아어 단어는 ‘마쩨리야(материя)’인데, 이 단어는 ‘유물론자’라는 뜻의 단어 ‘마쩨리알리스트(материалист, 예전 형태로는 матерьялист)’와 발음의 측면에서 관련이 있다. ‘마쩨리야’가 가진 ‘물질(物質)’이라는 원뜻이 ‘마쩨리알리스트(유물론자)’와 관련된다는 것도 이 두 단어를 연관시켜 생각하게 만드는 원인이다. 이 장면에서 그루쉬닛스끼는 이 점을 가지고 자기 딴에는 재치 있는 말놀이를 했다고 생각하고 있는 반면 뻬초린은 그것을 비웃고 있는 것이다.

라도 곧 공작부인 집 응접실에 나타났다. 공작부인은 자기 친척인 그녀에게 나를 소개해 주었다. 차를 마셨다. 손님이 많았다. 대화 주제는 일반적인 것이었다. 나는 공작부인의 마음에 들기 위해 노력했고, 몇 번 농담을 해서 그녀를 진심으로 웃게 만들었다. 공작 영애도 여러 번 깔깔 웃고 싶은 듯했으나 자기가 맡은 역할에서 벗어나지 않으려고 자제하고 있었다. 그녀는 나른한 표정이 자기에게 어울린다고 생각하는 모양인데, 딱히 잘못된 생각은 아닌 것 같았다. 그루쉬닛스끼는 나의 명랑함이 그녀에게 이입되지 못하는 것을 몹시 기뻐하는 것 같았다.

차를 마신 후에는 모두들 홀로 갔다.

"나의 복종에 만족해, 베라?" 내가 그녀 곁을 지나가며 말했다.

베라는 내게 사랑과 감사가 충만한 시선을 보내왔다. 그런 시선에는 이미 익숙해져 있지만, 한때는 그런 시선이 나를 극도로 행복하게 만들었던 시절도 있었다. 공작부인은 딸을 피아노 앞에 앉혔다. 다들 그녀에게 무엇이든 좋으니 노래를 불러달라고 요청했다. 나는 잠자코 있다가 좌중이 소란스러운 틈을 타 베라와 함께 창가 쪽으로 물러났는데, 그녀는 우리 둘 다에게 매우 중요한 무슨 얘기인가를 하고 싶어 했다. 하지만 들어 보니— 쓸데없는 얘기였다.

그러는 사이 공작 영애는 나의 무관심에 속이 상했다. 내게 한 번 던진, 화가 나서 번쩍이는 시선만 봐도 그 점을 알 수 있었다…. 아, 나는 이렇듯 말없이 눈으로 주고받는, 하지만 많은 감정을 담고 있는 짧으면서도 강렬한 대화를 너무나 잘 이해한다…!

그녀는 노래를 부르기 시작했다. 목소리는 나쁘지 않지만 노래

솜씨가 별로다…. 하긴 난 잘 듣지도 않았다. 대신에 그루쉬닛스끼가 맞은편에서 팔꿈치를 피아노에 고이고 그녀를 삼킬 듯이 바라보며 연신 작은 목소리로 "Charmant! Déclicieux!(매혹적이야! 기가 막혀!)"라고 말했다.

"이봐요." 베라가 내게 말했다. "난 당신이 내 남편과 알게 되는 건 원치 않아요. 하지만 당신은 공작부인의 마음엔 꼭 들어야 해요. 당신에겐 쉬운 일이죠. 원하는 건 뭐든 해내는 사람이니까. 우린 오직 여기서만 만날 수 있잖아요…."

'오직…?'

그녀는 얼굴을 붉히고는 말을 이어갔다.

"알잖아요. 내가 당신의 노예라는 걸. 나는 결코 당신에게 저항할 수 없었어요…. 그래서 난 그것 때문에 벌을 받게 될 거예요. 당신의 사랑은 식게 될 테니까요! 그래도 최소한 나에 대한 평판만큼은 지키고 싶어요…. 날 위해서 그러는 게 아니라는 건 당신도 잘 알잖아요! 아, 부탁이에요. 예전처럼 괜한 의심과 가식적인 냉담함으로 나를 괴롭히는 건 하지 말아 줘요. 난 아마 곧 죽을 거예요. 하루가 다르게 몸이 쇠약해지고 있다는 게 느껴져요…. 그럼에도 앞으로의 삶에 대해선 생각을 할 수도 없어요. 오직 당신 생각뿐이에요. 당신들 남자들은 시선을 주고받고 손을 마주 잡는 기쁨을 이해하지 못하지만… 난 맹세코, 당신의 목소리에 귀를 기울이면 너무도 깊고 이상한, 더없는 행복감을 느껴요. 가장 뜨거운 키스도 그걸 대신할 수 없을 거예요."

그러는 동안 공작 영애 메리가 노래를 끝냈다. 두런두런 칭찬하는 소리들이 주변에서 들렸다. 다들 한 마디씩 하기를 기다린 뒤 나는 그녀에게 다가가 그녀의 목소리에 대해 상당히 무심하게 무슨 말인가를 해 주었다.

그녀는 아랫입술을 내밀고 인상을 살짝 쓰더니 매우 비아냥거리는 듯한 태도로 한 발을 뒤로 빼고 무릎을 굽혀 답례했다.

"제 노랜 듣지도 않으시더니 이러시니까 기분이 아주 좋네요. 음악을 좋아하시지 않나 봐요?" 그녀가 말했다.

"그 반대입니다. 식후에는 특히 더 좋아합니다."

"그루쉬닛스끼 씨가 당신의 취향이 몹시 단조롭다고 하던데 틀린 말은 아니었군요…. 게다가 이젠 당신이 음악을 식도락적인 측면에서 좋아하신다는 것도 알게 되었네요."

"또 저에 대해 잘못 생각하시는군요. 저는 전혀 식도락가가 아닙니다. 위가 아주 나쁘거든요. 하지만 식후의 음악은 잠을 불러 오는 효과가 있고, 식후 수면은 건강에도 좋습니다. 따라서 저는 음악을 의학적인 측면에서 좋아하는 겁니다. 하지만 저녁에는 음악이 반대로 저의 신경을 너무 자극합니다. 지나치게 슬퍼지거나 지나치게 즐거워지거든요. 슬퍼하거나 기뻐해야 할 분명한 이유가 없을 때는 이도 저도 피곤한 일입니다. 더욱이 사교계 모임에서는 슬픈 표정을 하고 있는 것도 우습고, 너무 즐거워하는 것도 점잖지가 않으니까요."

그녀는 내 말을 다 듣지도 않고 저쪽으로 가더니 그루쉬닛스끼 옆에 앉았고, 그들 사이에 감상적인 대화가 시작되었다. 공작 영애는 그의 말을 주의 깊게 듣고 있다는 걸 보여주려고 애를 썼지만 그의 지혜로운 어구에 대한 그녀의 대답은 상당히 심드렁하면서도 조리가 없는 것처럼 보였다. 그녀의 불안한 시선에서 간혹 드러나는 내적인 동요의 원인을 알아내려 애쓰며 이따금씩 놀란 표정을 짓는 그루쉬닛스끼의 모습에서 그 점을 알 수 있었다.

하지만 공작 영애, 난 당신의 마음을 알아챘다오. 그러니 조심하시길! 당신은 내가 했던 것과 똑같은 방식으로 나한테 앙갚음하고 내 자존심에 상처를 줄 생각이겠지만, 그렇게는 안 될 거요! 그리고 만일 당신이 내게 전쟁을 선포한다면 난 무자비해질 거요.

저녁 시간 동안 나는 의도적으로 그들의 대화에 끼어들려고 몇 번 노력해 보았지만 그녀가 나의 의견에 상당히 건성으로 응대했으므로 마침내는 화난 척하면서 물러났다. 공작 영애는 의기양양했다. 그루쉬닛스끼도 마찬가지였다. 친구들이여, 의기양양해 하시라, 하지만 서둘러야 하오. 당신들에겐 의기양양해 할 시간이 얼마 남지 않았으니까!… 어쩌겠는가? 나에겐 예감이라는 게 있다…. 어떤 여자와 알게 되면 나는 그녀가 날 사랑하게 될지 아닐지를 늘 실수 없이 알아 맞혔다….

나머지 저녁 시간은 베라 곁에서 보내며 옛날 얘기를 실컷 나누었다! 무엇 때문에 이 여자는 나를 이렇게 사랑하는 걸까? 정말 모르겠다. 더욱이 이 여자는 나를 완전히 이해한, 나의 모든 사소한 약점과 추악한 열정까지도 모두 이해한 유일한 여자이다…. 정말로 악이란 그토록 매력적인 것일까…?

나는 그루쉬닛스끼와 함께 그 집을 나섰다. 밖에서 그는 내 팔을 잡더니 오랜 침묵 후에 입을 열었다.

"그래, 어떤 것 같은가?"

'자넨 바보야.' 난 이렇게 대답해 주고 싶었지만, 자신을 억제하고 그냥 어깨만 으쓱해 보였다.

5월 29일

요사이 줄곧 나는 한 번도 내가 세워 놓은 체계에서 벗어나지 않았다. 공작 영애는 나의 이야기를 마음에 들어 하기 시작한다. 살아오면서 겪었던 몇 가지 이상한 일들을 그녀에게 얘기해 주자 그녀는 나를 특이한 사람이라고 생각하기 시작한다. 나는 세상의 모든 것을, 특히 감정들을 비웃는다. 이점이 그녀를 놀라게 하고 있다. 그녀는 내가 있는 데서는 그루쉬닛스끼와 감상적인 논쟁을 시작할 용기를 내지 못하고, 그의 장난기어린 행동에 대해서는 이미 몇 번이나 비웃는 듯한 미소로 응대했다. 하지만 나는 그루쉬닛스끼가 그녀에게 다가갈 때마다 겸손한 표정을 지으며 그들을 단 둘이 남겨놓는다. 처음에는 그녀도 이런 태도에 대해 기뻐했거나, 혹은 기뻐한 듯 보이려고 노력했다. 하지만 두 번째는 나에게 화를 냈고, 세 번째는 그루쉬닛스끼에게 화를 냈다.

"당신은 정말 자존심도 없군요!" 그녀가 어제 내게 말했다. "제가 그루쉬닛스끼와 있으면 더 즐거울 거라고 생각하시는 이유가 뭔가요?"

나는 친구의 행복을 위해 자신의 만족을 희생하고 있는 것이라고 대답했다.

"저의 만족도요." 그녀가 덧붙였다.

나는 그녀를 뚫어지게 바라보며 진지한 표정을 지었다. 그 다음
엔 하루 종일 그녀와 한 마디도 하지 않았다…. 저녁 때 그녀는 생각
에 잠긴 표정이었지만 오늘 아침에 우물가에서는 더욱 생각에 잠긴
표정이었다. 내가 그녀에게 다가갔을 때 그녀는 자연에 도취된 듯
한 그루쉬닛스끼의 말을 멍하니 듣고 있었다. 하지만 나를 보자마
자 그녀는 마치 나를 못 본 척하려는 듯 (정말 뜬금없이) 깔깔거리기
시작했다. 나는 좀 더 멀리로 물러나서 몰래 그녀를 관찰하기 시작
했다. 그녀는 말동무로부터 몸을 돌려 두 번 하품을 했다.

확실하군, 그루쉬닛스끼에게 싫증이 난 거야.

나는 이틀간 더 그녀와 말을 하지 않을 것이다.

6월 3일

나는 종종 내 자신에게 물어본다. 무엇 때문에 나는 유혹하고 싶
지도 않고 절대 결혼할 일도 없을 어린 처자의 사랑을 이토록 집요
하게 획득하려고 하는 것일까? 그녀에게 이렇듯 여자처럼 교태를
부려서 무얼 얻겠다는 건가? 베라는 공작 영애 메리가 언젠가 나를
사랑하게 될 것보다 훨씬 더 많이 나를 사랑한다. 만일 메리가 내
눈에 정복될 수 없는 미녀로 비춰졌다면, 정복하는 일이 어렵다는
이유 때문에 오히려 그것에 끌렸을지 모른다…. 하지만 내게 그런
마음은 전혀 없다!

따라서 나의 현재의 감정은 나를 참아내지 못할 여자를 만날 때까

지는 어쨌든 나를 이 여자에서 저 여자에게로 옮겨 가게 만드는, 사랑을 향한 저 불안한 욕구는 아니다. 청춘의 초창기에 우리를 흔히 괴롭히는 그 불안한 욕구 말이다. 수학적으로 볼 때 선을 통해 점이 공간으로 확장되듯이, 진실하고 끝없는 열정도 이와 마찬가지여서 바로 여기에서부터 우리의 꾸준함이 시작된다. 이 끝없음의 비밀은 목적 달성의 불가능성, 즉 궁극이라는 것에 도달할 수 없음에 있다.

대체 무슨 마음으로 나는 이토록 수고를 하고 있는 것일까? 그루쉬닛스끼에 대한 질투 때문에? 불쌍한 녀석, 그는 질투를 받을 만한 자격도 없는 녀석이다. 그게 아니라면 이것은 저 추악하지만 동시에 극복하기 어려운 감정, 가까운 이의 달콤한 미몽을 파괴하도록 만들려는 그 감정의 결과일까? 절망감에 사로잡힌 가까운 이가 자기는 대체 무엇을 믿어야 하냐고 물어올 때, 치졸한 만족감을 느끼며 이렇게 말해 주며 느끼는 그 감정 말이다.

"친구여, 나에게도 똑같은 일이 있었다네. 하지만 자네도 보다시피, 나는 점심 먹고 저녁 먹고 잠도 아주 달게 잔다네. 바라는 게 있다면 소란피우지 않고 슬프지 않게 죽는 거라네!"

하지만 이제 막 피어난 젊은 영혼을 소유하는 것에는 무한한 쾌락이 있으니 어찌하랴! 그 영혼은 태양이 선사하는 첫 광선을 맞이하며 가장 훌륭한 향기를 내뿜는 꽃송이와도 같다. 그 꽃송이는 바로 그 순간에 꺾어서 실컷 냄새를 맡은 다음 길바닥에 버려야 한다. 누군가 주워 갈 수도 있으니까! 나는 길을 가다 마주치는 모든 것을 집어삼킬 만큼 게걸스러운 탐욕이 내 안에 존재함을 느낀다. 나는 타인의 고통과 기쁨을 오직 나 자신과의 관계에서만, 나의 정신력을 지탱해 주는 양식으로만 바라본다. 나 자신은 더 이상 열정의 영향하에서 정신 나간 짓을 할 능력이 없다. 나의 명예욕은 환경에 의해 억압되었지만 나중에 다른 형태로 모습을 드러냈다. 그건 바로 권력욕인데, 명예욕은 권력욕과 다르지 않으며 나의 첫째가는 만족은 나를 둘러싼 모든 것을 나의 의지에 복속시키는 것이기 때문이다. 나에 대한 사랑과 충성과 공포의 감정을 다른 사람들의 마음속에 불러일으키는 것이야말로 권력의 첫 번째 표식이자 위대한 승리가 아니겠는가? 아무런 확실한 권리가 없는 데도 불구하고 내가 누군가의 고통과 기쁨의 원인이 되는 것, 이것이야말로 오만함을 키워 나갈 수 있는 가장 달콤한 양식이지 않을까?

그럼 행복이란 무엇인가? 마음껏 충족된 오만함이다. 만일 내가 자신을 세상에서 가장 훌륭하고 가장 강력한 자로 여길 수 있다면, 나는 행복할 것이다. 만일 모든 사람이 나를 사랑해 준다면, 나는 자신 안에서 무한한 사랑의 원천을 발견할 것이다. 악은 악을 낳는다. 첫 고통은 다른 사람을 괴롭힐 때의 만족이 어떤 것인지를 알게 해 준다. 악에 대한 생각은 그것을 현실에 적용하고 싶은 마음 없이는 인간의 머릿속에 떠오를 수 없다. '생각은 유기체적인 실체이다'라고 누군가 말했지. 생각이 태어나면 이미 생각의 형식도 태어난다. 그리고 이 형식이 바로 행동이다. 머릿속에서 더 많은 생각이 태어나는 사람은 다른 사람들보다 더 많이 행동한다. 천재적인 사람이 관료가 되어 책상머리에나 묶여 있게 되면 죽거나 미칠 수밖에 없는 게 바로 이런 이유 때문이다. 이것은 튼튼한 몸을 가진 사람이라도 앉아만 있고 행동을 별로 하지 않는 삶을 살다 보면 뇌졸중으로 죽게 되는 것과 똑같은 원리이다.

열정이란, 생각이 자신의 첫 번째 발전 단계에 있는 모습과 같다. 열정은 마음이 젊을 때나 가질 수 있는 것이기에, 평생 그것으로 인해 흥분할 것이라고 생각하는 사람은 바보이다. 많은 고요한 강들이 소란스러운 폭포로부터 시작되지만, 그 강들 중 바다에 이르는 순간까지 요동치거나 거품을 뿜어내는 것은 하나도 없다. 하지만 이런 고요함이, 숨어 있는 위대한 힘의 표식인 경우도 종종 있다. 충만하고 깊이 있는 감정과 생각들은 광적인 충동을 허용하지 않는다. 때로는 고통스러워하고 때로는 즐기기도 하면서 영혼은 자신이 겪어가는 모든 일들을 명확히 이해하게 되고 또한 앞으로도 그렇게 되어야만 할 것임을 확신하게 된다. 영혼은 뇌우가 없으면 지속되는 폭염이 자신을 바싹 말려 버릴 것이라는 점을 안다. 그것은 자신의 삶을 충실히 살면서, 사랑하는 아기에게 그러하듯, 자신을 귀여워하기도 하고 또 벌하기도 한다. 이렇듯 자기 인식의 최고 상태에서만 인간은 신의 심판을 평가할 수 있다.

이 페이지를 다시 읽어 보니 내가 자신의 주제에서 멀리 벗어났다는 것이 느껴진다…. 하지만 문제될 게 뭐가 있겠는가…? 이 수기는 나 자신을 위해 쓰고 있고, 따라서 내가 이 안에 적어 넣는 모든 것은 시간이 흐르면 내게는 소중한 추억이 될 것이다.

— —

그루쉬닛스끼가 와서 내 목을 끌어안았다. 장교로 승진한 것이다. 우리는 샴페인을 마셨다. 뒤를 이어 의사 베르너가 왔다.

"난 당신을 축하하지 않겠습니다." 의사가 그루쉬닛스끼에게 말했다.

"왜요?"

"사병 외투가 당신에게 아주 잘 어울리기 때문이지요. 그리고 이 곳 온천장에서 지은 육군 보병 장교복은 당신에게 어떠한 흥미로운 인상도 더해 주지 못할 거라는 점도 인정해야 할 겁니다. 다시 말해 당신은 지금까지는 예외적인 사람이었지만 지금부터는 일반적인 법칙 아래 들어가는 겁니다."

"마음대로 해석하세요. 해석하시라고요. 의사 선생! 그래도 내가 기뻐하는 걸 막진 못할 겁니다." 그루쉬닛스끼가 내 귀에 대고 덧붙였다. "저 사람은 뭘 모르는군. 이 견장이 내게 얼마나 큰 희망을 주었는지 말이야…. 오, 견장, 견장이여! 견장에 새겨진 이 별들, 길을 안내하는 별들이여! 의사 선생 말이 틀렸어! 난 지금 완전히 행복해."

"우리와 함께 큰 구덩이 쪽으로 산책 가겠나?" 내가 그에게 물었다.

"나 말인가? 제복이 완성되기 전까지는 절대로 공작 영애 앞에 모습을 비추지 않을 거야."

"자네의 기쁜 소식을 그녀에게 가서 알려줄까?"

"아니, 제발 아무 말 말아 줘…. 놀라게 해 주고 싶네…."

"그런데 그녀와는 어떻게 되어 가고 있나?"

그는 당혹스러워하더니 생각에 잠겼다. 뻐기면서 거짓말이라도 하고 싶었으나 그러기엔 양심에 걸렸고, 사실대로 고백하자니 부끄러웠던 것이다.

"어떻게 생각하나. 그녀가 자네를 사랑하는 건가?"

"사랑하냐고? 거 참, 뻬초린, 자네 생각하는 방식은 정말! 어떻게 그렇게 빨리 진행될 수 있겠나? 그녀가 나를 정말로 사랑한다고 해도 정숙한 여자라면 그런 말은 하지 않아…."

"좋아! 그럼 자네 생각엔 정숙한 남자도 마찬가지로 자신의 열정에 대해 침묵해야 한다는 거겠지?"

"에이, 친구! 모든 일에는 각기 나름의 방식이라는 게 있어. 말로 안 해도 추측으로 알 수 있는 것도 많지."

"맞는 말이야… 단, 우리가 여자의 눈에서 느끼는 사랑은 여자를 전혀 구속하지 못하지만 반면에 말은…. 조심하게, 그루쉬닛스끼, 그녀는 자넬 기만하고 있는 거야…."

"그녀가?" 하늘로 눈을 돌려 자족적인 미소를 지으며 그가 대답했다. "난 자네가 불쌍해, 뻬초린!"

그는 가버렸다.

저녁때는 사람들이 많이 모여서 함께 큰 구덩이 쪽으로 갔다. 이곳 학자들의 견해로는, 이 구덩이는 다름 아닌 불이 꺼져 버린 분화구라고 한다. 그것은 도시에서 1베르스따 떨어진, 마슈크 산 경사면에 있다. 관목 숲과 바위 절벽 사이로 난 좁은 오솔길이 그 분화구로 이어진다. 산으로 올라가면서 나는 공작 영애에게 팔을 내밀었고 그녀는 산책하는 내내 그 팔을 놓지 않았다.

우리의 대화는 독설로 시작되었다. 나는 우리의 지인이라면 그 자리에 있는 사람들은 물론 없는 사람들까지 다 끄집어냈다. 처음에는 그들의 우스꽝스러운 점을, 나중엔 그들의 나쁜 점을 드러내 보였다. 나의 담즙이 동했던 것이다. 얘기의 시작은 농담조였지만 끝에는 진정한 악의가 있었다. 처음엔 그녀도 재미있어 했지만 나중엔 경악했다.

"당신은 위험한 사람이군요!" 그녀가 나에게 말했다. "나라면 당신의 혀에 걸려드느니 차라리 숲속에서 살인자의 칼 아래 들어가는 걸 택하겠어요…. 진심으로 부탁하는데, 나에 대해 나쁘게 말하고 싶은 마음이 들 때가 온다면 차라리 칼을 들어 나를 베세요. 당신에겐 그다지 어려운 일도 아닐 거예요."

"내가 살인자 같나요?"

"당신은 더 나빠요…."

나는 잠시 생각에 잠겼다가, 깊이 감동한 표정을 지은 후 말했다.

"예, 그런 게 어린 시절부터의 나의 운명이었습니다. 모두들 내 얼굴에서 실제로는 존재하지도 않는 추한 감정의 흔적을 읽어냈습니다. 하지만 그런 것이 있을 거라고 추측들을 하자 정말로 그런 것이 생겨났습니다. 나는 겸손했지만 사람들은 나를 교활하다고 비난했습니다. 그래서 난 폐쇄적인 성격이 되었습니다. 나는 선과 악을 깊이 느꼈습니다. 그런데 누구도 날 어여삐 봐주지 않고 오히려 모욕했습니다. 그래서 난 앙심을 품게 되었습니다. 나는 음울했고, 다른 아이들은 명랑하고 수다스러웠지요. 나는 그들보다 내가 우위에 있다고 생각했지만, 사람들은 나를 더 낮게 여겼습니다. 그래서 난 질투심 많은 사람이 되어 버렸습니다. 나는 전 세계를 사랑할 준비가 되어 있었지만 아무도 나를 이해하지 못했습니다. 그래서 난 증오하는 법을 배웠습니다. 아무 색깔도 없는 나의 젊음은 나 자신과의, 그리고 세상과의 싸움 속에서 흘러가 버렸습니다. 고상한 감정들은 조롱이 두려워 가슴 깊은 곳에 묻어 버렸습니다. 그랬더니 그것들이 거기서 죽어 버리더군요. 나는 진실을 말했지만, 내 말을 믿어주는 사람이 없었습니다. 그래서 거짓말을 하기 시작했습니다. 세상을 잘 알게 되고, 사교계를 움직이는 힘을 알게 되자 나는 삶을 살아가는 기교에 능숙해졌습니다. 그랬더니, 그런 기교도 부리지 않는 다른 사람들이 내가 그토록 지칠 줄 모르고 얻으려 했던 이득들을 공짜로 누리며 행복해 하고 있는 게 보였습니다. 그러자 내 가슴속에는 절망이 생겨났습니다. 권총의 총구를 들이대 치료할 수 있는 절망이 아니라, 나의 상냥함과 선량한 미소에 가려진 차갑고도 무기력한 절망이었습니다. 나는 정신적인 불구자가 되어 버렸습니다. 내 영혼의 절반은 존재하지 않았습니다. 그것은 바싹 마르며 수분이 증발해 죽어 버렸기에, 난 그것을 잘라내어 던져 버렸습니다. 반면에 다른 절반은 꿈지럭거리면서 다른 사람들의 비위를 적당히 맞춰가며 살아왔습니다. 그런데 아무도 이런 사실을 눈치채지 못하더군요. 소멸해 버린 나머지 절반이 있었다는 사실을 모르니까요.

하지만 지금 당신이 나의 내부에서 소멸해 버린 절반에 대한 추억을 불러일으켰기에, 당신에게 그 묘비문(墓碑文)을 읽어준 겁니다. 묘비문은 많은 사람들에게 대개 우스꽝스러워 보이겠지만, 내겐 그렇지 않습니다. 특히나 그 밑에 무엇이 영면해 있는지를 회상할 때는요. 하지만 당신에게 내 의견에 공감해 달라고 부탁하진 않겠습니다. 만일 내가 지금 뜬금없이 한 말들이 우스워 보인다면, 웃으셔도 됩니다. 미리 말해두지만, 그래도 난 전혀 슬퍼하지 않을 겁니다."

그 순간 우리의 눈길이 마주쳤다. 그녀의 눈에는 눈물이 그렁그렁했다. 내 팔 위에 올려놓은 그녀의 손이 떨리고 있었고, 뺨은 붉게 타오르고 있었다. 그녀는 내가 가여웠던 것이다! 여자라면 다들 너무나 쉽게 굴복해 버리는 연민이라는 감정이 그녀의 순진한 가슴에 발톱을 들이밀었던 것이다. 산책을 하는 동안 그녀는 내내 멍한 상태였고 누구에게도 애교를 떨지 않았다. 이것은 아주 좋은 징후다!

우리는 큰 구덩이에 도착했다. 여자들은 자기 파트너와 떨어졌지만, 그녀는 내 팔을 놓지 않았다. 이곳 댄디들의 재담도 그녀를 웃기지 못했다. 다른 아가씨들은 깩깩 비명을 지르며 눈을 감았지만, 그녀는 가파른 낭떠러지 옆에 서서도 놀라지 않았다.

돌아오는 길에 나는 우리의 슬픈 대화를 다시 꺼내지 않았다. 하지만 나의 실없는 질문과 농담들에 대해 그녀는 멍한 표정으로 짤막짤막하게 응대해 주었다.

"사랑을 해 보신 적이 있나요?" 마침내 내가 그녀에게 물었다.

그녀는 나를 뚫어지게 바라보다가 고개를 가로저었고, 그러더니 또다시 생각에 잠겼다. 무슨 말인가를 하고 싶지만 어떻게 시작해야 할지를 모르는 것이 분명했다. 그녀의 가슴이 흥분하고 있었다… 어쩌겠는가? 모슬린 소매는 약한 방어수단이라서, 내 팔에서 시작된 전기 불꽃이 그녀의 손까지 흘러간 것이다. 거의 모든 열정이 이런 식으로 시작되지만, 우리는 여인들이 우리의 육체적 혹은 정신적 장점 때문에 우리를 사랑한다고 생각하며 자기 자신을 종종 심하게 기만하는 것이다. 물론 그런 장점들이 여자의 마음을 움직여 성스러운 열정을 받아들일 마음을 갖게 만들기도 하지만, 어쨌거나 일을 결정하는 것은 첫 번째 신체 접촉이다.

"오늘은 내가 아주 상냥했죠, 그렇지 않나요?" 산책에서 돌아왔을 때 공작 영애가 부자연스러운 미소를 지으며 내게 말했다.

우리는 헤어졌다.

그녀는 자기 자신에게 불만이다. 내게 차갑게 굴었던 것을 책망하고 있는 것이다…. 아, 이건 첫 승리, 중요한 승리이다! 내일 그녀는 내게 보상하고 싶은 마음이 들 것이다. 나는 이 모든 것을 이미 외운 듯 알고 있다. —그래서 참 따분한 것이다!

6월 4일

오늘 나는 베라를 보았다. 그녀는 질투로 나를 괴롭혔다. 공작영애가 그녀에게 마음속 비밀을 털어놓으려 생각한 모양이다. 인정할 수밖에 없겠군, 탁월한 선택이다!

"난 이 모든 일이 뭘 향해 가고 있는지 짐작이 가요." 베라가 나에게 말했다. "차라리 지금 그냥 내게 말해요. 그녀를 사랑한다고."

"하지만 만일 내가 그녀를 사랑하지 않는다면?"

"그럼 대체 뭣 때문에 그녀를 쫓아다니며 마음을 흔들어 놓고 상상력을 부채질하는 거죠…? 아, 당신이란 사람은 내가 잘 알아요!

들어봐요. 정말 내가 당신 말을 믿길 원한다면, 1주일 후에 끼슬로보드스크(Кисловодск)로 와요. 우린 모레 거기로 옮겨 가요. 공작부인은 여기 좀 더 있을 거구요. 우리 바로 옆집을 빌려요. 우린 샘 근처의 큰 집을 빌려서 그 집 다락방에서 살 거고, 아래층에는 리곱스까야 공작부인이 살게 될 거예요. 바로 옆에 같은 주인이 소유한, 지금은 비어 있는 집이 있어요…. 올 거죠?"

나는 그러겠다고 약속했고, 같은 날 그 집을 빌리도록 사람을 보냈다.

그루쉬닛스끼는 저녁 여섯 시에 나를 찾아오더니, 마침 내일 무도회에 맞춰 그의 군복이 완성될 것이라고 알렸다.

"드디어 저녁 내내 그녀와 춤을 출 수 있게 되었군…. 얘기도 실컷 해야지!" 그가 덧붙였다.

"무도회가 대체 언젠데?"

"내일이라니까! 정말 모르고 있었나? 큰 축제이고, 이 지역 관청이 맡아서 개최하는 거라고…."

"산책로에나 나가 볼까…."

"절대 안 돼! 이 추접스러운 외투를 입고는…."

"뭐야, 그 외투가 싫어졌나?"

나는 혼자 나갔고, 공작 영애 메리를 우연히 만났다. 내가 내일 무도회에서 마주르카를 추기를 청하자 그녀는 놀라면서도 기뻐하는 눈치였다.

"나는 당신이 지난번처럼 꼭 필요한 때만 춤을 추시는 줄 알았어요." 아주 사랑스럽게 미소를 지으며 그녀가 말했다.

그녀는 그루쉬닛스끼가 함께 오지 않은 사실을 전혀 인식하지 못하는 것 같았다.

"내일 아주 기분 좋게 놀라게 될 일이 있습니다." 내가 그녀에게 말했다.

"뭔데요?"

"그건 비밀입니다…. 무도회에서 직접 맞혀보세요."

나는 공작부인 집에서 저녁 시간을 보냈다. 베라와 아주 재미있는 어떤 노인 말고는 손님이 없었다. 나는 기분이 좋은 상태였기에, 여러 가지 특이한 이야기들을 즉흥적으로 지어내서 얘기해 주었다. 공작 영애가 맞은편에 앉아 긴장된 모습으로 대단히 주의 깊게, 또 상냥한 얼굴 표정까지 지으면서 부질없는 나의 얘기들에 귀를 기울여 주었기에, 나는 그만 양심이 찔렸다. 그녀의 쾌활함, 그녀의 교태, 그녀의 변덕, 그녀의 거만한 표정, 경멸감을 담은 미소, 멍한 시선, 이런 것들은 다 어디로 사라졌을까?

베라는 이 모든 것을 알아차렸다. 병색이 있는 그녀의 얼굴에 깊은 슬픔이 떠올랐다. 그녀는 넓은 안락의자에 몸을 깊숙이 묻은 채 창문 옆 그늘 진 곳에 앉아 있었다. 나는 그녀가 불쌍해졌다….

그래서 난 베라와 나의 만남, 그리고 그녀와의 사랑에 얽힌 그 드라마틱한 얘기를 모두 좌중에게 해 주었다. 물론 사람 이름은 모두 지어낸 이름들로 숨기면서 말이다.

나의 다정함, 불안, 환희를 아주 생생하게 묘사하고, 베라의 행동과 성격을 아주 좋은 쪽으로 보여주었기 때문에, 그녀는 내가 공작 영애에게 아양을 떤 것을 싫든 좋든 용서해야 했다.

그녀는 일어나서 우리 쪽으로 다가와 앉더니 생기를 되찾았다….
새벽 두 시가 되어서야 우리는 의사들이 베라에게 열한 시에는 잠자
리에 들라고 지시한 것을 떠올렸다.

6월 5일

무도회가 열리기 30분 전 그루쉬닛스끼가 육군 보병 장교복을
번쩍거리면서 내 앞에 나타났다. 세 번째 단추에는 청동의 작은 사
슬이 꿰져 있었는데 거기에 알 두 개짜리 오페라 안경이 걸려 있었
다. 엄청나게 거대한 견장이 큐피드의 날개처럼 위쪽으로 젖혀져
있었다. 부츠는 삐걱삐걱 소리를 내고 있었다. 왼손에 갈색의 염소
가죽 장갑과 군모를 든 채 그는 그렇잖아도 구불구불한 앞머리를
연신 꼬아 올려 더 자잘한 곱슬머리로 만들고 있었다. 자기만족감
과 함께, 약간의 자신 없어 하는 듯한 표정도 그의 얼굴에 드리워
있었다. 축제 분위기를 한껏 낸 그의 차림새와 거만한 걸음걸이는
나를 깔깔거리며 웃게 만들 수도 있었다. 만일 그것이 나의 의도에
부합했다면 말이다.

그는 탁자 위에 군모와 장갑을 던져 놓고 거울 앞에서 뒤쪽 소맷
자락을 잡아당기며 옷매무새를 바로잡기 시작했다. 뻣뻣한 털로 턱
을 지탱하면서 높이 솟아올라 있는 넥타이 받침에 휘감긴 거대한
검은 색 스카프는 옷깃 바깥으로 반(半)베르쑉[48]은 튀어 나와 있었
다. 그것만으로는 부족하다고 생각했는지 그는 스카프를 귀에 닿을

만큼 위로 끌어올렸다. 군복 깃이 매우 좁고 불편한 상황에서 이 어려운 작업으로 인해 그의 얼굴에 피가 몰렸다.

"사람들 말로는, 자네가 요사이 나의 공작 영애의 꽁무니를 끔찍이 쫓아다닌다며?" 그가 나를 바라보지도 않으면서 자못 태연하게 말을 했다.

"우리 같은 바보들이 어디서 차를 마시겠소!" 나는 언젠가 뿌쉬낀에 의해 찬양 받은, 지난 시절의 가장 영리한 건달들 중 한 명[49]이 좋아했던 구절을 반복함으로써 대답에 대신했다.

"말 좀 해 줘, 군복이 나한테 잘 어울리나…? 에잇, 이 망할 놈의 유대인 재봉사…! 겨드랑이 밑이 어떻게 된 거지? 너무 끼잖아…! 자네 혹시 향수 가진 거 있나?"

"내 참, 뭘 더 하려고? 자네한텐 지금도 장미 포마드 냄새가 진동을 하는데…."

"괜찮아. 이리 좀 주게…."

그는 향수 반 병을 넥타이 뒤, 손수건, 그리고 양쪽 소매 위에 들이 부었다.

"춤을 출 건가?" 그가 물었다.

---

48) 베르숔(вершок): 미터법으로의 변화 이전 사용하던 러시아의 길이 단위 중 하나. 4.45센티미터에 해당한다.

49) 뿌쉬낀의 친구였던 뾰뜨르 까베린(П. П. Каверин, 1794~1855)을 말한다. 그는 용맹한 군인으로서 연대장까지 지낸 사람이었으며, 동시에 기발한 언행을 자주 하는 난봉꾼, 건달, 괴짜로도 이름을 날렸다. 뿌쉬낀은 그의 명석한 두뇌 회전과 기발한 발상에 감탄해 그와 우정을 나누었다. 까베린이 말했던 위의 구절은 '우리 같이 못난 사람들이 그런 일을 어찌 생각이나 하겠소!'라는 자기 비하의 속뜻을 가지고 있으며, 그루쉬닛스끼의 힐난에 대해 뻬초린이 자신은 그럴 자격도, 의도도 없다는 투로 대응하는 말이다. 이 구절은 레르몬또프가 이 작품에 차용하면서 널리 알려지게 되었고 그 후 지금까지도 즐겨 인용되고 있다.

"별 생각 없어."

"나는 공작 영애와 마주르카로 첫 시작을 하게 될까 봐 걱정이야. 아는 동작이 거의 없거든…."

"그런데 그녀에게 마주르카를 신청하긴 한 건가?"

"아직 안 했는데…."

"누가 선수 치지 않도록 조심하게…."

"정말 그렇겠군?" 그가 자기 이마를 치며 말했다. "나중에 보세…. 현관 앞에 가서 그녀를 기다려야겠어." 그는 군모를 집어 들고 뛰어나갔다.

30분 뒤 나도 출발했다. 거리는 어두웠고 사람도 거의 없었다. 사교장인지 아니면 술집인지 어쨌거나 그 주변에는 사람들이 빽빽했다. 창문들에는 불이 밝혀져 있었고, 군악대의 연주가 저녁 바람에 실려서 들려왔다.

나는 천천히 길을 걸었다. 슬펐다…. 나는 생각했다. 과연 이 지상에서 나의 유일한 임무가 타인의 희망을 파괴하는 것이란 말인가? 내가 살고 행동하기 시작한 이후 운명은 왠지 늘 나를 타인들의 드라마의 결말 부분으로 데려갔다. 마치 내가 없으면 아무도 죽을 수도, 절망에 빠질 수도 없는 것처럼 말이다. 나는 5막에 반드시 있어야 할 인물이었다. 나는 무심결에 사형집행인이나 배신자라는 한심스러운 역할을 연기하곤 했다. 운명은 어떤 목적이 있었기에 이렇게 한 것일까…? 혹시 운명이 나를 소시민 비극이나 가정 소설의 작가가 되도록 점찍어 놓은 것은 아닐까? 그게 아니면 나는 예를 들어 「독서를 위한 도서관」[50]에 소설을 공급해 주는 자가 되도록 운명지어진 것은 아닐까…? 어떻게 알 수 있으랴…? 인생을 시작할 때는 알렉산더 대왕이나 바이런 경처럼 살다 가리라 생각하지만 평생을 9등관으로 남는 사람이 어디 한둘이겠는가?

나는 홀 안으로 들어선 후 남자들의 무리 속에 모습을 감추고 나만의 관찰을 하기 시작했다. 그루쉬닛스끼는 공작 영애 곁에 서서 대단히 열정적으로 무언가를 말하고 있었다. 그녀는 무심한 표정으로 그의 얘기를 들으면서, 부채를 입술에 댄 채 사방을 둘러보고 있었다. 그녀의 얼굴에는 초조한 빛이 역력했고, 눈은 누군가를 찾는 듯 주변을 두리번거렸다. 나는 그들의 대화를 엿듣기 위해 살며시 뒤로부터 다가갔다.

"당신은 저를 괴롭게 하시는군요. 공작 영애." 그루쉬닛스끼가 말했다. "못 보는 동안 너무 많이 변하셨습니다…."

"당신도 역시 변하셨어요." 그녀는 그를 잠깐 쳐다보며 이렇게 말했는데, 그 시선에 담긴 비밀스러운 비웃음을 그는 알아챌 수 없었다.

"내가요? 내가 변했다고요? 오, 절대로 아닙니다! 그런 일은 있을 수 없다는 걸 당신도 알잖습니까! 당신을 한 번 본 사람은 당신의 신성한 모습을 영원히 간직할 겁니다."

"그만 하세요…."

"얼마 전까지만 해도 호감을 갖고 그리 자주 귀 기울이시더니,

---

50) 「독서를 위한 도서관(Библиотека для чтения)」: 1834년에서 1865년까지 뻬쩨르부르
그에서 월간으로 발행된 잡지로서, 문학과 예술뿐만 아니라 경제, 시사, 통속 등등에 걸친
다양한 주제를 다루었다.

대체 왜 지금은 듣기 싫어하시죠?"

"전 반복을 싫어하니까요." 그녀가 웃으며 대답했다.

"오, 내가 뼈아픈 실수를 했군요…! 나는 미친 사람처럼 이 견장이 최소한 내게 기대감을 품을 권리는 줄 것이라 생각했습니다…. 아니에요. 영원히 저 경멸스러운 사병 외투를 입는 게 낫겠습니다. 어쩌면 당신이 내게 관심을 보인 것도 그 외투 때문일 테니까요."

"실제로도 당신에겐 그 외투가 훨씬 더 잘 어울려요…."

그때 내가 다가가 공작 영애에게 인사를 했다. 그녀는 살짝 얼굴을 붉히며 재빨리 말했다.

"므슈 뻬초린, 회색 외투가 므슈 그루쉬닛스끼에겐 훨씬 더 잘 어울린다는 게 맞는 말 아닌가요?"

"그 말엔 동의하기 어렵겠네요." 내가 대답했다. "이 사람은 장교복을 입고 있을 때가 훨씬 더 어려 보입니다."

그루쉬닛스끼는 이 한 방을 견뎌내지 못했다. 여느 소년들처럼 그루쉬닛스끼 역시 자신이 나이가 든 사람처럼 대접받아야 한다고 생각한다. 자기 얼굴에 있는 열정의 깊은 흔적이라면 세월의 자취를 대신할 수 있다고 믿기 때문이다. 그는 나에게 격노한 시선을 던지더니 발을 한 번 구르고는 멀리 가버렸다.

"솔직히 말씀하시죠." 내가 공작 영애에게 말했다. "저 사람이 항상 우스운 사람이긴 했어도 최근까지는 당신에게 흥미로운 존재로 보였다는 것을요…. 회색 외투 때문에 그랬던 거지요?"

그녀는 눈을 내리깔더니 아무 대답도 하지 않았다.

그루쉬닛스끼는 저녁 내내 공작 영애를 쫓아다니며 그녀와 함께 춤을 추거나, 혹은 vis-à-vis(마주보고 추는 춤)을 추었다. 그는 집어 삼킬 듯한 시선으로 그녀를 바라보거나, 한숨을 쉬며 애원과 책망으로 그녀를 질리게 만들곤 했다. 세 번째 카드리유가 끝났을 때 이미 그녀는 그를 혐오하고 있었다.

"자네가 이럴 줄은 몰랐어." 내게로 다가와 손을 잡은 후 그가 말했다.

"무슨 소리야?"

"그녀와 마주르카를 출 거라면서?" 그가 엄숙한 목소리로 물었다. "그녀가 나에게 솔직히 말해 주더군."

"그래서 그게 어떻다는 건가? 그게 무슨 비밀이라도 되나?"

"물론 그건 아니지만…. 저 계집애한테서 이 정도는 예상했어야 했어…. 저 교태나 부리는 애 말이야…. 꼭 복수해 주겠어!"

"자네 외투나 견장을 탓할 일이지, 뭣 때문에 그녀를 비난하나? 자넬 더 이상 마음에 들어 하지 않는 게 그녀의 무슨 잘못이라도 된다는 건가?"

"대체 뭐 하러 기대를 품게 하냐고?"

"그럼 자넨 대체 뭐 하러 기대를 품었나? 무언가를 바라면서 손에 넣으려 애쓰는 건 나도 이해해! 하지만 기대만 가지고 일이 성사되어야 한다고 주장하는 사람이 대체 어디 있나?"

"자네가 내기에서 이겼어. 단, 완전히 이긴 건 아니야." 그가 악의에 찬 미소를 지으며 말했다.

마주르카가 시작되었다. 그루쉬닛스끼는 공작 영애만을 택했고 다른 남자들도 계속해서 그녀를 선택했다. 그건 확실히 나를 겨냥한 음모였다. 그럼 더 좋지. 나와 얘기하고 싶은데 그걸 방해하면 그녀에겐 두 배는 더 그런 마음이 생길 테니까.

나는 두 번 정도 그녀의 손을 잡았다. 두 번째는 그녀가 아무 말 없이 손을 빼냈다.

"오늘밤엔 잠자기가 힘들 것 같아요." 마주르카가 끝난 뒤 그녀가 나에게 말했다.

"그루쉬닛스끼가 원인이겠군요."

"오, 아니에요!" 이 말을 하고 나서 그녀의 얼굴이 너무나 서글픈 표정으로 깊은 생각에 잠겼기에 나는 오늘 저녁에 반드시 그녀의 손에 키스하리라고 내 자신에게 다짐했다.

사람들이 흩어지기 시작했다. 공작 영애를 마차에 태우면서 나는 그녀의 작은 손을 재빨리 내 입술에 댔다. 어두웠으므로 이 장면을 본 사람은 아무도 없었다.

나는 내 자신에게 매우 만족한 마음으로 홀에 돌아왔다.

큰 식탁에서 젊은이들이 저녁 식사를 하고 있었는데, 그중에는 그루쉬닛스끼도 있었다. 내가 들어가자 모두 입을 다물었다. 나에 대한 이야기를 하고 있었던 모양이다. 지난 번 무도회 이래로 많은 이들이 나를 불만스럽게 생각하는데, 특히 용기병 대위가 그렇다. 그런데 이제는 그루쉬닛스끼의 지휘 하에 나를 겨냥한 적의에 찬 패거리가 확실하게 결성되고 있는 것 같다. 그는 참으로 오만하고도 용맹스러운 표정을 하고 있다….

매우 기쁘다. 나는 기독교적으로는 아니지만, 원수를 사랑한다. 그들은 나를 재미있게 해 주고 내 피를 끓게 한다. 늘 정신을 바짝

차리고 있는 것, 시선 하나하나, 단어 하나하나의 의미를 포착하는 것, 의도를 알아맞히는 것, 음모를 와해시키는 것, 속은 척해 주는 것, 그러다가 저들이 잔꾀와 계략을 써서 힘들게 만든 거대한 건물을 갑자기 일격에 허물어뜨리는 것—바로 이런 것을 나는 삶이라고 부른다.

저녁 식사를 하는 동안 그루쉬닛스끼는 계속해서 용기병 대위와 소곤대며 눈짓을 주고받았다.

6월 6일

오늘 아침 베라는 남편과 함께 끼슬로보드스크로 떠났다. 나는 리곱스까야 공작부인에게로 가는 길에 그들의 마차와 마주쳤다. 그녀는 나에게 고개를 끄덕해 보였는데, 그 시선에는 책망이 담겨 있었다.

대체 누구의 잘못인가? 왜 그녀는 나에게 단 둘이 만날 기회를 주려 하지 않을까? 사랑은 불과 같아서 땔감이 없으면 꺼지고 만다. 어쩌면 질투가 나의 부탁이 해낼 수 없던 일을 해 줄지도 모른다.

나는 공작부인 집에서 꼬박 한 시간을 앉아 있었다. 메리는 나오지 않았다. 아프다고 한다. 저녁 때 산책로에도 그녀는 없었다. 새롭게 결성된 패거리는 오페라 안경으로 무장한 채 실제로도 위협적인 표정을 하고 있었다. 공작 영애가 아파서 기쁘다. 그렇지 않으면 그들이 그녀에게 뭔가 무례한 짓을 저지를 수도 있기 때문이다. 그루쉬닛스끼는 머리가 헝클어지고 절망적인 표정을 하고 있다. 그는 정말로 상심해 있는 것 같고, 특히나 자존심에 상처를 입은 것 같다. 하지만 절망에 빠진 모습조차도 웃기는 사람들이 있는 법이다…!

집으로 돌아온 뒤 나는 뭔가가 허전함을 느꼈다. 그녀를 보지 못한 것이다! 그녀가 아프다! 내가 정말로 사랑에 빠진 것은 아닐까…? 무슨 헛소리를!

6월 7일

아침 11시, 평소 리곱스까야 공작부인이 예르몰로프 목욕탕에서 땀을 내고 있을 시간에 나는 그녀의 집 옆을 지나가고 있었다. 공작 영애는 생각에 잠긴 채 창문 옆에 앉아 있었는데, 나를 보자 벌떡 일어섰다.

나는 현관 안으로 들어갔다. 사람이 아무도 없었기에 나는 이곳의 자유로운 풍습을 이용하여 누군가에게 알리지도 않고 응접실까지 쭉 들어갔다.

흐릿한 창백함이 공작 영애의 사랑스러운 얼굴을 덮고 있었다. 그녀는 안락의자의 등받이에 한 손을 의지한 채 피아노 옆에 서 있었다. 그 손이 미약하게 떨리고 있었다. 나는 조용히 그녀에게로 다가가서 말했다.

"나한테 화가 나 있나요…?"

그녀는 눈을 들어 지쳐 있는 그윽한 눈길로 나를 쳐다보더니 고개를 가로저었다. 그녀의 입술은 무슨 말인가를 하고 싶어 했으나, 말이 나오지는 않았다. 눈에는 눈물이 가득 고였다. 그녀는 안락의자에 주저앉아 두 손으로 얼굴을 가렸다.

"무슨 일입니까?" 그녀의 손을 잡으며 내가 말했다.

"당신은 날 존중하지 않아요…! 아, 날 혼자 있게 내버려 두세요!"

나는 몇 걸음을 뗐다. 그녀는 안락의자에서 몸을 곧게 폈는데, 눈이 번쩍였다.

나는 문손잡이를 잡은 채 멈춰 서서 말했다.

"나를 용서하세요. 공작 영애! 나는 미친 사람처럼 행동했습니다…. 그런 일은 다시는 없을 겁니다. 내 나름의 조치를 취하겠습니다…. 지금까지 내 영혼 속에서 일어났던 일들을 당신이 무엇 때문에 알아야 하겠습니까? 당신은 그걸 절대 이해하지 못할 테고, 그럴수록 당신에겐 더 좋습니다. 안녕히 계십시오."

나올 때 그녀의 울음소리가 들린 것 같다.

나는 저녁때까지 마슈크 산 근처를 거닐다가 몹시 지쳤고, 집에 온 뒤에는 완전히 기진맥진한 상태로 침대에 몸을 던졌다.

베르너가 나를 찾아왔다.

"당신이 리곱스까야 공작 영애와 결혼한다는 게 사실입니까?" 그가 물었다.

"뭐라고요?"

"도시 전체가 그렇게 말하고 있어요. 나한테 치료받는 사람들도 전부 이 소식에 빠져 있습니다. 여기 환자들은 그런 사람들이에요. 모르는 게 없답니다!"

'이건 그루쉬닛스끼가 한 짓이다!' 나는 생각했다.

"의사 선생, 그 소문이 거짓임을 증명하기 위해 당신에게만 몰래 알려드립니다만, 나는 내일 끼슬로보드스크로 옮겨 갑니다…."

"그럼 공작 영애도…?"

"아닙니다. 그녀는 여기 1주일 더 있을 겁니다…."

"그렇다면 결혼을 하는 게 아니었군요?"

"의사 선생, 의사 선생! 나를 보세요. 나 같은 사람이 정말로 약혼자나, 아니면 그 비슷한 뭐라도 될 수 있을 것처럼 보입니까?"

"그런 얘기를 하는 건 아닙니다…. 하지만 당신도 아시다시피, 이런 경우들이 있잖습니까." 간교하게 미소 지으며 그가 덧붙였다. "고상한 집안 출신 남자가 결혼을 해야만 할 일이 생겼는데 상대편 엄마 역시 구태여 그런 일이 일어나지 않도록 막아서지는 않는 경우 말이지요. 따라서 친한 사이라서 충고하는 건데, 좀 더 조심스럽게 행동하세요. 여기 온천장의 분위기는 대단히 위험합니다. 더 나은 운명을 누릴 만한 훌륭한 젊은이들이 여기서 바로 결혼식장으로 직행하는 걸 나는 수없이 보아왔습니다…. 믿을지 모르겠지만, 나란 사람까지 결혼시키려 한 적도 있었다니까요! 이 고장의 어떤 엄마가 그랬는데, 그녀의 딸이 안색이 아주 창백했지요. 불행히도 나는 결혼하고 나면 딸의 안색이 돌아오리라고 말을 해 버렸습니다. 그러자 그녀가 감사의 눈물을 흘리며 자기 딸과 결혼해 달라고 하더군요. 자기 전 재산까지 주겠다고 하면서요. 농노 쉰 명이었던 것 같습니다. 하지만 난 결혼을 할 능력이 안 된다고 대답해 주었죠."

베르너는 자신이 나에게 경고를 해 주었다는 확신에 차서 떠났다.

그의 말을 통해 나는 나와 공작 영애에 대한 여러 가지 좋지 않은 소문이 이미 도시 전체에 퍼졌다는 사실을 알게 되었다. 그루쉬닛스끼는 이 일에 대한 대가를 반드시 치르게 될 것이다!

6월 10일

끼슬로보드스크에 온 지 사흘째다. 매일 우물 근처에서, 그리고 산책을 나갔을 때 베라를 본다. 아침에 잠에서 깨면 창가에 앉아 오페라 안경을 그녀의 집 발코니 쪽으로 돌린다. 그녀는 이미 오래 전에 옷을 입은 상태에서 서로 약속된 신호를 기다린다. 우리의 집들로부터 우물로 내려가는 길에 있는 정원에서 우리는 우연인 것처럼 만난다. 생기 넘치는 산 공기가 그녀에게 안색과 원기를 돌려주었다. 나르잔[51]이 용사의 샘물이라고 불리는 것도 다 이유가 있다. 이곳 사람들은 끼슬로보드스크의 공기가 사랑의 감정을 품게 만든다고, 언젠가 마슈크 산기슭에서 시작된 모든 사랑 이야기가 여기에서 대단원을 맺게 된다고 주장한다. 그리고 실제로도 그런 것처럼, 여기서는 모든 것이 고독을 들이마시고 모든 것이 신비롭다. 소란스러운 거품과 함께 넓적한 바위에서 바위로 떨어지면서 푸르른 산들 사이로 길을 뚫어가는 급류 위로 보리수 산책길로부터 짙은 그림자가 드리워 있고, 협곡들은 암흑과 고요에 싸인 채 사방팔방

---

51) 나르잔(Нарзан, Narzan): 까프까스 지역의 유명한 광천수 명칭. 까바르다 지역 언어에서 나르잔이란 그들의 전설 속의 용사인 '나르트'가 마시는 음료라는 뜻이다.

으로 더 좁은 협곡들을 뻗치고 있으며, 향기롭고도 싱그러운 공기
는 남쪽 지방의 높은 풀들과 하얀 아카시아가 내뿜는 향기를 듬뿍
머금고 있고, 차가운 시냇물들은 달콤하게 잠을 재워줄 것 같은 졸
졸 소리를 끊임없이 내며 흐르다 계곡 끝에서 만나고는 사이좋게
앞을 다투어 질주하여 결국 뽀드꾸목 강으로 쏟아져 들어간다. 이
쪽 편에서 협곡은 넓어지면서 푸른 저지대로 변한다. 그 저지대를
따라 먼지가 자욱한 길이 꼬불거리며 나 있다. 그 길을 바라볼 때마
다 항상 나는 마차가 지나가고 그 마차 창문으로부터 장밋빛의 작
은 얼굴이 밖을 내다볼 것 같은 느낌이 든다. 많은 마차가 그 길을
지나갔지만, 아직 그 마차는 오지 않았다. 요새 뒤쪽의 마을에는 사
람들이 많이 산다. 나의 집으로부터 얼마 떨어지지 않은 곳에 있는
레스토랑에는 저녁이면 양쪽으로 늘어선 포플러 나무들 사이로 불
빛이 아른거리기 시작한다. 왁자지껄하며 잔 부딪치는 소리가 늦은
밤까지 울려나온다.

까헤찐 포도주와 광천수를 여기처럼 많이 마시는 곳은 그 어디에
도 없다.

> 하지만 이 두 가지 일을 한꺼번에 하려는
> 엄청나게 많은 애호가들이 있죠. - 난 그 축에 들지 않아요.[52]

---

52) 러시아 극작가 그리보예도프(А. С. Грибоедов, 1795~1829)의 희곡 『지혜의 슬픔(Горе
от ума)』(1824)의 3막 3장의 대사를 인용한 것으로서, 러시아인들이 즐겨 인용하는 구절이
기도 한다. 원전에는 숙련자(искусник)로 되어 있지만 이것을 애호가(охотник)로 바꿔
서 인용해 쓰는 일도 잦은데, 이 장면에서도 그렇게 되어 있다. 두 가지 일을 동시에 하려는
욕심이 어리석다는 의미를 담고 있으며, 건강을 위한다는 생각으로 까헤찐 포도주와 광천수를

그루쉬닛스끼는 자신의 패거리와 함께 매일 술집에서 소란을 피우고 있으며, 나와 마주쳐도 인사도 거의 하지 않는다.

그는 어제서야 도착했지만, 하루도 채 못 되어 자기보다 먼저 목욕탕에 들어가려던 세 명의 할아버지와 말다툼까지 했다. 확실히 불행이 그의 내부에서 호전적인 감정을 키워가는 것이다.

6월 11일

마침내 그들이 도착했다. 그들의 마차 소리가 들렸을 때 나는 창가에 앉아 있었다. 가슴이 부르르 떨렸다…. 이게 대체 뭐지? 정말 사랑에 빠진 건가…? 난 너무나 어리석게 창조되었으니 이런 일이 생길 거라 예상할 수도 있겠지.

나는 그들 집에서 식사를 했다. 공작부인은 아주 부드러운 눈길로 나를 바라보며 딸 곁에서 떠나지 않는다… 좋지 않은 징조다! 반면에 베라는 나와의 관계 때문에 공작영애에게 질투심을 품고 있다. 어찌됐건 내가 이런 행운을 손에 넣은 것이다! 연적에게 슬픔을 안기기 위해서라면 여자가 하지 못할 일이 무엇이겠는가? 내가 다른 여자를 사랑한다는 바로 그 이유 때문에 나를 사랑하게 된 어떤 여자가 기억난다. 여자의 머리보다 더 역설적인 것은 아무 것도 없다. 여자들에게 무언가에 대한 확신을 심어 주는 것은 어려우므로, 그들 스스

함께 폭음하는 그 지역의 모습을 꼬집고 있다.

로 자신을 확신시키도록 상황을 몰아가는 수밖에는 없다. 여자들이 자신의 선입견을 없애 나가는 논증의 과정은 매우 독특하다. 그들의 변증법을 배우기 위해서는 머릿속에 있는 학창 시절의 모든 논리 법칙을 뒤엎어야 한다. 예를 들어, 일반적인 방식은 다음과 같다.

'이 사람은 나를 사랑한다. 하지만 난 결혼을 했다. 따라서 그를 사랑해선 안 된다.'

여자의 방식은 이렇다.

'나는 그를 사랑해선 안 된다. 왜냐하면 난 결혼했으니까. 하지만 그가 나를 사랑한다. 따라서….'

여기에 말줄임표가 찍혀 있다. 이성은 이미 아무 말도 하지 않으며, 말을 하는 것은 대부분 혀, 눈, 그리고 뒤를 이어 심장이기 때문이다. 물론 심장이 있다면 말이다.

이 수기가 언젠가 여자의 눈에 띄면 어떤 일이 벌어질까? "이건 중상모략이야!" 격분해서 이렇게 외치겠지.

시인들이 시를 쓰고 여자들이 그것을 읽은 이래로(이 점에 대해서는 여자들에게 깊은 감사를 드린다), 여자들은 수도 없이 천사라고 칭해져 왔기 때문에 순진한 마음에서 이 칭찬을 실제로 믿게 되었다. 바로 그 시인들이 돈을 주면 네로도 반쯤은 신과 같은 존재로 떠받들었다는 사실은 잊어버리고서 말이다….

내가 그들에 대해 이렇게 악의적으로 말하는 것이 적절하지 않아 보일 수도 있다. 그들 말고는 세상에서 아무 것도 사랑하지 않고, 그들을 위해서라면 평안함과 명예욕과 목숨까지 희생할 준비가 되어 있는 게 나이기 때문이다…. 하지만 내가 익숙한 시선만이 꿰뚫어볼 수 있는 마법의 장막을 그들로부터 벗겨내려 애쓰는 것은 짜증의 발작 혹은 상처 입은 자존심 때문이 아니다. 아니, 내가 그들에 대해 말하는 모든 것은 오직 다음의 결과이다.

지성의 냉철한 관찰과
마음의 쓰라린 기록.[53]

여자들은 모든 남자들이 나처럼 그들을 잘 알기를 바라야만 한다. 왜냐하면 나는 그들을 두려워하지 않게 되고 그들의 사소한 약점까지도 파악한 그때부터 오히려 그들을 백배는 더 사랑하게 되었기 때문이다.

말이 나왔으니 하는 말인데, 베르너는 최근에 여자를 타소가 자신의 「해방된 예루살렘」[54]에서 서술하는 마법에 걸린 숲과 비교했다.

"그 안에 한 걸음 들여놓자마자", 그가 말했다. "하나님 살려주소서라고 할 만한 공포가 사방에서 밀어닥칩니다. 의무, 자존심, 예절, 세평, 조롱, 경멸, 이런 공포들 말입니다⋯. 그런 것들을 보지 말고 똑바로 가야 합니다. 그러면 조금씩 괴물들은 사라지고 초록색 도금양이 피어 있는 조용하고도 밝은 풀밭이 눈앞에 펼쳐집니다. 반면에 첫 걸음을 뗄 때부터 가슴이 떨려와 뒤를 돌아보면 불행한 일

---

53) 뿌쉬낀의 운문 소설 『예브게니 오네긴(Евгений Онегин)』(1830)의 첫 장에 나오는 헌사 중 마지막 두 행.

54) 「해방된 예루살렘(La Gerusalemme liberata)」: 이탈리아의 시인 토르콰토 타소(Torquato Tasso, 1544~1595)가 1580년에 쓴 서사시의 제목이다.

이 생기는 겁니다."

6월 12일

오늘 저녁엔 사건들이 넘쳐났다. 끼슬로보드스크로부터 3베르
스따 쯤 떨어진, 뽀드꾸목(Подкумок) 강이 흐르는 협곡에 꼴쪼
(Кольцо)[55]라 불리는 바위 절벽이 있다. 그것은 자연에 의해 만들
어진 큰 문으로, 높은 언덕 위에 솟아 있기에 저물어가는 태양은
그 큰 문을 통해 자신의 마지막 열정적인 시선을 세상에 던진다.
기나긴 기마행렬이 그 석조 창문을 통해 일몰을 보려고 그곳으로
향했다. 사실을 말하자면, 우리들 중 그 누구도 태양에 대해서는 생
각지 않고 있었다. 나는 공작 영애 곁에서 말을 몰았다. 집으로 돌아
오는 길에 우리는 뽀드꾸목 강의 여울을 건너야 했다. 산에 있는
개울들은 아무리 얕은 것이라 할지라도 위험한데, 특히 그 바닥의
모습이 엄청나게 변화무쌍하다는 점에서 위험한 것이다. 개울 바닥
은 물살의 압력으로 인해 날마다 모습이 변한다. 어제는 돌이 있었
던 곳에 오늘은 구멍이 파여 있다. 나는 공작 영애 말의 고삐를 잡은
뒤 수심이 무릎 높이를 넘지 않는 곳으로 끌고 갔다. 우리는 물이
흘러 내려오는 방향을 비스듬히 거슬러서 가만가만 움직이기 시작
했다. 물살이 빠른 개울을 건널 때는 물을 내려다보지 말아야 한다

---

55) '꼴쪼'는 러시아어로 '반지(斑指)'라는 뜻으로서 바위 절벽의 모양이 반지를 닮아 있다고 해서
붙인 이름이다.

는 것은 잘 알려진 사실이다. 금방 현기증이 날 수 있기 때문이다. 나는 이점을 공작 영애 메리에게 미리 일러두는 걸 깜박했다.

개울 가운데에 물살이 가장 빠른 곳까지 왔을 때 갑자기 그녀가 안장 위에서 휘청거렸다.

"어지러워요." 그녀가 힘없는 목소리로 말했다.

나는 재빨리 그녀에게로 몸을 굽히고 한 손으로 그녀의 유연한 허리를 감쌌다.

"위를 봐요." 내가 그녀에게 속삭였다. "별 거 아니에요. 무서워하지만 않으면 됩니다. 내가 같이 있잖아요!"

상태가 나아지자 그녀는 내 팔에서 벗어나고자 했지만 나는 그녀의 부드럽고도 나긋나긋한 몸을 더 세게 감쌌다. 나의 뺨이 거의 그녀의 뺨에 닿으려 하고 있었다. 그녀의 뺨에서 열기가 끼쳐왔다.

"무슨 짓을 하는 거예요…? 맙소사…!"

나는 그녀의 떨림과 당혹에는 신경 쓰지 않고 입술을 그녀의 부드러운 뺨에 갖다 대었다. 그녀는 몸을 떨었지만 아무 말도 하지 않았다. 우리는 다른 사람들 뒤쪽에서 가고 있었으므로 아무도 그것을 보지 못했다. 우리가 개울 바깥으로 나오자 모두들 속보로 말을 몰기 시작했다. 하지만 공작 영애는 말을 그 자리에 세웠다. 나는 그녀 곁에 남았다. 나의 침묵이 그녀를 불안하게 만들고 있는 게 보였지만 나는 한 마디도 하지 않기로 맹세했다. 호기심 때문이었다. 나는 그녀가 이 곤란한 상황을 어떻게 벗어나려할지 보고 싶었던 것이다. 마침내 그녀가 눈물이 느껴지는 목소리로 말했다.

"당신은 나를 경멸하거나 아니면 많이 사랑하는 거예요! 아마 당신은 나를 조롱하고 내 마음을 뒤흔들어 놓고 그 다음엔 버리고 싶은 거겠죠…? 이게 얼마나 비열하고 저속한 짓인지, 그걸 상상만 해도… 아, 안 돼요!"

부드러운 신뢰감을 담아 그녀가 덧붙였다.

"내 안에 당신으로 하여금 존경심을 갖지 못하게 만드는 그런 게 있는 건 아니겠지요? 그렇죠? 당신의 이 무례한 행동을… 난 용서해야만 하겠지요. 그래야 하겠지요. 내가 허락한 거니까…. 대답해 봐요. 어서 말 좀 해 보라니까요. 당신 목소리가 듣고 싶단 말이에요…!"

그녀의 마지막 몇 마디에는 여자다운 초조함이 너무나 많이 들어 있어서, 나는 무심코 실소를 머금었다. 날이 어둑해지기 시작했던 게 다행이었다…. 나는 아무 대답도 하지 않았다.

"아무 말 안 할 건가요?" 그녀가 계속했다. "혹시 내가 먼저 사랑하다고 말하길 원하는 거예요?"

나는 계속 침묵했다….

"그걸 원하는 거냐고요?" 내 쪽으로 급히 몸을 돌리며 그녀가 말을 이어갔다. 그녀의 단호한 시선과 목소리에는 뭔가 무서운 기운이 서려 있었다….

"그럴 필요가 있을까요?" 나는 어깨를 으쓱하며 대답했다.

그녀는 채찍으로 말을 때리더니 좁고 위험한 길을 따라 전속력으로 질주하기 시작했다. 워낙 빠른 순간에 일어난 일이라서 나는 간신히 그녀를 따라잡을 수 있었는데, 그것도 그녀가 이미 다른 사람들에 합류해 있는 상태에서 따라 잡은 것이었다. 집 앞에 도착할 때까지 그녀는 쉴 새 없이 지껄이고 웃어 댔다. 그녀의 행동은 뭔가 열에 들뜬 것 같았다. 그녀는 나를 한 번도 쳐다보지 않았다. 모두를 이 평소와는 다른 명랑함을 눈치 챘다. 공작부인은 딸을 바라보며 내심 기뻐했다. 하지만 그녀의 딸은 그냥 신경의 발작을 일으킨 것이니 뜬 눈으로 밤을 지새우며 울 것이다. 이런 생각이 나에게 무한한 쾌감을 준다. 내겐 흡혈귀가 이해가 되는 순간들이 있다…. 그런데도 나는 선량한 녀석이라고 소문이 나 있으며, 또 그런 칭호를 가지려 스스로 애쓰고 있지 않은가 말이다!

말에서 내린 후 여자들은 공작부인 집으로 들어갔다. 나는 흥분한 상태였기에, 머릿속에 꽉 찬 생각들을 날려버리려고 산으로 말을 몰았다. 이슬을 머금은 저녁 공기는 황홀할 정도로 시원했다. 어두운 산꼭대기 너머로부터 달이 떠오르고 있었다. 편자를 박지 않은 내 말이 걸음을 뗄 때마다 나는 소리가 협곡의 고요함 속에서 무디게 울려나갔다. 폭포 옆에서 말에게 물을 먹이고 남녘의 신선한 밤공기를 두어 번 탐욕스럽게 들이마신 후, 나는 귀로에 올랐다. 나는 마을을 통과해서 갔다. 창문으로 비쳐나오는 불빛들이 꺼지기 시작했다. 요새의 성벽 위 보초병들과 주변의 감시 초소에 있는 까자크들이 소리를 길게 늘이며 신호를 주고받고 있었다.

마을의 집들 중 골짜기 끝에 있는 한 집의 불빛이 유난히 강한 것이 내 눈에 들어왔다. 군인들이 술판을 벌였다는 것을 드러내는, 무질서하게 와글거리는 소리와 고함 소리가 때때로 울려나왔다. 나는 말에서 내려 창문 쪽으로 살며시 다가갔다. 덧문이 꽉 닫혀 있지 않았기 때문에 술판을 벌이는 사람들이 보였고 그들의 말소리까지 알아들을 수 있었다. 그들은 나에 대한 얘기를 하고 있었다.

용기병 대위는 술기운에 달아올라서 주목해 달라고 말하며 주먹으로 탁자를 내리쳤다.

"이보게들!" 그가 말했다. "이건 말도 안 되는 일이야. 뻬초린에겐 따끔한 맛을 보여줘야 해! 뻬쩨르부르그 출신의 이런 햇병아리들은 한 번 된통 당하기 전까진 항상 잘난 척을 하고 다니지! 그 자는 자기가 항상 깨끗한 장갑과 반들거리는 부츠를 신고 다닌다는 것 때문에, 상류 사회에 있어 본 사람은 자기밖에 없다고 생각하는 거라고."

"그 건방진 미소는 또 어떻고! 표정만 그렇지 난 그 자가 겁쟁이일 거라고 확신해. 맞아, 겁쟁이야!" 다른 자가 말했다.

"나도 그렇게 생각해." 그루쉬닛스끼가 말했다. "그는 모든 걸 농담으로 얼버무려 끝내는 걸 좋아하지. 한 번은 내가 다른 사람이라면 그 자리에서 나를 난도질해 버릴 만한 그런 말들을 그에게 지껄인 적이 있었는데, 뻬초린은 모든 걸 우스운 쪽으로 돌려버리더군. 물론 난 그에게 결투를 신청하진 않았지. 그건 그가 결정할 일이었으니까. 게다가 난 결투 후에 무슨 귀찮은 일이 생겨서 거기 얽혀드는 게 싫기도 했고…."

"그루쉬닛스끼가 그에게 화가 나 있는 건 그가 공작 영애를 빼앗아갔기 때문이야." 누군가가 말했다.

"참 별 놈의 생각을 다 하는군! 사실 내가 공작 영애를 좀 쫓아다닌 건 맞지만, 금방 물러섰어. 결혼할 생각이 없기도 했고, 또한 그런 상태에서 처녀의 명예를 훼손하는 건 내 원칙에도 맞지 않으니까 말이야."

"내가 단언하건데, 그 자가 제일가는 겁쟁이야. 그루쉬닛스끼가 아니라 삐초린 말이야. 그루쉬닛스끼는 썩 좋은 사람이고 또 내 진정한 친구이기도 하지!" 용기병 대위가 다시 말했다. "여기 그 자를 옹호하는 사람 없지? 아무도 없는 거지? 그렇다면 더욱 잘 됐군! 그 자의 용기를 시험해 보고 싶지 않나? 꽤 재미있을 것 같은데…."

"그거 좋지. 그런데 방법은?"

"자 다들 들어보라고. 그 자에게 특히 화가 나 있는 사람은 그루쉬닛스끼니까 그가 제일 중요한 역할을 맡아야겠지! 무슨 바보 같은 거라도 트집을 잡아서 삐초린에게 결투를 신청하는 거야…. 잠깐 기다려 봐, 바로 여기서부터 중요하니까…. 결투를 신청하는 거야, 좋았어! 결투 신청, 준비, 결투 조건 약속, 이 모든 것이 가능한 한 장엄하고 끔찍하게 진행될 거야. 이 과정은 내가 맡아서 할 걸세. 내가 자네의 결투 입회인이 될 테니까 말이야. 이 가련한 친구야! 좋아! 단, 함정이 어디 있느냐면, 권총 두 자루에 모두 실탄을 넣지 않는 거야! 어쨌든 삐초린이 겁을 집어먹는 꼴만은 볼 수 있겠지. 내 장담할 수 있네. 서로 여섯 걸음 떨어뜨려 세워놓으면, 젠장, 누가 겁이 안 나겠어! 이보게들, 찬성인가?"

"기가 막힌 생각이야! 찬성해! 찬성 안할 이유라도 있나?" 사방에서 소리가 울렸다.

"그럼, 그루쉬닛스끼, 자네는?"

나는 떨면서 그루쉬닛스끼의 대답을 기다렸다. 이런 기회가 주어지지 않았더라면 내가 이 바보들의 웃음거리가 되었을 것이라는 생각이 들자 차디찬 증오심이 나를 사로잡았다. 만일 그루쉬닛스끼가 찬성하지 않았더라면 나는 그의 목을 얼싸안았을 것이다. 하지만 얼마간의 침묵이 흐른 후 그는 자리에서 일어나 용기병 대위에게 손을 내밀고 매우 엄숙하게 말했다.

"좋아, 찬성이네."

이 정직한 무리의 열광은 묘사하기가 힘들다.

나는 상이한 두 가지 감정으로 인해 흥분된 상태에서 집으로 돌아왔다. 첫 번째는 슬픔이었다. '무엇 때문에 그들은 모두 나를 증오할까?' 나는 생각했다. '무엇 때문에? 내가 누군가를 모욕했던가? 아니다. 설마 내가 보기만 해도 악감정을 불러일으키는 부류에 속하는 것일까?' 나는 독기 어린 증오심이 점차로 나의 영혼을 채워가는 것을 느꼈다. '조심하시오. 그루쉬닛스끼 씨!' 나는 방 안을 앞뒤로 왔다갔다하며 말했다. '날 가지고 이런 식의 장난을 치는 사람은 없소. 당신의 어리석은 동료들의 생각에 찬성하시다니, 이 대가를 비싸게 치러야 할 수도 있소. 난 당신들의 장난감이 아니거든…'

나는 뜬 눈으로 밤을 새웠다. 아침녘에는 얼굴이 야생 오렌지처럼 노랬다.

아침에 나는 우물가에서 공작 영애를 만났다.

"몸이 아프신가요?" 나를 뚫어지게 바라보며 그녀가 말했다.

"잠을 못 잤습니다."

"나도 그랬어요…. 내가 당신을 비난한 건… 아마 공연한 짓이었겠죠? 하지만 당신의 마음을 솔직히 말해 주세요. 난 모든 걸 용서할 수 있으니까요…."

"모든 것을요…?"

"모든 것이요…. 단, 진실을 말해 주세요…. 빨리요…. 아시겠어요? 난 당신의 행동을 설명하고 변호해 보려고 애쓰면서 많은 생각을 해 보았어요. 어쩌면 당신은 내 친척들의 반대를 걱정하고 있을지 모르지만… 그건 아무 문제도 되지 않아요. 그들이 알게 되면… (그녀의 목소리가 떨리기 시작했다) 내가 간곡히 말해서 설득해 내겠어요. 그게 아니라 당신 자신의 처지 때문이라면… 하지만 알아두세요. 나는 사랑하는 사람을 위해서라면 모든 걸 다 희생할 수 있어요…. 아, 어서 대답해 주세요. 날 가엾게 여겨 줘요…. 나를 경멸하는 건 아니죠. 그렇죠?"

그녀는 나의 손을 움켜잡았다. 공작부인은 베라의 남편과 함께 우리 앞쪽에서 걷고 있었기에 아무 것도 보지 못했다. 하지만 산책을 하던 환자들, 호기심이 극도로 많은 호사가들이 우리를 볼 수도 있었으므로 나는 그녀의 열정적인 손으로부터 내 손을 재빨리 빼냈다.

"진실을 모두 말씀드리죠." 나는 공작 영애에게 대답했다. "내 행동을 변명하지도 해명하지도 않겠습니다. 나는 당신을 사랑하지 않습니다…."

그녀의 입술이 약간 창백해졌다….

"혼자 있게 해 주세요."

그녀가 간신히 들릴 만한 목소리로 말했다.

나는 어깨를 으쓱하고는 돌아서서 그 자리를 떠났다.

6월 14일

나는 가끔 내 자신이 경멸스럽다…. 이것 때문에 내가 다른 사람들도 경멸스럽게 여기는 것은 아닐까…? 나는 고결한 충동을 느낄 능력을 상실했다. 나는 내 자신에게 우스꽝스럽게 보일까 봐 두렵다. 다른 사람이 내 입장이었다면 공작 영애에게 son coeur et sa fortune(자신의 심장과 운명을 바치며) 청혼했을 것이다. 하지만 결혼이라는 단어는 나에게 어떤 마법적인 힘을 가지고 있다. 내가 어떤 여자를 아무리 열렬하게 사랑한다 할지라도, 만일 내가 그녀와 결혼해야 한다는 느낌을 조금이라도 받도록 그녀가 행동한다면, 그것으로 사랑은 작별이다! 내 마음은 돌로 변하고, 그 어떤 것도 그것을 다시 달아오르게 하지 못한다. 그것만 아니라면 나는 어떤 희생이든 할 준비가 되어 있다. 스무 번이라도 내 목숨을, 심지어 명예까지도 걸 것이다…. 하지만 나의 자유는 팔지 않을 것이다. 왜 나는 그것을 이토록 소중히 여기는 것일까? 그 속에 나를 위한 무엇이 있기에…? 나는 어디를 향해 가려고 내 자신을 준비시키고 있는 걸까? 나는 미래로부터 무엇을 기대하고 있는 걸까…? 사실은, 완벽하게 아무 것도 기대하지 않는다. 이것은 어떤 타고난 공포심이며, 설명할 수 없는 예감이다. 아무 이유 없이 거미나 바퀴벌레, 쥐를 두려워하는 사람들이 있듯이 말이다…. 고백할까…? 내가 아직 어린아이였을 때 한 노파가 어머니에게 나에 대한 점을 쳐 준 일이 있었다. 그녀는 내가 사악한 아내 때문에 죽을 것이라고 예언했다. 이 일은 당시 나에게 큰 충격을 주었다. 내 영혼 속에 결혼에 대한 극복할 수 없는 혐오감이 생겨났다…. 그런데 무엇인가가 노파의 예언이 실현될 것이라고 내게 말하고 있다. 나는 적어도 그것이 가능한 한 늦게 실현되도록 노력할 것이다.

6월 15일

어제 압펠바움이란 마술사가 이곳에 왔다. 레스토랑의 문에는 앞서 언급한 놀라운 마술사이자 동시에 곡예가, 화학자, 광학전문가인 사람이 오늘 저녁 여덟 시에 귀족 모임 홀(다시 말해 레스토랑)에서 화려한 공연을 선사하는 영광을 갖게 될 것이라는 사실을 존경해 마지않는 여러분께 알린다는 긴 포스터가 붙어 있었다. 표 값은 2루블 50꼬뻬이까였다.

모두들 이 놀라운 마술사를 보러갈 채비를 한다. 심지어 리곱스까야 공작부인도 딸이 아픈데도 불구하고 자신을 위한 입장권을 구했다.

오늘 점심 식사 후 나는 베라의 창문 옆을 지나갔다. 그녀는 발코니에 혼자 앉아 있었다. 내 발 쪽으로 쪽지가 떨어졌다.

'오늘밤 아홉 시가 넘어서 중앙 계단을 통해 내게로 와요. 남편은 빠찌고르스크로 떠났는데 내일 아침에나 돌아올 거예요. 내 하인들과 하녀들은 집에 없을 거예요. 내가 그들 모두에게, 그리고 공작부인 아랫사람들한테도 표를 나눠주었거든요. 기다리고 있을 테니 꼭 와요.'

'아하!' 나는 생각했다. '결국에는 내가 생각한 대로 되었군.'

여덟 시에 나는 마술사를 구경하러 갔다. 관람객이 다 모인 건 아홉 시가 거의 되어서였다. 공연이 시작되었다. 뒤쪽 좌석에 베라와 공작부인의 하인, 하녀들이 앉아 있는 것이 보였다. 모두가 빠짐없이 거기 와 있었다. 그루쉬닛스끼는 오페라 안경을 들고 맨 앞줄에 앉아 있었다. 마술사는 손수건, 시계, 반지 등등이 필요할 때마다 그에게 말을 걸었다.

그루쉬닛스끼는 내게 인사를 하지 않은 지가 꽤 되었는데, 오늘은 상당히 오만한 표정으로 두 번이나 나를 쳐다보았다. 우리가 서로의 셈을 치러야 할 때가 오면 그는 이 모든 것이 기억날 것이다.

열 시가 다 되어 갈 무렵 나는 자리에서 일어나 밖으로 나왔다.

밖은 누가 내 눈을 찔러도 모를 만큼 캄캄했다. 무겁고 차가운 먹구름이 주변의 산봉우리에 드리워 있었다. 잔잔해져 가는 바람만이 레스토랑을 둘러싼 포플러나무의 꼭대기를 간간이 스쳐가며 사각거리는 소리를 내고 있었다. 레스토랑 창문가에 사람들이 모여 있는 것이 보였다. 나는 산에서 내려와 집 대문 쪽으로 방향을 튼 뒤 걸음을 재촉했다. 갑자기 누군가가 내 뒤를 따라오는 것 같은 느낌이 들었다. 멈춰 서서 주위를 둘러보았다. 어두웠기 때문에 아무 것도 분간할 수 없었다. 하지만 조심하자는 생각에서 마치 산책을 하고 있는 것처럼 집 주위를 한 바퀴 돌았다. 공작 영애의 창문 옆을 지나갈 때 또 다시 뒤쪽에서 발소리가 들렸다. 외투로 몸을 감싼 사람이 내 옆을 뛰어 지나갔다. 그것이 나를 불안하게 만들었다. 어쨌든 나는 현관 계단 쪽으로 몰래 다가간 후 어두운 계단을 통해 서둘러 위로 뛰어 올라갔다. 문이 열렸다. 조그만 손이 내 손을 잡았다.

"당신을 본 사람은 아무도 없겠죠?" 베라가 내게 바짝 몸을 기대며 속삭였다.

"아무도 없어!"

"이제 내가 당신을 사랑한다는 걸 믿을 수 있겠어요? 아, 난 오랫동안 망설이고 오랫동안 괴로워했어요…. 하지만 당신은 내게서 원하는 건 뭐든지 맘대로 하잖아요."

그녀의 심장이 심하게 고동쳤고 손은 얼음처럼 차가웠다. 책망과 질투와 푸념이 시작되었다. 그녀는 자신이 오직 나의 행복만을 바라기에 나의 배신은 순종적으로 참아낼 수 있다며 모든 것을 고백하라고 요구했다. 나는 그 말을 전혀 믿지 않았지만, 맹세와 약속 등등으로 그녀를 진정시켰다.

"그렇다면 메리와 결혼하지 않는 거군요? 그 애를 사랑하지 않는다는 거죠? 하지만 그 애가 생각하는 건…. 그 애가 당신에게 미칠 정도로 빠져 있다는 거, 당신도 모르진 않죠? 불쌍한 아이!"

- -

새벽 두 시쯤 나는 창문을 열고 두 개의 숄을 묶은 다음 주랑을 잡으면서 위층 발코니에서 아래층 발코니로 내려갔다. 공작 영애의 방에는 아직 불이 밝혀져 있었다. 나는 왠지 그 창문 쪽으로 마음이 이끌렸다. 커튼이 완전히 쳐 있지는 않았기 때문에 나는 방 안으로 호기심에 찬 시선을 던질 수 있었다. 메리는 두 손을 무릎 위에 십자로 포갠 채 침대 위에 앉아 있었다. 그녀의 풍성한 머리카락은 레이스 주름 장식이 있는 취침용 실내모 밑에 모아져 있었다. 커다란 진홍색 스카프가 그녀의 하얗고 작은 어깨에 덮여 있었고, 작은 발들은 알록달록한 페르시아 실내화 속에 감추어져 있었다. 그녀는 고개를 가슴 쪽으로 수그린 채 꼼짝 않고 앉아 있었다. 그녀 앞의 작은 탁자 위에는 책이 펼쳐져 있었지만, 형언할 수 없는 슬픔에 가득 차 굳어 버린 그녀의 눈은 생각은 딴 데 가 있는 상태에서 백 번째나 똑같은 페이지 위를 방황하고 있는 것 같았다.

그 순간 관목 뒤에서 누군가가 살짝 움직이는 소리가 났다. 나는 발코니에서 잔디밭으로 뛰어내렸다. 보이지 않는 손이 내 어깨를 움켜잡았다.

"아하!" 거친 목소리가 말했다. "잡았다…! 한밤중에 공작 영애들 방에 기웃거리면 어떻게 되는지 보여주마…!"

"꽉 잡고 있어!" 다른 자가 구석에서 튀어 나오며 소리쳤다.

그것은 그루쉬닛스끼와 용기병 대위였다.

나는 주먹으로 후자의 머리를 후려치고 다리를 차서 넘어뜨린 다음 관목 숲으로 돌진했다. 집 맞은편의 비탈길을 덮고 있는 정원의 모든 오솔길들은 내가 훤히 알고 있었다.

"도둑이야! 도와주시오…!" 그들이 소리쳤다. 총소리가 울렸다. 연기 나는 화약 마개가 내 발 밑으로까지 날아왔다.

잠시 후 나는 이미 내 방에 도착해서 옷을 벗고 자리에 누웠다. 하인이 문을 걸어 잠그기 무섭게 그루쉬닛스끼와 대위가 문을 두드리기 시작했다.

"뻬초린! 자고 있소? 집에 있는 거요…?" 대위가 소리쳤다.

"잡니다!" 내가 화난 목소리로 대답했다.

"어서 일어나시오! 도둑이 들었소···. 체르께스 놈들이오."

"콧물이 나옵니다. 감기 들까 봐 못 나가겠소." 내가 대답했다.

그들은 가버렸다. 괜히 대답을 했다. 안 그랬다면 한 시간 가량 더 나를 찾아서 정원을 헤매고 다녔을 텐데. 그 사이에 불안 상태는 엄청나게 커졌다. 요새로부터 까자크가 달려왔다. 모든 게 다 동요하기 시작했다. 체르께스인들을 찾아서 모든 관목 숲들을 싹 뒤졌지만, 물론 아무 것도 발견되지 않았다. 하지만 많은 사람들은 경비병들이 좀 더 용맹하고 신속한 대처를 보여주었다면 최소한 스무 명 정도의 약탈자는 현장을 벗어나지 못했을 거라고 계속해서 굳게 믿고 있는 것 같았다.

6월 16일

오늘 아침 우물가에서는 체르께스인들의 야간 습격 사건에 대한 얘기들만이 오갔다. 정해진 양만큼의 나르잔을 마시고 긴 보리수 산책길을 따라 열 번쯤 왔다갔다 산책을 했을 때 나는 방금 삐찌고르스크에서 돌아온 베라의 남편을 만났다. 그는 내 팔을 잡았고, 우리는 아침 식사를 하러 레스토랑으로 갔다. 그는 아내 걱정을 끔찍이 하고 있었다.

"아내가 오늘 새벽에 정말 많이 놀랐다오!" 그가 말했다. "하필이면 내가 집에 없을 때 이런 일이 발생하다니."

우리는 아침을 먹기 위해 구석 쪽 방으로 통하는 문 옆에 자리 잡고 앉았는데, 그 방에는 열 명 정도의 젊은이가 있었고 그중에는 그루쉬닛스끼도 있었다. 두 번째로 운명이 나에게 그루쉬닛스끼의 운명을 결정하게 될 대화를 엿들을 기회를 제공해 주었다. 우리는 서로를 보지 못하는 쪽에 앉아 있었기에, 내가 듣는 걸 의식해서 그가 일부러 그런 말을 한다고는 생각할 수 없었다. 하지만 그로 인해 내 눈에는 그의 잘못이 오히려 더 커 보였다.

"아니 과연 그게 실제로 체르께스인들이었을까?" 누군가가 말했다. "직접 본 사람은 있나?"

"내가 사건의 전모를 말해 주지." 그루쉬닛스끼가 말했다. "단, 이 얘기를 어디 가서 하지는 말게나. 자, 일은 이렇게 된 거야. 어제 밤에 내가 이름을 밝힐 수 없는 어떤 사람이 찾아오더니, 아홉 시가 넘은 시각에 누군가가 리곱스까야 공작부인 댁에 몰래 들어가는 것을 봤다고 말해 주더군. 일러둬야 할 게 있는데, 그 시간에 공작부인은 여기 있었고 공작 영애는 집에 있었다는 점이야. 그래서 나와 그 사람은 그 행운아를 숨어서 지켜보려고 창문 아래로 갔던 거라네."

솔직히 말해, 나는 많이 놀랐지만 나의 대화 상대자는 아침을 먹느라 정신이 없었다. 만일 그루쉬닛스끼가 진실을 알아맞혔다면 이 노인은 자신에게는 상당히 불쾌한 얘기들을 들을 수도 있는 상황이었다. 하지만 질투에 눈이 먼 그루쉬닛스끼는 진실이 무엇인지에 대해서는 궁금해 하지도 않았다.

"자, 그래서 말이야." 그루쉬닛스끼가 계속했다. "우린 공포탄을 넣은 총을 들고 출발했네. 그냥 겁이나 좀 줘보자는 생각이었거든. 두 시까지 정원에서 기다렸다. 마침내 대체 어디서 나타난 건지 그 놈이 나타났는데, 창문은 열린 적이 없으니까 분명히 창문에서 나온 건 아니었어. 틀림없이 기둥 뒤에 있는 유리문을 통해서 나왔을 거야. 마침내 누군가가 발코니로부터 내려오는 게 보이더군. 자, 이제 공작 영애가 어떤 사람으로 보이나? 응? 모스크바 귀족 아가씨들 정말 대단하다는 거, 내가 인정하겠네! 이런 일을 겪고 나면 뭘 믿을 수 있겠어? 우리가 붙잡으려고 하는 순간 그 놈이 몸을 빼내더니 토끼처럼 관목 숲으로 내빼더군. 내가 즉시 총을 쐈지."

그루쉬닛스끼 주위에서는 못 믿겠다는 투의 웅얼거림이 이어졌다.

"내 말을 못 믿겠다는 건가?" 그가 말을 이어갔다. "내 명예를 걸고 맹세하지만, 이건 모두 완벽한 사실이고, 그 증거로 그 신사의 이름을 말할 수도 있어."

"말하게, 말해. 대체 누군지!" 사방에서 소리가 들려왔다.

"뻬초린이네." 그루쉬닛스끼가 대답했다.

그 순간 그는 눈을 들었고 나는 그의 맞은 편 문가에 서 있었다. 그의 얼굴이 새빨갛게 되었다. 나는 그에게로 다가가서 천천히, 그리고 명료하게 말했다.

"가장 역겨운 중상모략을 확실히 하기 위해 당신이 맹세까지 한 후에 내가 들어오게 되었으니 매우 유감이오. 내가 이 자리에 있었더라면 당신이 그런 비열한 짓을 쓸데없이 추가해서 하지는 않았을 텐데 말이오."

그루쉬닛스끼는 자리에서 벌떡 일어났는데, 화를 벌컥 낼 것 같은 모습이었다.

"부탁이오만", 나는 똑같은 어조로 말을 계속했다. "지금 당신이 한 말을 취소하기 바라오. 그게 꾸며낸 얘기라는 건 당신도 잘 알고 있겠지요. 당신의 빛나는 장점들에 여자가 무관심한 걸 이렇게 끔찍한 방식으로 복수할 이유는 없다고 생각하오. 잘 생각해 보시오. 당신의 견해를 계속 유지한다면 당신은 고결한 사람이라고 불릴 권리를 잃고, 동시에 목숨을 거는 것이나 마찬가지가 되는 거요."

그루쉬닛스끼는 몹시 흥분한 상태로 눈을 내리깐 채 내 앞에 서 있었다. 하지만 양심과 자존심 간의 투쟁은 오래 가지 않았다. 그의 곁에 앉아 있던 용기병 대위가 그를 팔꿈치로 쿡 찔렀다. 그는 몸을 부르르 떨더니 눈을 들지 않고 재빨리 내게 대답했다.

"친애하는 귀하, 내가 무슨 말을 할 때는 그렇게 생각한다는 뜻이며 그 말을 반복할 준비도 되어 있다는 뜻이오…. 나는 당신의 협박이 두렵지 않으며, 무엇이든 할 준비가 되어 있소."

"후자의 것이라면 당신은 이미 증명을 해 보였소." 나는 그에게 차가운 대답을 던지고는 용기병 대위의 손을 잡고 밖으로 나왔다.

"왜 이러는 거요?" 대위가 물었다.

"당신은 그루쉬닛스끼의 친구이니 아마 그의 결투입회인이 되시겠죠?"

대위는 매우 거드름을 피우며 고개를 까딱해 보였다.

"맞는 말이오." 그가 대답했다. "나는 그의 결투입회인이 되어야 할 의무까지도 있소. 그에게 가해진 모욕은 나와도 관련이 있으니 말이오. 내가 어제 밤에 그와 함께 있던 사람이오." 그는 구부정한 몸을 곧게 펴며 덧붙였다.

"아! 그럼 내 서투른 주먹에 머리를 얻어맞은 게 바로 당신이었군요?"

그의 얼굴이 노래졌다가 다시 파래졌다. 감춰졌던 증오가 그의 얼굴에 드러났다.

"그럼 영광스럽게도 당신께 오늘 저의 입회인을 보내드리도록 하겠습니다." 나는 이렇게 말하며 그의 격분에는 신경도 안 쓰는 것처럼 아주 정중하게 인사를 했다.

레스토랑의 현관 계단에서 나는 베라의 남편을 만났다. 나를 기다리고 있었던 것 같았다.

그는 환희에 넘치기라도 하는 듯한 감정으로 내 손을 잡았다.

"고결한 젊은이!" 눈물을 글썽이며 그가 말했다. "당신들이 하는 얘기를 모두 들었소. 정말 불한당 같은 놈이오! 배은망덕한 놈 같으니라고…! 이런 짓을 한 놈들이 점잖은 집안에 초대된다고 한 번 생각해 보시오! 내가 딸자식을 두지 않은 게 정말 다행이오! 하지만 당신이 목숨을 걸고 지키려 한 그 아가씨가 보답을 해 줄 거요. 당분간은 나도 모른 척 잠자코 있을 테니 그렇게 믿어주시오." 그가 말을 계속했다. "나도 젊은 시절이 있었고 군 복무도 해 봤소. 그러니, 이런 일에는 개입하지 말아야 한다는 것 정도는 알고 있다오. 잘 있으시오."

불쌍한 사람! 딸이 없다는 것만 기뻐하는구나….

나는 곧장 베르너를 찾아 가서 마침 집에 있는 그를 만났다. 나는 그에게 나와 베라의 관계, 나와 공작 영애의 관계, 내가 엿들은 대화

내용, 즉 공포탄을 쏘도록 해서 나를 바보로 만들려하는 저 신사 양반들의 의도 등 모든 것을 얘기해 주었다. 하지만 이제 이 일은 그들이 꾸며 놓은 장난의 경계선을 넘어 서고 있었다. 아마도 저들은 이런 식의 결말은 기대하지 않았을 것이다. 의사는 나의 결투입회인이 되는 데 동의했다. 나는 그에게 결투의 조건과 관련해 몇 가지 지침을 주었다. 이 일이 가능한 한 비밀스럽게 진행되어야 한다는 사항을 끝까지 밀고 나가라는 것이었다. 나는 비록 언제든 죽을 각오가 되어 있지만 이 세상에 살아 있는 동안에는 나의 장래를 영원히 망치고 싶은 생각은 조금도 없기 때문이다.

그렇게 일을 처리하고 나서 나는 집으로 갔다. 한 시간 후 의사가 원정에서 돌아왔다.

"당신을 해치려는 음모가 확실히 있습니다." 그가 말했다. "그루쉬닛스끼 집에서 용기병 대위와 성이 기억나지 않는 신사 한 명을 보았습니다. 덧신을 벗으려고 잠시 현관에 멈춰 서 있는데 저들이 엄청 시끄럽게 떠들며 논쟁을 벌이는 게 들리더군요….

'절대로 동의할 수 없어!' 그루쉬닛스끼가 말하더군요. '그는 나를 공개적으로 모욕했어. 그 전 상황과 이번 것은 완전히 달라…'

'그런 걸 왜 신경 쓰나?' 대위가 대답했습니다. '내가 모든 책임을 진다니까. 난 다섯 번의 결투에서 입회인을 해 봐서 이 일을 어떻게 꾸며야 할지를 잘 안단 말일세. 내가 다 생각해 놨다고. 그러니 제발 방해나 하지 말게. 겁만 좀 줘도 괜찮아. 그리고 피할 수가 있는데 왜 위험을 자초해야 하겠나?'

그 순간에 내가 안으로 들어갔습니다. 그들이 입을 다물더군요.

우리의 협상은 상당히 오랫동안 지속됐습니다. 마침내는 다음과 같이 하기로 결정을 했습니다. 여기서 5베르스따 쯤 떨어진 곳에 외진 협곡이 있습니다. 그들은 내일 새벽 네 시에 거기로 갈 것이고 우리는 그들보다 30분 늦게 나갑니다. 총은 여섯 걸음 거리에서 쏘게 될 텐데, 이건 그루쉬닛스끼 자신이 요구한 사항입니다. 사망자가 나오면 체르께스인들의 짓으로 돌리기로 했습니다.

이제 내가 좀 의심이 드는 걸 말하죠. 저들은, 즉 입회인들은 자신들의 이전 계획을 약간 바꿔서 그루쉬닛스끼의 권총에만 총알을 장전하려고 하는 게 틀림없습니다. 이건 살인과도 약간 비슷한데, 지금 같은 전쟁 시기에, 특히 이곳 같은 아시아 지역 전쟁에서는 이런 간교함이 허용됩니다. 다만 그루쉬닛스끼는 다른 동료들보다는 사람됨이 좀 나아보이더군요. 어떻게 생각합니까? 우리가 눈치 챘다는 걸 그들에게 보여줘야 하지 않을까요?"

"절대로 안 됩니다. 의사 선생! 안심하세요. 난 그들에게 굴복하지 않을 겁니다."

"대체 어떻게 할 생각인데요?"

"그건 비밀입니다."

"걸려들지 않도록 조심하세요…. 여섯 걸음밖에 안 된단 말입니다!"

"의사 선생, 그럼 내일 새벽 네 시에 기다리고 있겠습니다. 말은 준비되어 있을 겁니다…. 잘 가세요."

나는 저녁때까지 내 방에 문을 걸어 잠그고 들어박혀 있었다. 공작부인 집에서 날 부르러 하인이 왔지만, 나는 아프다고 전해달라고 시켰다.

　새벽 두 시다… 잠이 오지 않는다… 내일 손이 떨리지 않으려면 잠을 자야 하는데. 그나저나 여섯 걸음이라면 빗나가긴 힘들겠군. 아! 그루쉬닛스끼 씨! 당신의 속임수는 성공을 거두지 못할 거요… 우리의 역할은 뒤바뀔 것이오. 이제는 내가 당신의 창백한 얼굴에서 숨겨진 공포의 징후를 찾아내야 하겠지. 뭐 하러 당신 스스로 이 치명적인 여섯 걸음을 정했단 말이오? 당신은 내가 아무 말 없이 당신에게 내 이마를 대줄 것이라고 생각하겠지… 하지만 우리는 제비를 뽑을 거잖아! 그럼 그땐… 그땐…. 그러나 만일 행운이 그의 편을 들어준다면 어떻게 하지? 만일 나의 별이 결국 나를 배신한다면 말이야? 뭐, 그렇게 된다 해도 놀랄 일은 아니지. 운명은 아주 오랫동안 나의 변덕을 위해 충실히 봉사해 왔으니까. 하늘이라고 해서 땅보다 더 절개를 지킨다는 법은 없잖아.

　그럼 뭐 어떤데? 죽어야 한다면 그냥 죽으면 되는 거다! 세상으로 보면 큰 손실도 아니다. 게다가 나 자신도 이미 꽤 지루하다. 나는 무도회장에서 하품을 하면서도 오직 그의 마차가 아직 오지 않았기 때문에 자러 가지 못하는 사람과 같다. 하지만 이제 마차가 준비되었으니… 잘들 계시오!

　기억 속에서 나의 모든 과거를 훑어보면서 나도 모르게 묻게 된다. 나는 왜 살았을까? 어떤 목적을 위해 태어났을까? 분명히 목적은 존재했을 것이다. 나의 소명 또한 분명히 높은 것이었으리라. 내 영혼 속에서 무한한 힘이 느껴지니 말이다. 하지만 난 그 소명을 알아맞히지 못한 채 공허하고 배은망덕한 열정의 유혹에 마음을 빼앗겼다. 그 열정의 용광로로부터 나는 쇠처럼 단단하고 차가워져서 나왔지만 삶의 가장 훌륭한 꽃인 고결한 포부의 불꽃을 영원히 잃어버렸다. 그리고 그때부터 운명의 손아귀에 잡힌 채 몇 번이나 도끼의 역할을 해 왔던가! 나는 희생양의 운명을 타고 난 사람들의 머리 위에 마치 처형의 무기처럼 떨어지곤 했다. 아무 악의가 없이 그랬을 때도 종종 있었지만, 여하튼 연민의 감정을 가진 적은 단한 번도 없다. 나는 내가 사랑하는 사람들을 위해 아무 것도 희생하지 않았기 때문에 나의 사랑이 그들에게 행복을 준 적은 한 번도 없다. 나는 나 자신을 위해, 나 자신의 만족을 위해 사랑했다. 나는 내 마음속의 이상한 욕구만을 만족시키고 그들의 감정, 상냥함, 기쁨과 고통은 탐욕스럽게 집어삼켰는데, 그러면서도 결코 배가 부른 줄은 몰랐다. 나는 기진맥진한 상태에서 굶주림에 시달리며 잠이 든 후 눈앞에 호화로운 음식과 거품이 이는 포도주를 보게 되는 사람과 마찬가지였다. 그는 환호성을 올리며 공중에 떠 있는 상상의 선물들을 먹어치우고, 그러고 나면 한결 편한 것 같이 느껴진다. 하지만 잠에서 깨자마자 꿈은 사라지고 남는 것은 두 배나 더해진 허기와 절망뿐이다!

나는 어쩌면 내일 죽을 수도 있다…! 그리고 이 지상에는 나를 완전히 이해할 수 있는 존재는 단 하나도 남지 않게 될 것이다. 어떤 사람들은 나를 실제보다 더 나쁘게 생각할 것이고, 다른 사람들은 더 좋게 생각할 것이다…. 어떤 사람들은 '그는 선량한 녀석이었어'라고 할 것이고, 다른 사람들은 '혐오스러운 놈'이라고 할 것이다. 양쪽 다 거짓말이다. 이런데도 살려고 애쓸 필요가 있을까? 그럼에도 다들 살고 있다. 호기심 때문이다. 뭔가 새로운 것을 기다리는 것이다…. 우스꽝스럽고도 귀찮은 일이다!

- -

N 요새에 온 지 벌써 한 달 반이 되었다. 막심 막시므이치는 사냥을 나갔다…. 나는 혼자 있다. 창가에 앉아 있다. 회색 먹구름이 산기슭까지 덮어 버렸다. 안개 사이로 보이는 태양은 노란색 반점 같다. 춥다. 바람이 휙휙 소리를 내며 덧창을 뒤흔든다…. 지루하다…! 수많은 이상한 사건들 때문에 중단되었던 나의 수기를 계속 써 나가려 한다.

마지막 페이지를 다시 읽어본다. 우습다! 내가 죽을 것이라고 생각했구나. 하지만 그건 불가능한 일이었다. 나는 고통의 잔을 아직 다 비우지 않았으며, 이제는 내가 아직 더 오래 살아야 할 것이라는 느낌이 든다.

과거의 모든 일들이 참으로 명료하고 날카롭게 나의 기억 속에 각인되어 있다! 시간은 단 하나의 선도, 단 하나의 그림자도 지워내지 못했다!

결투를 앞둔 그날 밤 내내 단 1분도 자지 못했던 것이 기억난다. 글 쓰는 것도 오래 하지는 못했다. 은밀한 불안이 나를 사로잡았던 것이다. 한 시간 정도 방 안을 서성거렸다. 그러고 나서는 자리에 앉아 책상 위에 놓여 있던 월터 스콧의 소설을 펼쳤다. 그것은 『스코틀랜드의 청교도들』이었다. 처음에는 힘들여 읽어야 했지만, 나중에는 매혹적인 가공의 이야기에 빠져들어 다른 일을 완전히 잊을 정도가 되었다…. 이 책이 선사하는 매 순간의 기쁨에 대해 설마 이 스코틀랜드 음유시인에게 저 세상에서 보상이 없겠는가…?

드디어 날이 밝았다. 신경은 안정됐다. 나는 거울을 봤다. 뿌연 창백함이 고통스러운 불면의 흔적을 간직한 얼굴을 뒤덮고 있었다. 하지만 두 눈만큼은, 갈색 그림자에 둘러싸여 있기는 해도, 오만하고도 무자비하게 빛나고 있었다.

말에 안장을 얹으라고 지시한 뒤 옷을 입고 서둘러 목욕탕에 다녀왔다. 차가운 나르잔 샘물에 몸을 잠기게 하자 육체와 정신의 힘이 회복되는 느낌이 들었다. 나는 마치 무도회에 갈 준비를 하는 것처럼 상쾌하고 원기 넘치는 상태로 목욕탕에서 나왔다. 이런데도 정신이 육체에 종속되어 있지 않다고 말할 사람은 대체 누군가…!

집에 돌아오니 의사가 와 있었다. 그는 회색 승마바지와 아르할루크56)를 입고 체르께스 모자를 쓰고 있었다. 나는 거대한 털모자 밑의 자그마한 체구를 보고는 깔깔 웃음을 터뜨렸다. 그의 얼굴은 용사와는 거리가 멀지만 이번에는 평소보다 더욱 풀이 죽어 있었다.

"왜 그리 슬픈 표정입니까? 의사 선생." 내가 그에게 말했다. "당

---

56) 아르할루크(архалук): 까프까스 지역의 전통적인 남성 상의로서 비단(간혹 면직인 경우도 있음)으로 만들어진다. 대개 줄무늬 모양을 띠고 있으며 신속한 행동을 할 수 있도록 비교적 몸에 딱 붙도록 만든다.

신은 위대한 무관심의 태도로 사람들을 저 세상으로 배웅한 일이 수도 없이 많지 않나요? 내가 담낭염에 걸렸다고 상상해 보세요. 나는 회복할 수도 있고 죽을 수도 있는 겁니다. 이거든 저거든 다 자연의 이치입니다. 나를 당신이 아직 알지 못하는 병에 걸린 환자로 보도록 노력해 보세요. 그러면 당신의 호기심이 최고조로 일어날 겁니다. 지금 나에 대해 몇 가지 중요한 생리학적 관찰을 할 수도 있겠죠…. 자신이 횡사할 수 있다는 걸 기대한다는 자체가 이미 진짜 병이 아닌가요…?"

이런 생각이 의사에게 큰 자극을 주었는지, 그는 쾌활해졌다.

우리는 말에 올랐다. 베르너는 양손으로 고삐를 잡아 쥐었고 우리는 출발했다. 순식간에 요새를 지나 마을을 통과하고 협곡으로 들어섰다. 높이 자란 풀들로 반쯤 덮인 길이 그 협곡을 따라 구불구불 이어지고 있었으며, 요란하게 흘러가는 시냇물들은 여기저기서 계속해서 그 길을 가로지르고 있었다. 따라서 시냇물을 자주 건너야 했는데, 그때마다 의사의 말이 매번 물속에서 걸음을 멈추는 바람에 그가 대단히 절망스러운 표정이 되곤 했다.

이날보다 더 푸르고 신선했던 아침은 내 기억에 없다. 태양이 초록색 산봉우리 너머에서 보일락 말락 얼굴을 내밀자, 그 햇살의 따사로움은 사그라져가는 한밤의 서늘함과 합쳐져서 나의 모든 감각에 일종의 달콤한 피로감을 안겨 주었다. 이제 막 시작된 하루의 기쁜 햇살은 아직 협곡 안으로까지는 파고들지 못했고, 우리 머리 위 양쪽으로 걸려 있는 절벽의 꼭대기들만을 금빛으로 물들였을 뿐이다. 절벽의 깊숙한 틈새에서 자라는 잎이 무성한 관목들은 아주 작은 바람의 숨결에도 우리에게 은빛의 이슬방울을 뿌려주곤 했다. 그 이전의 어느 때보다도 바로 그 순간에 자연이 더 사랑스러웠던 것이 기억난다. 수없이 많은 무지갯빛 광선을 아롱거리며 넓은 포도나무 잎사귀 위에서 몸을 떨고 있는 이슬방울들 하나하나를 들여다보는 건 얼마나 흥미로운 일이었는가! 안개 낀 먼 곳을 꿰뚫어 보려고 나의 시선은 얼마나 탐욕스럽게 노력했던가! 그곳에서 길은 더 좁아지며 절벽은 더 푸르고 더 무서워지다가 마침내는 뚫을 수 없는 벽처럼 서로 합쳐지는 것 같았다. 우리는 말없이 달렸다.

"유언장은 써 놓았습니까?" 갑자기 베르너가 물었다.

"아니요."

"만일 죽게 되면 어쩌려고요…?"

"상속자들이 알아서 나타날 겁니다."

"마지막 작별 인사를 하고 싶은 친구가 정말 없는 겁니까?"

나는 고개를 가로저었다.

"기념으로 무엇이든 남기고 싶은 여자가 이 세상에 정말 아무도 없나요?"

"의사 선생." 내가 그에게 대답했다. "당신은 내가 영혼을 열어 보여주길 원하는 거지요…? 나는 죽어가면서 사랑하는 여인의 이름을 부르거나 친구에게 포마드를 바른, 혹은 안 발랐을 수도 있겠지만, 머리카락 뭉치를 남기는 나이는 지났습니다. 임박해 있을 확률이 높은 나의 죽음을 떠올릴 때마다 나는 내 자신에 대해서만 생각합니다. 다른 사람들은 이것마저도 하지 않겠지만요. 친구들은 내일이면 나를 잊거나, 혹은 더 나쁜 경우에는, 있지도 않았던 밑도

끝도 없는 얘기를 나와 관련해 퍼뜨릴 겁니다. 여자들은 다른 남자를 껴안으면서 그 남자가 죽은 나에게 질투심을 품지 않도록 나를 비웃어댈 겁니다. 마음대로들 하시구려! 인생의 폭풍우로부터 나는 오직 몇 가지 관념들만 끄집어 낼 수 있었을 뿐, 감정이라곤 아무것도 건지지 못했습니다. 나는 이미 오래전부터 가슴이 아니라 머리로 살고 있습니다. 나는 자신의 열정과 행동을 엄격한 호기심을 가지고, 하지만 공감은 하지 않은 채, 저울질하고 분석해 봅니다. 내 안에는 두 명의 인간이 있습니다. 한 명은 산다는 단어의 의미 그대로만 살고, 다른 한 명은 그렇게 사는 모습에 대해 사유하고 심판합니다. 전자는 아마 한 시간 후면 당신과 작별하겠지만, 후자는… 후자는…. 의사 선생, 저길 보세요. 오른쪽 절벽 위에 세 개의 형체가 거무스름하게 보이죠? 저들이 우리의 적수들인 것 같은데요…?"

우리는 빠른 속도로 말을 몰기 시작했다.

절벽 아래 관목 숲에는 세 마리의 말이 매어져 있었다. 우리도 거기에 말을 매어 놓고 좁은 오솔길을 따라 공터까지 올라갔는데, 거기에선 그루쉬닛스끼가 용기병 대위, 그리고 이반 이그나찌예비치라는 이름의(그의 성은 한 번도 들어본 적이 없다) 다른 결투입회인과 함께 우리를 기다리고 있었다.

"우리는 이미 한참 전부터 기다리고 있었습니다." 용기병 대위가 비꼬는 듯한 미소를 지으며 말했다.

나는 시계를 꺼내서 그에게 보여주었다.

그는 자기 시계가 빠르다고 하면서 사과했다.

난처한 침묵이 몇 분간 지속되었다. 마침내 의사가 그루쉬닛스끼 쪽으로 몸을 돌리더니 침묵을 깼다.

"내가 보기엔, 양쪽 다 결투할 준비가 되어 있음을 보여주었고 이로써 명예를 지켜야 할 의무의 조건은 채운 셈입니다. 따라서 이제 서로 해명을 한 후에 우호적으로 일을 마무리할 수도 있을 것 같습니다만." 그가 말했다.

"나는 그럴 준비가 되어 있습니다." 내가 말했다.

대위가 그루쉬닛스끼에게 눈짓을 했는데, 그루쉬닛스끼는 내가 겁을 내고 있다고 생각한 모양이었다. 그는 방금 전까지도 탁하고 창백한 얼굴빛을 하고 있었건만, 이제는 오만한 태도를 보이기 시작했다. 우리가 거기 도착한 이후 처음으로 그는 눈을 들어 나를 쳐다보았다. 하지만 그의 시선에는 내적 갈등을 말해 주는 어떤 불안감이 담겨져 있었다.

"당신의 조건을 설명해 보시오." 그가 말했다. "내가 당신을 위해 할 수 있는 일이 있다면 물론 다 할 거란 점은 믿어도 될 거요…."

"내 조건은 이렇소. 당신의 중상모략을 지금 당장 취소하고 내게 사과하면 됩니다."

"친애하는 귀하, 놀랍군요. 어떻게 감히 내게 그런 제안을 할 수가 있소?"

"그것 말고 대체 무슨 제안을 할 수가 있겠소?"

"결투를 할 수밖에 없겠군."

나는 어깨를 으쓱했다.

"그렇게 합시다. 단, 우리 중 한 명은 반드시 죽을 것이라는 점을 생각해 두시오."

"그것이 당신이 되기를 바라오."

"난 그 반대가 될 것이라고 확신합니다."

그는 당혹스러운 표정으로 얼굴을 붉히더니 곧이어 억지웃음을 터뜨렸다.

대위는 그의 팔을 잡더니 한쪽으로 데려갔다. 그들은 오랫동안 수군댔다. 나는 상당히 평온한 마음 상태로 그곳에 도착했지만, 이 모든 상황이 나의 분노를 끓어오르게 만들었다.

의사가 나에게로 다가왔다.

"들어봐요." 그가 불안함을 노골적으로 드러내며 말했다. "저들의 음모를 잊은 모양이군요? 난 권총을 장전할 줄 모릅니다만, 이런 경우에는 나도…. 당신은 이상한 사람이군요! 저들의 의도를 알고 있다고 말해요. 그럼 저들도 감히 그런 짓을 못 할 테니까…. 이럴 필요가 없어요! 저들은 당신을 새처럼 쏴버릴 거란 말이요…."

"의사 선생, 제발 걱정하지 마세요. 그리고 좀 기다려요…. 저들 편이 아무런 유리한 점도 가지지 못하도록 내가 모든 걸 정리할 겁니다. 자기들끼리 수군대도록 놔두세요."

"여러분, 지루해지고 있군요!" 내가 그들에게 큰 소리로 말했다. "결투를 할 거면 어서 합시다. 얘기는 어제 충분히 나눴을 텐데요…."

"우린 준비됐소." 대위가 대답했다. "두 분, 자리에 가서 서 주시오! 의사 선생, 여섯 걸음을 재주시면 좋겠소."

"자리에 가서 서시오!" 이반 이그나찌예비치가 삑삑거리는 목소리로 말했다.

"잠깐만요!" 내가 말했다. "조건이 하나 더 있습니다. 우리는 죽음도 불사하고 결투를 할 것이기에, 이 일을 비밀로 하고 우리의 입회인들이 책임질 일이 없도록 최선을 다 해야 합니다. 동의합니까…?"

"전적으로 동의합니다."

"그렇다면, 난 이렇게 생각을 해 보았습니다. 저 가파른 바위 절벽 정상에 오른쪽으로 작은 공터가 보이지요? 저기서부터 절벽 아래 바닥까지는 대략 30싸젠은 될 겁니다. 아래의 바닥에는 날카로운 돌들이 있지요. 우리 각자가 차례로 공터의 끝에 서는 겁니다. 이렇게 하면 가벼운 부상도 치명적인 결과를 낳겠죠. 이건 당신의 바람과도 맞아떨어질 겁니다. 당신이 직접 여섯 걸음을 정했으니까요. 부상을 당한 사람은 당연히 아래로 떨어져 산산조각이 날 겁니다. 총알은 의사가 빼낼 겁니다. 그러면 발을 헛디뎌 잘못해서 떨어진 것이 이 갑작스러운 죽음의 원인인 것으로 설명하기가 매우 수월할 테니까 말이죠. 누가 먼저 쏠지는 동전 던지기로 결정합시다. 결론적으로, 나는 이와는 다른 방식으로는 결투하지 않을 것임을 알리는 바입니다."

"그렇게 합시다!" 대위는 동의의 표시로 고개를 끄덕이는 그루쉬닛스끼를 뜻깊은 표정으로 바라보더니 이렇게 말했다. 그루쉬닛스끼의 얼굴은 순간순간 변하고 있었다. 내가 그를 난감한 입장에 처하도록 만든 것이다. 일반적인 조건으로 결투를 했다면, 그는 나의 다리를 겨냥해 가벼운 부상을 입힘으로써 양심의 부담을 심히 느끼지 않고도 자신의 복수심을 만족시킬 수 있었다. 하지만 이제는 공중에 대고 쏘거나 혹은 살인자가 되거나 혹은 자신의 비열한 계책을 버리고 나와 똑같은 위험을 감수하는 수밖에 없게 된 것이다. 나라면 그 순간에서의 그의 입장에 서고 싶지 않았을 것이다. 그는 대위를 한쪽으로 데리고 가더니 굉장히 열을 올리며 무슨 말인가를 하기 시작했다. 파랗게 질린 그의 입술이 떨리는 게 보였다. 하지만 대위는 경멸하는 듯이 미소를 짓더니 그를 외면하고 돌아섰다. "자넨 바보야!" 그가 그루쉬닛스끼에게 상당히 큰 소리로 말했다. "아무 것도 이해를 못하니 말이야! 여러분, 출발합시다!"

관목들 사이로 좁은 오솔길이 가파른 비탈길 쪽으로 나 있었다. 바위 절벽으로부터 부서져 나온 돌조각들은 비록 흔들거리기는 했지만 이 자연의 층계를 올라가는 계단들이 되어 주었다. 우리는 관목들을 붙잡고 기어 올라가기 시작했다. 그루쉬닛스끼가 맨 앞에서 갔고 뒤를 이어 그의 입회인들, 그 다음으로는 나와 의사가 갔다.

"당신한테 놀랐습니다." 의사가 내 손을 꽉 쥐며 말했다. "맥 좀 짚어 보겠소…! 아이고, 격렬하게 뛰네요…. 하지만 얼굴에는 아무 티도 나지 않으니…. 단지 눈만 평소보다 더 선명하게 빛날 뿐입니다."

갑자기 자잘한 돌멩이들이 시끄러운 소리를 내며 우리들 발밑으로 굴러떨어졌다. 무슨 일이지? 붙잡고 있던 나뭇가지가 부러지는 바람에 그루쉬닛스끼가 비틀하며 넘어진 것이었다. 입회인들이 잡아주지 않았더라면 그는 벌렁 넘어져서 아래로 굴러떨어졌을 것이다.

"조심하시오!" 내가 그에게 소리쳤다. "미리 넘어지지는 마시오. 흉한 징조니까. 율리우스 카이사르를 떠올려 보시오![57]"

드디어 우리는 불쑥 삐져나온 절벽의 정상까지 올라왔다. 공터는 마치 결투를 위해 일부러 만들어 놓은 것처럼 고운 모래로 덮여 있었다. 주위의 산봉우리들은 황금빛 아침 안개 속에 잠긴 채 수없이 많은 짐승들의 무리처럼 빽빽하게 서 있었고, 남쪽에는 사슴처럼 연결된 얼음 덮인 산봉우리들의 한 끝에 엘보루스 산이 거대한 흰색 덩치를 드러내며 솟아 있었다. 그 산봉우리들 사이로 동쪽에서부터 몰려온 새털구름들이 떠돌고 있었다. 나는 공터의 가장자리로 다가가 아래를 내려다보았는데, 머리가 핑 도는 느낌이었다. 저 아래는 관 속처럼 어둡고 추워보였다. 뇌우와 세월의 풍파를 맞아 온 바위 절벽들은 이끼 낀 이빨들을 드러낸 채 먹잇감을 기다리고 있었다.

우리가 결투를 벌일 공터는 거의 정삼각형 형태였다. 돌출된 모서리로부터 여섯 걸음을 잰 후, 적의 총탄을 먼저 맞이할 사람이 낭떠러지를 등진 채 모서리 안쪽 끝에 서는 걸로 결정되었다. 만일 그가 죽임을 당하지 않는다면 적수들은 자리를 맞바꿀 것이었다.

나는 모든 상황을 그루쉬닛스끼에게 유리하게 배려해 주리라 다짐했다. 나는 그를 시험해 보고 싶었던 것이다. 그의 영혼 속에서 관대함의 불꽃이 깨어날 수도 있고, 그러면 모든 일이 가장 훌륭한 방향으로 마무리될 수도 있었다. 하지만 그의 자존심과 성격상의 약점이 승리를 할 것이 틀림없었다…. 만일 운명이 내게 자비를 베

---

57) 고대 로마의 독재자 율리우스 카이사르(Julius Caesar, B.C.100~B.C.44. 러시아어로는 율리이 쩨자리(Юлий Цезарь))가 암살당하기 전에 원로원 건물로 들어가다가 문지방을 헛디뎌 넘어진 일이 있다는 전설을 토대로 한 것이다.

푼다면 나는 그를 용서하지 않을 완벽한 권리를 자신에게 부여하고 싶었다. 누군들 자신의 양심과 이런 합의를 하려 하지 않겠는가?

"동전을 던지시오, 의사 선생!" 대위가 말했다.

의사가 호주머니에서 은화를 꺼내 위쪽으로 들어올렸다.

"격자!" 그루쉬닛스끼가 친구가 갑자기 툭 쳐서 잠이 깬 사람처럼 서둘러 외쳤다.

"독수리!" 내가 말했다.

동전은 높이 날아올랐다가 쨍강 소리를 내며 땅으로 떨어졌다. 모두가 동전 쪽으로 달려갔다.

"운이 좋군요." 내가 그루쉬닛스끼에게 말했다. "당신이 먼저 쏘게 되었소! 하지만 당신이 나를 죽이지 못하면, 내 총알이 빗나갈 일은 없을 거라는 점을 기억해 두시오. 맹세하지요."

그는 얼굴을 붉혔다. 무기가 없는 사람을 죽이는 것이 수치스러웠던 것이다. 나는 그를 뚫어져라 바라보았다. 그가 용서해 달라고 애원하며 내 발 밑에 몸을 던질 것만 같은 느낌이 어느 순간 들었다. 하지만 그토록 비열한 음모를 어떻게 고백하겠는가…? 그에게는 하나의 방법—허공에 쏘는 것만이 남아 있었다. 나는 그가 허공에 쏠 것이라고 확신했다! 한 가지가 방해가 될 수 있었다. 내가 재차 결투를 요구할 것이라는 생각 말이다.

"시간이 됐어요!" 의사가 나의 소매를 잡아당기며 속삭였다. "우리가 그들의 의도를 알고 있다는 말을 지금 하지 않으며 모든 게 끝장이에요. 보라고요. 저자가 이미 장전을 하고 있잖소…. 만약 당신이 말하지 않을 거라면 내가 직접…."

"절대로 안 됩니다, 의사 선생!" 내가 그의 손을 잡아 제지하며 말했다. "당신 때문에 일을 다 망치겠소. 방해하지 않겠다고 약속했 잖습니까… 이 일이 당신과 무슨 상관입니까? 어쩌면 나는 죽임을 당하고 싶은 건지도 모르죠…."

의사가 놀란 표정으로 나를 바라보았다.

"아, 그건 또 다른 문제네요…! 단, 저 세상에서 날 원망하지는 말아요."

그사이 대위는 자신의 권총 두 자루를 장전한 다음, 미소를 지으 며 뭐라고 속삭이면서 그루쉬닛스끼에게 한 자루를 건넸다. 다른 한 자루는 나에게 건넸다.

나는 공터의 모서리 안쪽에 가서 섰는데, 가벼운 부상을 당할 경 우 뒤로 자빠지지 않기 위해 왼발을 돌에 확실히 걸치고 몸을 약간 앞으로 숙였다.

그루쉬닛스끼는 나의 맞은편에 가서 섰고, 정해진 신호를 받자 권총을 들어올리기 시작했다. 그의 무릎이 떨리고 있었다. 그는 곧 장 내 이마를 겨냥했다.

말로 표현하기 어려운 분노가 내 가슴속에서 끓어올랐다.

갑자기 그는 총구를 떨어뜨리더니 백지장처럼 창백해져서 자신 의 입회인 쪽으로 몸을 돌렸다.

"못하겠어." 그가 꺼져 들어가는 목소리로 말했다.

"겁쟁이!" 대위가 말했다.

총성이 울렸다. 총알은 나의 무릎을 할퀴었다. 나는 빨리 절벽 가장자리에서 멀어지려고 나도 모르게 앞으로 몇 걸음을 내디뎠다.

"그루쉬닛스끼 형제, 빗나가서 유감일세!" 대위가 말했다. "이젠 자네 차례야. 가서 서게. 우선 날 안아 주게. 다시 못 볼지도 모르잖나!" 그들은 포옹을 했다. 대위는 간신히 웃음을 참아냈다.

"겁내지 말게." 그는 간교한 시선으로 그루쉬닛스끼를 쳐다본 뒤 이렇게 덧붙였다. "세상 모든 건 다 부질없어…! 자연은 멍청이고, 운명은 칠면조고, 인생은 동전 한 닢인 거야!"

품위 있게 거드름을 피우며 이런 비극적인 어구들을 읊조린 뒤 그는 자신의 자리로 물러났다. 이반 이그나찌예비치도 눈물을 흘리며 그루쉬닛스끼를 껴안았다. 자 이제 그는 나와 일대 일로 마주섰다. 나는 지금까지도 그때 어떤 종류의 감정이 내 가슴 안에서 끓어올랐는지를 내 자신에게 설명하려고 노력하고 있다. 그것은 모욕당한 자존심에서 나오는 짜증이기도 했고, 경멸감이기도 했으며, 지금 저토록 확신에 차서 태연자약 뻔뻔스러운 표정으로 나를 바라보고 있는 저 인간이 2분 전만 해도 자신은 아무 위험도 감수하지 않은 채 나를 개처럼 쏴 죽이려고 했다는 생각에서 나오는 분노이기도 했다. 다리에 조금만 더 심하게 부상을 입었다면 나는 틀림없이 벼랑에서 떨어졌을 것이니 말이다.

나는 그의 얼굴에서 약간이라도 후회의 흔적을 찾아내려 애쓰며 몇 분간 그의 얼굴을 뚫어지게 바라보았다. 하지만 그는 미소를 참고 있는 것처럼 보였다.

"죽음을 앞두고 하나님께 기도하라고 충고하는 바요." 당시 나는 그에게 이렇게 말했다.

"내 영혼보다는 당신 자신의 영혼에 대해서나 걱정하시오. 내가 부탁하는 건 한 가지요. 빨리 쏘시오."

"그럼 자신의 중상모략을 취소하지 않는다는 거로군요? 용서를 빌지도 않겠다는 것이겠죠…? 잘 생각해 보시오. 뭔가 양심에 찔리는 건 없소?"

"뻬초린 씨!" 용기병 대위가 소리쳤다. "당신은 참회를 받기 위해 이 자리에 있는 게 아니라는 점을 일러드리고 싶소…. 빨리 끝냅시다. 만일 누구라도 협곡을 지나가다가 우리를 본다면 큰일이오."

"좋습니다. 의사 선생, 내 쪽으로 와 주시오."

의사가 다가왔다. 불쌍한 의사 선생! 그는 10분 전의 그루쉬닛스끼보다 더 창백했다.

나는 다음과 같은 말들을 마치 사형 선고를 내리듯 일부러 띄엄띄엄, 그리고 크고 또렷하게 발음하며 말했다.

"의사 선생, 이분들이 서두르느라 내 권총에 총알 넣는 걸 잊어버린 게 분명하오. 다시 한 번 장전해 주시기를 부탁합니다. 그것도 잘!"

"그럴 리가 없소!" 대위가 소리쳤다. "그럴 리가 없단 말이오! 난 권총 두 자루를 다 장전했소. 혹시 당신 총에서 총알이 굴러 나왔다면 모르겠지만…. 그렇다 해도 그건 내 잘못은 아니오! 그리고 당신에겐 다시 장전할 권리가 없어요…. 그럴 권리는 절대로 없지…. 그건 완전히 규칙에 위배되는 일이오. 나는 허용할 수 없소."

"좋습니다!" 내가 대위에게 말했다. "만일 그렇다면, 똑같은 조건에서 나와 당신이 결투를 하면 되겠군요…."

대위는 머뭇거렸다.

240

그루쉬닛스끼는 당혹하고 침통한 모습으로 고개를 숙이고 서 있었다.

"저들을 그냥 내버려 둬!" 마침내 그루쉬닛스끼가 의사의 손에서 나의 권총을 빼앗으려는 대위에게 말했다. "저들 말이 옳다는 건 자네 자신도 알잖아."

대위가 그에게 갖가지 신호를 보내봤지만 허사였다. 그루쉬닛스끼는 쳐다보려고도 하지 않았다.

그러는 사이에 의사가 권총을 장전해서 나에게 건넸다. 그 모습을 보더니 대위는 침을 뱉고 발을 한 번 굴렀다.

"형제, 자네는 참 바보야." 그가 말했다. "넌 덜머리나는 바보라고…! 일단 나를 믿기로 했으면 전부 다 내 말을 들어야지…. 자업자득이야! 파리처럼 죽어 버려…!" 그는 몸을 돌려 물러나면서 한 마디 덧붙였다. "어쨌든 이건 완벽한 규칙 위반이야."

"그루쉬닛스끼!" 내가 말했다. "아직 시간은 있네. 중상모략을 취소하게. 그럼 모든 걸 용서하겠네. 자네는 날 우롱하는 데 실패했고 내 자존심은 충족되었네. 기억해 보게. 우린 한때 친구였지 않나."

그의 얼굴이 확 달아오르고 두 눈이 번쩍이기 시작했다.

"쏘시오!" 그가 대답했다. "나는 나 자신을 경멸하고 당신을 증오하오. 당신이 날 죽이지 않는다면 내가 한밤중에 뒤에서 다가가 당신을 칼로 찔러 죽일 거요. 이 세상에 우리가 함께할 수 있는 곳은 없소."

나는 총을 쏘았다.

연기가 흩어졌을 때 그루쉬닛스끼는 공터에 없었다. 먼지만 가벼운 기둥처럼 절벽 가장자리에서 피어오르고 있었다.

다들 한 목소리로 비명을 질렀다.

"Finita la commedia(코미디는 끝났소)!" 내가 의사에게 말했다.

그는 대답도 없이 경악한 표정으로 몸을 돌렸다.

나는 어깨를 으쓱한 후, 그루쉬닛스끼의 결투입회인들과 작별 인사를 했다.

오솔길을 따라 밑으로 내려오다가 나는 절벽의 깊이 파인 곳들 사이에서 피투성이가 된 그루쉬닛스끼의 시체를 보았다. 나는 나도 모르게 눈을 감았다. 말을 푼 뒤 나는 천천히 집으로 출발했다. 돌덩이가 가슴을 짓누르는 기분이었다. 태양은 흐릿해 보였고 햇빛의 온기도 느껴지지 않았다.

마을까지 다 가지 못한 곳에서 나는 협곡을 따라 오른쪽으로 방향을 틀었다. 사람의 모습을 보게 되면 힘들 것 같았다. 혼자 있고 싶었다. 고삐를 느슨히 하고 고개를 수그린 채 오랫동안 달렸더니 마침내 전혀 모르는 곳에 와 있었다. 나는 말을 되돌려 길을 찾기 시작했다. 기진맥진한 말을 타고 나 역시 기진맥진한 상태에서 끼슬로보드스크까지 다 왔을 때는 이미 해가 저물고 있었다.

하인은 베르너가 다녀갔다고 말하며 쪽지 두 개를 건네주었다. 하나는 베르너가 남긴 것이었고 다른 하나는… 베라가 보낸 것이었다.

첫 번째 것을 펼쳐보았더니 다음과 같은 내용이었다.

≪모든 것이 가능한 한 잘 정리되었습니다. 형체를 알아볼 수도 없게 된 시신은 옮겨졌고, 총알은 가슴에서 **빼냈습니다**. 다들 그가 불행한

사고로 죽었다고 확신하고 있습니다. 당신과 그루쉬닛스끼가 말다툼을 벌였다는 사실을 알고 있는 듯한 사령관만이 고개를 가로저었지만 그래도 말은 전혀 없었습니다. 당신에게 불리한 증거는 아무 것도 없으니 편히 자도 됩니다…. 그럴 수만 있다면 말이죠. 그럼 잘 계시길….≫

두 번째 쪽지는 펼쳐 볼 결심이 오랫동안 서지 않았다…. 그녀가 내게 무슨 말을 쓸 수 있었을까…? 고통스러운 예감이 나의 마음을 뒤흔들었다.

여기 그것이, 단어 하나하나가 내 기억 속에 지울 수 없이 새겨진 그 편지가 있다.

≪나는 우리가 다시는 만나지 못할 거라는 굳은 확신을 가지고 이 글을 써요. 몇 년 전에 당신과 헤어지면서도 같은 생각을 했었죠. 하지만 하늘이 나를 두 번째로 시험해 보고 싶었나 봐요. 나는 그 시험을 견뎌내지 못했고 나의 약한 마음은 귀에 익은 목소리에 또다시 굴복하고 말았어요…. 그것 때문에 날 경멸하지는 않을 거죠, 그렇죠? 이 편지는 작별 인사인 동시에 고백이 될 거예요. 나는 내 마음이 당신을 사랑하게 된 이후로 그 마음속에 쌓여 온 모든 것을 당신에게 말해야겠어요. 당신을 책망하진 않겠어요. 당신은 여느 남자라도 그랬을 법한 방식으로 나를 대했으니까요. 당신은 나를 소유물로 사랑했고, 기쁨과 불안과 슬픔의 원천으로 사랑했어요. 이런 감정들은 계속해서 서로 엇갈리며 찾아오는 것이고, 또한 그것들이 없다면 삶은 지루하고 단조롭겠죠. 난 원래부터 이 점을 알고 있었어요…. 하지만 당신이 불행해 보였

기에 난 나 자신을 희생했어요. 언젠가는 당신이 나의 희생을 평가해 줄 거라고, 언젠가는 당신이 어떤 조건에도 구속되지 않는 나의 속 깊은 다정함을 이해해 줄 거라고 희망하면서 말이죠. 그때 이후 많은 시간이 흘렀고 나는 당신 영혼의 모든 비밀들을 꿰뚫어 보게 되었죠…. 그때가 되니 내가 품었던 희망은 헛된 것이었음을 확실히 알게 되더군요. 얼마나 마음이 쓰라리던지! 하지만 그때 나의 사랑은 이미 나의 영혼과 하나가 되어 버렸기에, 그 사랑의 불빛이 어두워졌을지는 몰라도 꺼지지는 않았어요.

우리는 영원히 헤어지는 거예요. 하지만 당신은 내가 다른 사람은 절대 사랑하지 못할 거라는 점을 확신할 수 있을 거예요. 나의 영혼은 당신을 위해 나 자신의 모든 보물들, 모든 눈물과 희망을 다 써버렸기 때문이에요. 일단 당신을 사랑했던 여자라면 다른 남자들을 볼 때는 어느 정도의 경멸감을 느끼지 않을 수가 없어요. 그건 당신이 그들보다 낫기 때문은 아니에요. 아, 그건 아니에요! 그건 당신의 천성에 당신 혼자에게만 속하는 뭔가 특별한 것, 어떤 오만하고도 비밀스러운 것이 있기 때문이에요. 당신이 무슨 말을 하든지 당신의 목소리에는 거역할 수 없는 힘이 담겨 있어요. 당신처럼 사랑받기를 그토록 꾸준히 원할 수 있는 사람은 아무도 없어요. 내면의 악이 당신처럼 그토록 매력적일 수 있는 사람 역시 아무도 없어요. 그 누구의 시선도 당신의 시선만큼 그토록 많은 행복을 약속해 주지는 못하죠. 당신처럼 자신의 우월성을 잘 이용할 수 있는 사람은 아무도 없어요. 또한 당신처럼 그렇게 진정으로 불행할 수 있는 사람 역시 아무도 없어요. 왜냐하면 당신처럼 정반대의 것을 자신에게 확신시키려 애쓰는 사람은 없으니까요.

이제 내가 서둘러 떠나는 이유를 설명해야겠군요. 이건 나에게만 관계된 일이니까 당신에겐 별로 중요치 않아 보일 거예요.

오늘 아침에 남편이 내 방에 들어와 당신과 그루쉬닛스끼가 말다툼을 한 일에 대해 얘기해 주었어요. 그 얘기를 하고 그가 오랫동안 날 뚫어져라 바라보는 것을 보니 아마 내 안색이 급격히 변했던 모양이에요. 난 당신이 오늘 분명히 결투를 할 거고, 그 원인이 나에게 있다는 생각에 거의 기절을 할 뻔했어요. 정말 미쳐 버릴 것만 같더군요…! 하지만 이제 판단력이 돌아와서 생각해 보니, 당신이 살아남을 거란 확신이 들어요. 당신이 나를 남겨두고 죽는다는 건 있을 수 없으니까, 절대 있을 수 없으니까요! 남편은 오랫동안 방 안을 서성이더군요. 그가 내게 어떤 말을 했는지도 모르겠고, 내가 어떤 대답을 했는지도 기억이 안 나요…. 분명히 그에게 당신을 사랑한다고 말했을 거예요…. 하나 기억나는 건, 우리 대화가 끝날 때쯤 그가 나를 끔찍한 말로 모욕하고 나갔다는 거예요. 그가 마차를 가져다 대라고 지시하는 소리가 들리더군요…. 이렇게 이미 세 시간째 나는 창가에 앉아 당신이 돌아오길 기다리고 있어요…. 하지만 당신은 살아 있어요. 당신은 죽을 리가 없어요! 마차가 거의 준비됐네요…. 안녕, 잘 있어요…. 나는 파멸했어요. 하지만 무슨 상관이 있겠어요…? 당신이 나를 영원히 기억할 거라는― 사랑이라는 말은 쓰지도 않겠어요― 단지 기억할 거라는 것만이라도 확신할 수 있다면…! 잘 있어요. 누가 오나 봐요…. 이 편지를 숨겨야겠어요….

메리를 사랑하는 건 아니죠? 그녀와 결혼하지도 않을 거죠? 들어봐요, 당신도 나를 위해 그 정도의 희생은 해 줘야 해요. 나는 당신을 위해

세상의 모든 것을 잃었으니까…≫

나는 미친 사람처럼 현관 계단으로 뛰어내려가 아직 마당에서 서성이던 나의 체르께스 말에 올라타고는 빠찌고르스크로 가는 길을 따라 전속력으로 말을 몰았다. 나는 말을 무자비하게 몰아댔고, 말은 나를 태운 채 힝힝거리고 입으로 거품을 뿜으면서 돌투성이 길을 달렸다.

태양은 서쪽 산마루에서 편안히 쉬고 있던 시커먼 먹구름들 속에 이미 몸을 감추었다. 협곡 안은 어둡고 축축했다. 돌들에 부딪히며 자신의 길을 열어가는 뽀드꾸목 강은 둔탁하고 단조롭게 울부짖고 있었다. 나는 초조함 때문에 숨을 헐떡거리며 달렸다. 빠찌고르스크에 도착해도 그녀가 이미 떠났을 수 있다는 생각이 망치처럼 내 가슴을 쳐댔다! 단 1분만, 단 1분만이라도 더 그녀를 보고 작별 인사를 나누고 손을 잡을 수 있다면…. 나는 기도하고 저주하고 울고 웃었다…. 아니, 그 어떤 말로도 나의 불안과 절망을 표현하지는 못하리라…! 베라를 영원히 잃어버리게 될지도 모른다는 생각이 들자, 그녀는 나에게 세상에서 가장 소중한 존재, 목숨보다, 명예보다, 행복보다도 더 소중한 존재가 되었다! 그때 내 머릿속에 얼마나 이상한 계획, 얼마나 미친 놈 같은 계획들이 요동치고 있었는지는 신만이 아실 것이다…. 그러는 사이에도 나는 말을 무자비하게 몰아대며 계속해서 달려갔다. 그런데 어느 순간 점점 더 가빠지는 말의 숨소리가 들리기 시작했다. 말은 벌써 두 번쯤 평평한 곳에서도 뭔가에 채인 듯 휘청했다…. 예센뚜끼, 즉 내가 다른 말로 갈아탈 수 있는 까자크 역이 있는 곳까지는 아직 5베르스따가 남아 있었다.

내 말이 10분만 더 달릴 힘이 있었더라면 모든 일이 잘 되었을 것이다. 하지만 작은 계곡을 올라간 후 산에서 벗어나 가파른 굽이를 돌아갈 때쯤 말이 쾅 소리를 내며 바닥에 고꾸라졌다. 나는 날렵하게 뛰어내려서 고삐를 잡아당기며 말을 일으켜보려 했지만 소용없는 짓이었다. 꽉 다문 말의 이빨 사이로 신음소리가 들릴락 말락 새어나왔다. 몇 분 뒤 말은 숨을 거두었다. 나는 마지막 희망을 잃어버린 채 초원에 홀로 남겨졌다. 걸어서 가보려 했지만 얼마 못 가 다리에 힘이 풀렸다. 낮에 겪었던 불안과 간밤의 불면으로 인해 녹초가 된 상태에서, 나는 축축한 풀 위에 쓰러져 아이처럼 울기 시작했다.

그리고 오랫동안 꼼작도 않고 누워 눈물과 흐느낌을 참으려고도 하지 않고 비통하게 울었다. 가슴이 터져 버릴 것만 같았다. 나의 단호함과 냉정함은 송두리째 연기처럼 사라져 버렸다. 영혼은 힘을 잃었고 이성은 말이 없었다. 만약 그 순간 누군가 나를 보았다면 그는 나를 경멸하며 몸을 돌렸을 것이다.

밤이슬과 산바람이 나의 뜨거운 머리를 식혀주고 생각들이 평소의 모습을 되찾자 나는 파멸한 행복을 좇는 것이 쓸데없고 무모한 짓이라는 것을 깨달았다. 내게 무엇이 더 필요한가? 그녀를 만나는 것? 뭘 위해서? 우리 사이엔 모든 것이 끝나지 않았는가? 한 번의 가슴 아픈 작별 키스를 나눈다 해서 나의 추억이 더 풍요로워지지도 않을 것이며, 그 다음엔 서로 헤어지기만 더 힘들어질 뿐이다.

하지만 난 울 수 있어서 좋다! 어쩌면 그 원인은 흐트러진 신경,

뜬 눈으로 지새운 밤, 총구를 마주했던 2분, 그리고 속이 비어서일 지도 모른다.

모든 것이 더 나아지고 있다! 이 새로운 고통이 군사 용어로 말해 보자면 행복한 양동 작전을 내 안에서 펼쳤던 것이다. 우는 것은 건강에 좋다. 게다가, 만일 내가 말을 타고 멀리 나오지 않았고 그래 서 돌아가는 길에 15베르스따를 걸어서 가야 하는 일이 없었다면, 그날 밤도 잠은 내 눈을 감겨 주지 않았을 것이다.

나는 새벽 다섯 시에 끼슬로보드스크로 돌아와 침대에 몸을 던지 고는 워털루 전투 후의 나폴레옹처럼 깊은 잠에 빠졌다.

잠에서 깼을 때 밖은 이미 어두웠다. 나는 열린 창가에 앉아 아르 할루크의 단추를 풀었다. 지친 상태로 피곤한 잠을 잤기에 아직 진 정되지 못한 가슴을 산바람이 신선하게 해 주었다. 멀리 강물 위에 드리워진 무성한 보리수나무 꼭대기 위로 요새와 마을의 건물들에 서 나오는 불빛들이 아른거렸다. 우리 집 마당에는 모든 게 조용했 고 공작부인 집은 컴컴했다.

의사가 들어왔다. 이마를 찌푸리고 있었는데 평소와는 달리 악수 를 청하지도 않았다.

"어디서 오는 겁니까, 의사 선생?"

"리곱스까야 공작부인 집에서 오는 길입니다. 그분 딸이 아픕니 다. 신경 쇠약이에요…. 하지만 문제는 그게 아니라 다른 거예요. 상부에서 의심을 하기 시작했어요. 확실한 증거는 아무 것도 없다 지만, 그래도 조심하라고 충고하고 싶군요. 공작부인은 아까 내게 당신이 자신의 딸 때문에 결투를 했다는 사실을 알고 있다고 말하더군요. 그 노인이, 이름이 뭐였더라, 다 말해 주었다고 하네요. 그는 당신과 그루쉬닛스끼가 레스토랑에서 충돌하는 것을 목격한 사람이지요. 난 당신에게 경고를 해 주려 온 겁니다. 안녕히 계십시오. 아마 우리는 다시는 못 만나겠군요. 상부에서 당신을 어딘가로 보내 버릴 테니까요."

그는 문지방에서 걸음을 멈추었다. 악수를 하고 싶어 하는 눈치였는데, 만일 내가 그런 바람을 조금이라도 보여줬다면 그는 내게 달려와 얼싸안았을 것이다. 하지만 나는 돌처럼 차가웠고, 그래서 그는 그대로 방을 나갔다.

이게 사람들의 모습이다! 다들 이렇다. 어떤 행위가 가져올 부정적 결과들을 미리 다 알기에 도와주고 충고해 주며, 달리 어찌할 도리가 없다는 것을 느끼게 되면 심지어 격려까지 해 준다. 하지만 나중에는 슬슬 발을 빼면서, 모든 무거운 책임을 스스로 짊어지려 하는 사람으로부터 분노한 듯 몸을 돌리는 것이다. 다들 이렇다. 심지어 가장 선량하고 가장 현명한 사람들조차도⋯!

이튿날 아침 나는 상부로부터 N 요새로 출발하라는 명령을 받은 뒤 작별 인사를 하러 공작부인 집에 들렀다.

특별히 중요한 어떤 얘기를 할 것이 있냐는 그녀의 질문에 내가 안녕히 계시라는 말을 하러 왔다고만 대답하자 그녀는 매우 놀라워했다.

"하지만 난 당신과 매우 진지하게 할 말이 있어요."

나는 말없이 자리에 앉았다.

공작부인은 얘기를 어떻게 시작해야 할지 모르는 것이 분명했다.

얼굴은 붉어졌고 통통한 손가락으론 탁자를 두드렸다. 마침내 그녀는 중간 중간 갈라지는 목소리로 말했다.

"들어보세요, 므슈 뻬초린. 나는 당신이 고결한 사람이라고 생각해요."

나는 고개를 숙여보였다.

"그 점에 대해선 확신까지도 해요." 그녀가 계속했다. "비록 당신의 행동이 다소 의심스러운 구석이 있긴 하지만요. 하지만 당신에겐 내가 모르는 이유가 있을 수 있으니 그 점을 지금 내게 솔직히 얘기해 주셔야 해요. 당신은 내 딸을 중상모략으로부터 구해 주셨고 그 애를 위해 결투까지 했어요. 결과적으로 보면, 자신의 목숨을 내건 거지요…. 대답하지 마세요. 당신이 그 사실을 인정하지 않으리라는 것은 나도 알아요. 그루쉬닛스끼가 죽임을 당했으니까요(그녀는 성호를 그었다). 하나님이 그를 용서하시길, 또한 당신도 용서하시길…! 나로서는 감히 당신을 비난할 만한 입장은 못 돼요. 내 딸이 비록 잘못은 없지만 이 일의 원인이 된 것은 사실이니까요. 저 아이가 내게 모든 걸 말해 주었어요…. 내 생각엔, 모두인 것 같아요. 당신이 저 애에게 사랑을 고백했고… 저 애도 자신의 마음을 털어놓았다더군요(여기서 공작부인은 무겁게 한숨을 내쉬었다). 하지만 저 애는 지금 몸이 아파요. 그리고 난 이것이 단순한 병이 아니라고 확신해요. 은밀한 슬픔이 저 애를 죽여 가고 있어요. 저 애는 말을 하지 않지만 나는 당신이 그 원인이라고 확신해요…. 들어보세요. 당신은 내가 높은 관등이나 엄청난 부를 가진 사람을 찾고 있다고 생각하실지 모르지만, 그런 생각은 버리세요! 내가 바라는 건

딸아이의 행복뿐이에요. 당신의 지금 처지는 그다지 좋지 않지만 앞으로 나아질 수 있을 거예요. 재산도 좀 가지고 계시잖아요. 내 딸은 당신을 사랑해요. 그 애는 남편의 행복이 될 수 있도록 교육을 받았어요. 나는 부자이고 저 애는 하나뿐인 자식이에요…. 말해 보세요. 무엇이 당신을 주저하게 만드는 거죠…? 아시겠지만, 지금까지 한 말은 모두 당신에게 해서는 안 되는 말이었어요. 하지만 당신의 가슴, 당신의 명예에 기대를 걸고 말한 거예요. 기억해 주세요. 내겐 딸 하나, 하나밖에는 없단 말이에요…."

그녀는 울기 시작했다.

"공작부인" 내가 말했다. "저는 부인께는 드릴 수 있는 대답이 없습니다. 따님과 단 둘이 얘기할 수 있도록 해 주십시오."

"그건 절대 안 돼요!" 그녀는 몹시 흥분하여 자리에서 일어나면서 소리쳤다.

"그럼 뜻대로 하십시오." 나는 이렇게 말하며 떠날 채비를 했다.

그녀는 생각에 잠기더니 내게 좀 기다려 달라고 손짓을 하고는 나갔다.

5분 정도가 지나갔다. 내 심장은 강하게 뛰고 있었지만 생각은 평온했고 머리는 차가웠다. 내 가슴속에서 귀여운 메리에 대한 사랑의 불씨라도 찾아보려 애썼지만, 소용없는 일이었다.

마침내 문이 열리고 그녀가 들어왔다. 이럴 수가! 못 본 사이에 그녀가 얼마나 변했던지—그렇게 오래됐던가?

방 중앙까지 왔을 때 그녀가 비틀거렸다. 나는 벌떡 일어나 손을 내밀어서 그녀를 안락의자까지 데려다주었다.

나는 그녀의 맞은편에 서 있었다. 우리는 오랫동안 말이 없었다. 설명할 길 없는 슬픔으로 가득 찬 그녀의 커다란 두 눈은 내 눈에서 희망 비슷한 것을 찾고 있는 것 같았다. 그녀의 창백한 입술은 미소를 지으려고 헛되이 애썼다. 무릎 위에 포개 놓은 그녀의 부드러운 두 손이 너무나 야위고 투명해서 나는 그녀가 가엾어졌다.

"공작 영애, 내가 당신을 희롱했다는 사실은 아시죠…? 당신은 저를 경멸해야 합니다." 내가 말했다.

그녀의 뺨에 병색을 띤 붉은 빛이 나타났다.

나는 말을 이어갔다.

"따라서 당신은 나를 사랑할 수 없습니다…."

그녀는 몸을 돌려 팔꿈치를 탁자 위에 의지한 후 한 손으로 눈을 가렸는데, 그 눈에 눈물이 반짝이는 것 같았다.

"맙소사!" 그녀가 거의 들리지 않을 정도로 말했다.

상황은 견딜 수 없이 되어 가고 있었다. 1분만 그런 식으로 지속되었으면 나는 그녀의 발 앞에 쓰러져 버렸을 것이다.

"따라서, 당신도 느끼시다시피", 나는 가능한 한 단호한 목소리로 억지웃음까지 지어 가며 말했다. "나는 당신과 결혼할 수 없습니다. 당신 역시 지금은 그것을 바란다 할지라도, 곧 후회하게 될 겁니다. 당신의 어머님과 나눈 대화 때문에 이렇듯 솔직하고, 또 거칠게 해명을 할 수밖에 없게 되었네요. 어머님께서 오해를 하고 있는 것이기를 바랍니다만, 어쨌든 어머님의 생각을 바로잡아 드리는 건 당신에겐 어려운 일이 아닐 겁니다. 보시다시피, 나는 당신 앞에서 가장 치졸하고도 혐오스러운 역할을 행하고 있으며, 그 사실까지도 솔직히 인정합니다. 자, 이게 내가 당신을 위해 해드릴 수 있는 전부입니다. 당신이 나란 사람을 얼마나 나쁘게 생각하든, 그 생각을 수긍하겠습니다. 보시다시피, 나는 당신에 비하면 저열한 인간입니다. 당신이 나를 실제로 사랑했다 할지라도 이 순간부터는 경멸하게 되겠지요. 그렇지 않습니까?"

그녀는 대리석처럼 창백한 얼굴로 나를 향해 몸을 돌렸는데, 두 눈만이 경이롭게 반짝이고 있었다.

"난 당신을 증오해요…." 그녀가 말했다.

나는 감사의 말을 하고 정중하게 고개를 숙여 인사한 뒤 밖으로 나왔다.

한 시간 뒤 나는 급행 삼두마차에 몸을 싣고 끼슬로보드스크를 떠나고 있었다. 예센뚜끼를 몇 베르스따 앞둔 곳에서 나는 길 근처에 놓여 있는 내 준마의 시체를 알아보았다. 안장은 떼어가 버렸는데, 아마도 지나가던 까자크가 한 짓일 것이다. 말 등에는 안장 대신 두 마리의 까마귀가 앉아 있었다. 나는 한숨을 쉬고 고개를 돌렸다.

이제 이곳, 이 지루한 요새에서 나는 종종 마음속에 과거를 훑어보며 자신에게 묻곤 한다. 왜 나는 운명이 내게 열어준 길, 조용한 기쁨과 마음의 안정이 나를 기다리던 그 길로 발을 들여놓으려 하지 않았을까…? 아니, 난 그런 운명과는 사이좋게 지내지 못했을 것이다! 나는 해적선의 갑판에서 태어나고 자란 선원과도 같다. 그의 영혼은 폭풍우와 전투에 길들여졌기 때문에 바닷가에 버려지면 지루해 하고 괴로워한다. 그늘진 숲이 아무리 그를 유혹해도, 평화로운 햇살이 아무리 그를 비추어도 말이다. 그는 하루 종일 바닷가

의 모래 위를 거닐며 밀려드는 파도의 단조로운 투덜거림 소리에
귀를 기울이고, 안개 낀 먼 곳을 응시한다. 깊고 푸른 바다와 회색빛
먹구름 사이를 갈라놓는 저기 창백한 한 줄의 선 위로 자기가 기다
리던 돛이, 처음에는 바다 갈매기의 날개와 비슷해 보이지만 차츰
차츰 파도의 거품으로부터 떨어져 나와 일정한 속도로 황량한 부두
를 향해 움직여 오는 그 돛이 보이지나 않을까 싶어서….

3. 운명론자

한 번은 좌측 전선 쪽 까자크 마을에서 2주간 살게 된 일이 있었다. 같은 곳에 보병 대대가 주둔해 있었다. 장교들은 교대로 서로의 숙소에 모여서 저녁마다 카드놀이를 하곤 했다.

어느 날 우리는 보스톤 놀이에 질려 카드를 탁자 밑에 집어던지고는 S 소령의 집에 아주 오랫동안 눌러앉아 있게 되었다. 대화는 여느 때와는 달리 무척 흥미로웠다. 인간의 운명이 하늘에 의해 미리 정해져 있다는 이슬람의 믿음이 우리 기독교인들 사이에서도 많은 숭배자들을 가지고 있다는 사실에 대해 이러저러한 말들이 오갔다. 각자가 그것에 찬성 혹은 반대가 되는 여러 가지 평범치 않은 사건들을 이야기했다.

"여러분, 이 모든 얘기들은 아무 것도 증명해 주지 않소." 나이든 소령이 말했다. "사실 여러분 중 그 누구도 자신의 견해를 확실히 증명해 줄 만한 그 이상한 사건들을 직접 목격한 건 아니지 않소?"

"물론 그렇지요." 많은 이들이 말했다. "하지만 믿을 만한 사람들한테서 들은 얘기들인데요…."

"그런 건 모두 부질없는 얘기들이오!" 누군가가 말했다. "우리의 사망 시각이 적힌 명부를 보았다는 그 믿을 만한 사람들은 대체 어디 있소…? 그리고 천명이란 게 정말로 있다면, 우리에게 의지나 이성이 주어진 이유는 대체 뭡니까? 또한 그렇다면 우리가 자신이 한 일에 대해 설명을 붙여야 할 필요가 왜 있는 겁니까?"

그때 방구석에 앉아 있던 장교 하나가 자리에서 일어나더니 천천히 탁자로 다가와 모두에게 평온하면서도 의기양양한 시선을 던졌다. 이름에서 알 수 있듯이 그는 세르비아 태생이었다.

불리치(Вулич) 중위의 외모는 그의 성격과 완벽하게 어울렸다. 큰 키, 거무스름한 얼굴빛, 검은 머리카락, 뚫어보는 듯한 검은 눈, 그의 민족의 특징인 크면서도 곧은 코, 줄곧 입술에 맴도는 슬프고도 차가운 미소, 이 모든 것이 함께 모여, 운명적으로 동료가 된 자들과 생각이나 열정을 공유할 수 없는 특별한 존재로서의 인상을 그에게 부여해 주는 것 같았다.

그는 용감했고, 말은 별로 안 했지만 할 때는 신랄했다. 자신의 속마음이나 집안의 비밀을 털어놓는 일은 전혀 없었다. 술은 거의 마시지 않았으며, 직접 보지 않고는 그 매력을 이해하기 어려운 젊은 까자크 여인들의 꽁무니를 쫓아다니는 일도 전혀 없었다. 그런데 들리는 말로는, 표정이 풍부한 그의 눈에 대해 대령 부인이 좀 관심이 있다는 것이었다. 하지만 그는 사람들이 그런 식의 암시만 해도 정색을 하고 화를 냈다.

그가 숨기지 않는 열정이 오직 하나 있었는데, 그것은 도박에 대한 열정이었다. 녹색 탁자 앞에 앉으면 그는 모든 걸 잊곤 했다. 그는 대개 졌다. 하지만 계속되는 불운은 그의 끈질긴 고집을 자극할 뿐이었다. 사람들 얘기로는, 한 번은 원정 기간 중 어느 날 밤에 베개 위에다 카드를 돌리고 있었는데 그날 끗발이 엄청 좋았다는 것이다. 그런데 갑자기 총성이 들리고 경종이 울리다 보니 다들 벌떡 일어나 무기 쪽으로 달려갔다.

"판돈을 걸어!" 불리치는 자리에서 일어나지 않은 채 가장 열성적이었던 파트너 중 한 명에게 소리쳤다.

"7에 걸겠어." 상대가 달려 나가며 이렇게 대답했다. 주위가 온통 소란스러웠음에도 불구하고 불리치는 카드 두 패를 던졌고, 따는 패가 하나 나왔다.

그가 전투 장소에 나타났을 때 그곳에서는 이미 치열한 교전이 벌어지고 있었다. 불리치는 총알도, 체첸의 검도 상관하지 않고 자신의 운 좋은 카드 파트너를 찾아다니기 시작했다.

"7이 나왔어!" 적을 숲 밖으로 몰아내기 시작한 소총수들의 산병선에서 마침내 파트너를 발견한 불리치가 소리쳤다. 그러고는 더 가까이 다가가 자신의 동전 주머니와 지갑을 꺼내서 행운아에게 건네주었다. 상대방이 지금이 돈 주고받을 때냐고 반박하는 데도 말이다. 이 유쾌하지 않은 의무를 이행한 뒤 그는 앞으로 돌진하여 병사들을 진두지휘했으며, 전투가 끝날 때까지 극도의 냉정을 유지하며 체첸인들과 총격전을 벌였다.

불리치 중위가 탁자로 다가오자 다들 그에게서 어떤 기발한 행동을 기대하며 입을 다물었다.

"여러분!" 그가 말했다(그의 목소리는 평소보다 낮았지만 평온했다). "여러분! 뭐 하러 이런 공허한 논쟁들을 하는 겁니까? 여러분은 증거를 원하고 있소. 그래서 나는 자기 자신에게 시험을 해 볼 것을 제안합니다. 인간이 자신의 목숨을 자기 뜻대로 다룰 수 있는 건지, 아니면 우리 모두에게 숙명적인 순간은 미리 정해져 있는 건지 말이요…. 누구 해 볼 사람 있소?"

"난 아니요. 난 아니요!" 사방에서 소리가 들려왔다. "정말 괴짜라니까! 저런 생각을 하다니…!"

"내기를 해 봅시다!" 내가 농담 삼아 말했다.

"어떤 내기 말이오?"

"난 천명 같은 건 없다고 주장합니다." 나는 금화 20개 정도를 탁자 위에 뿌리며 말했다. "호주머니 안에 있는 돈 전부입니다."

"그럽시다." 불리치가 잠긴 목소리로 대답했다. "소령님, 심판관이 되어 주시죠. 여기 금화 열다섯 개가 있는데, 나머지 다섯 개는 소령님이 나한테 빚진 게 있으니까, 우정의 표시로 여기다 보태 주시죠."

"좋네." 소령이 말했다. "다만, 사실 잘 모르겠네. 이런 걸 꼭 해야 하는 건지, 그리고 어떤 식으로 이 논쟁을 해결하겠다는 건지 말이야…."

불리치는 말없이 소령의 침실로 갔다. 우리는 그를 따라갔다. 그는 무기가 걸려 있는 벽 쪽으로 다가가더니 못에 걸린 다양한 구경의 권총들 중 아무 것이나 하나를 빼냈다. 우리는 그가 뭘 하려는 건지 아직 이해하지 못하고 있었다. 하지만 그가 공이치기를 당긴 후 격실에 화약을 넣자 많은 이들이 자신도 모르게 비명을 지르며 그의 손을 붙잡았다.

"뭘 하려는 건가? 이봐, 이건 미친 짓이야!" 사람들이 그에게 소리를 치기 시작했다.

"여러분!" 그가 자신의 손을 빼내면서 천천히 말했다. "누가 날 위해서 금화 스무 개를 거시겠습니까?"

그러자 다들 입을 닫고 물러났다.

불리치는 다른 방으로 가서 탁자 옆에 앉았다. 다들 그를 따라갔다. 그는 우리에게 둘러앉으라고 손짓을 했다. 모두들 말없이 그의 말에 따랐다. 그 순간 그는 우리들 위에 군림하는 어떤 신비한 권력을 획득했던 것이다. 나는 그의 눈을 뚫어지게 바라보았다. 하지만 그는 평온하고도 흔들리지 않는 시선으로 나의 시험하는 시선을 맞이했고 창백한 입술에 미소를 머금었다. 하지만 그의 냉철함에도 불구하고 나는 그의 창백한 얼굴에서 죽음의 봉인을 읽은 것 같은 느낌이 왔다. 내가 관찰해 왔던 바이기도 했고, 나이 든 많은 군인들이 나의 그런 관찰이 옳다고 확언해 준 바이기도 한데, 몇 시간 후면 죽게 되어 있는 사람의 얼굴에는 피해갈 수 없는 운명의 어떤 이상한 흔적이 종종 나타나기에 그런 것에 익숙한 눈이라면 실수하기가 어렵다.

"당신은 오늘 죽을 겁니다!" 내가 그에게 말했다.

그는 내게로 고개를 빨리 돌렸지만 대답은 천천히, 그리고 평온하게 했다.

"그럴 수도 있고, 아닐 수도 있지요…."

그런 다음 그는 소령을 향해 권총이 장전되어 있는지 물어보았다. 소령은 당황한 상태여서 잘 기억을 하지 못했다.

"이제 그만하라고, 불리치!" 누군가가 소리쳤다. "머리맡에 걸려 있었다면 분명 장전을 해 두었겠지. 무슨 장난을 이렇게 심하게 하나…!"

"어리석은 장난이야!" 다른 이가 말을 받았다.

"권총이 장전되어 있지 않다는 쪽에 5루블에 맞서 50루블 더 걸겠소." 세 번째 사람이 소리쳤다.

새로운 내기가 성립된 것이다.

나는 이렇게 계속 절차를 따져 가는 것에 싫증이 났다.

"이보세요. 총을 자신에게 쏘시든지, 아니면 권총을 원래 위치에 갖다 놓으시든지 하고, 그리고 자러 갑시다." 내가 말했다.

"물론이지, 그만 자러 갑시다." 많은 이들이 소리쳤다.

"여러분, 제 자리에서 꼼짝도 하지 마시기를 부탁합니다!" 불리치가 총구를 이마에 갖다 대며 말했다. 다들 돌처럼 굳어 버렸다.

"뻬초린 씨." 그가 덧붙였다. "카드 한 장을 집어서 위로 던져 주시오."

나는 하트의 에이스를 탁자에서 집어 위로 던졌던 것으로 기억한다. 다들 숨을 죽인 상태에서, 공포심과 막연한 호기심을 품은 모든 눈들이 권총에서 숙명적인 에이스로 왔다 갔다 했다. 에이스가 공중에서 흔들거리며 천천히 떨어져 내려왔다. 그것이 탁자에 닿는 순간 불리치는 방아쇠를 당겼다… 불발이었다!

"다행이야!" 많은 이들이 외쳤다. "장전이 안 돼 있었어…."

"하지만 좀 볼까요." 불리치가 말했다. 그는 다시 공이치기를 당기고 창문 위쪽에 걸려 있던 군모를 겨냥했다. 총성이 울렸고 연기가 방을 가득 채웠다. 연기가 걷히자 사람들이 군모를 내렸다. 군모 정 가운데에 구멍이 뚫려 있었고 총알은 벽 깊숙이 박혀 있었다.

3분 정도 아무도 입을 떼지 못했다. 불리치는 극히 평온한 표정으로 나의 금화들을 자신의 동전 주머니에 옮겨 담았다.

권총이 왜 처음에는 발사되지 않았는지를 두고 추측이 시작되었다. 어떤 이들은 틀림없이 약실이 막혀 있었을 거라고 주장을 했고, 다른 이들은 첫 번째는 화약이 젖어 있었고, 두 번째 가서야 불리치가 새 화약을 보충해 넣었다고 수군거렸다. 하지만 나는 후자의 추측은 틀렸다고 주장했는데, 그것은 내가 계속해서 권총에서 눈을 떼지 않았기 때문이다.

"내기 운이 좋으시군요." 내가 불리치에게 말했다.

"태어나서 처음이오." 그는 자기 자신에게 만족한 듯 미소를 지었다. "이게 방크와 쉬토스[58]보다 낫군요."

"그 대신 조금 더 위험하지요."

"자 어떻소? 이젠 천명이라는 걸 믿게 됐소?"

---

58) 방크(банк)와 쉬토스(штосс): 둘 다 카드놀이의 명칭임.

"예, 믿습니다. 다만 지금도 이해가 안 되는 건, 왜 당신이 오늘 꼭 죽을 것 같다는 느낌을 내가 받았느냐는 겁니다…."

그런데 얼마 전까지만 해도 극히 평온하게 자기 이마를 겨누었던 사람이 지금은 얼굴을 확 붉히더니 당혹스러워 했다.

"여하튼 이제 그만 됐소!" 그가 일어나면서 말했다. "우리 내기는 끝났으니 이제 와서 하는 당신의 말은 때가 적절하지 않은 것 같소…." 그는 모자를 집어 들고 나갔다. 그의 행동이 내게는 이상하게 여겨졌는데, 그런 느낌은 공연한 것이 아니었다!

곧 모두들 불리치의 괴상한 행동에 대해 여러 가지로 해석을 하며 집으로 흩어져 갔는데, 자신에게 총을 쏘려는 사람을 상대로 내기를 걸었다며 이구동성으로 나를 이기주의자라 불렀을 것이다. 마치 내가 없었더라면 그가 적절한 기회를 잡지 못했을 것처럼 말이다…!

나는 까자크 마을의 텅 빈 골목들을 지나 집으로 왔다. 마치 불이 타오르는 것처럼 붉은 보름달이 들쑥날쑥한 지붕들 너머로부터 모습을 보이기 시작하고 있었다. 별들이 검푸른 하늘에서 평화롭게 반짝이고 있었다. 그걸 보다 보니 나는 과거 언젠가 대단한 현자들이 존재했고, 그들은 천체가 땅 한 조각 혹은 어떤 가공의 권리를 위한 우리의 하찮은 말다툼에 관여하고 있다고 생각했다는 사실이 떠올라 우스워졌다…! 그래서 어떻게 됐지? 그들은 이 등불들이 그들의 전투와 승전을 비춰주기 위해서만 밝혀져 있다고 생각했는데, 이 등불들은 지금도 예전처럼 광채를 발하며 빛나고 있지만 그들의 열정과 소망은 무심한 순례자가 숲 언저리에 지펴놓았던 불처럼 꺼진 지 오래다. 하지만 그 대신, 하늘 전체가 자신의 수없이 많은 거주자들과 함께 말은 없지만 변치 않는 관심을 가지고 그들을 내려다보고 있을 거라는 확신이 그들에게 얼마나 큰 의지력을 부여했던가…! 그런데 피할 수 없는 종말을 생각할 때면 문득 생겨나는 가슴을 조여 오는 두려움을 제외한다면 신념도 자부심도 즐거움도 공포도 없이 지상을 떠도는 우리는 그들의 초라한 후손들이다. 우리는 인류의 행복을 위해서도, 심지어는 자신의 행복을 위해서도 더 이상은 위대한 희생을 할 수가 없는데, 그것은 그러한 행복이 달성될 수 없다는 것을 미리 알고 있기 때문이다. 또한 우리의 조상들이 하나의 착각과 다른 착각 사이를 좌충우돌했듯이 우리 역시 무심하게 의심과 의심 사이를 오가기 때문이기도 하다. 그 과정에서 우리 역시 그들처럼 희망도 가지지 못하고 운명이나 사람들과의 온갖 투쟁에서 영혼이 느끼게 되는 모호하지만 동시에 진실하기도 한 즐거움조차도 가지지 못하는 것이다….

이와 비슷한 다른 많은 상념들이 내 머리 속을 지나갔다. 나는 그 상념들을 붙잡아 두지는 않았는데, 어떤 추상적인 생각에 머물러 있는 걸 좋아하지 않기 때문이다. 더욱이 그 결과란 무엇이란 말인가…? 청년기로 막 접어들 무렵 나는 몽상가였다. 나는 불안하고도 탐욕스러운 상상력을 통해 어떤 때는 음울하게, 또 어떤 때는 무지갯빛으로 그려지는 형상들을 번갈아 쓰다듬어 주는 것을 좋아했다. 하지만 그렇게 해서 남은 게 무엇이었던가? 밤중에 환영과 씨름한 뒤에 남은 피로감, 후회로 가득한 어렴풋한 추억뿐이다. 이 부질없는 투쟁에서 나는 영혼의 열기를, 그리고 현실 생활을 위해서 꼭 필요한 꾸준한 의지력을 소진해 버렸다. 나는 삶을 이미 머릿속으로 다 겪어본 뒤에 삶속으로 들어섰기에, 이미 오래 전부터 잘 알고 있는 책을 잘못 흉내 낸 책을 다시 읽는 사람처럼, 삶에 대해 지루해지고 혐오스러운 느낌이 들었다.

그날 저녁의 사건은 나에게 상당히 깊은 인상을 남겼고 나의 신경을 자극했다. 내가 지금도 천명이라는 걸 믿는지 아닌지는 정확히 모르겠지만, 그날 저녁에는 굳게 믿었다. 놀랄 만한 증거가 있었으니 말이다. 우리의 선조들과 그들의 친절한 점성술을 비웃었음에도 불구하고 나도 모르게 그들의 방식에 빠져들었던 것이다. 그러나 나는 이 위험한 길에서 제때에 멈춰 섰으며, 아무 것도 극단적으로 부정하지 않고 아무 것도 맹목적으로 믿지 않는다는 원칙을 품은 채 형이상학을 한 쪽으로 던져 버리고 발밑을 내려다보기 시작했다. 그런 극도의 조심성은 매우 시기적절했다. 나는 뭔가 뚱뚱하고 물컹한, 하지만 살아 있지는 않은 것 같은 것에 걸려 넘어질 뻔했던 것이다. 달이 곧장 길 위를 비추고 있었기에 허리를 굽혀보니, 이게 대체 뭐지? 검으로 두 동강이 난 돼지가 내 앞에 놓여 있었다… 제대로 살펴보기도 전에 발자국 소리가 들렸다. 두 명의 까자크가 골목길에서 뛰어나왔는데, 그중 한 명이 내게 다가오더니 돼지를 쫓고 있는 술 취한 까자크를 보지 못했냐고 물어보았다. 나는 그런 까자크는 못 보았다고 말한 뒤 그의 광포한 용맹성에 희생당한 불행한 돼지를 가리켰다.

"이런 강도 놈 같으니라고!" 다른 까자크가 말했다. "치히리59)만 퍼마셨다 하면 나가서 걸리는 건 닥치는 대로 난도질을 해 대니.

놈의 뒤를 쫓자, 예레메이치. 잡아서 묶어놔야 해. 안 그러면…."

그들은 멀어져 갔다. 나는 좀 더 조심스럽게 내 갈 길을 갔고, 다행스럽게도 마침내 집에 다다랐다. 나는 늙은 하사의 집에 살고 있었는데, 그의 선량한 성품 때문에, 특히나 그의 예쁘장한 딸 나스쨔 때문에 그를 좋아했다.

그녀는 모피 외투로 몸을 감싸고 평상시처럼 쪽문 옆에서 나를 기다리고 있었다. 한밤의 추위 때문에 파랗게 된 그녀의 사랑스러운 입술을 달빛이 비추고 있었다. 그녀는 나를 알아보고는 미소를 지었지만 나는 그녀에게 마음 쓸 상태가 아니었다. "잘 자, 나스쨔!" 곁을 지나며 내가 말했다. 그녀는 무슨 대답을 하고 싶은 듯 했으나 그저 한숨만 내쉬었을 뿐이다.

나는 방문을 잠근 다음 초를 켜고 침대에 몸을 던졌다. 다만 이번에는 잠이 나를 평소보다 오래 기다리게 만들었다. 내가 잠이 든 것은 이미 동녘이 희끄무레해질 무렵이었다. 하지만 그날 밤은 푹 자지는 못 할 운명이 지어졌던 것 같다. 새벽 네 시에 두 개의 주먹이 창문을 두드리기 시작했다. 나는 벌떡 일어났다. 대체 무슨 일이지…?

"어서 일어나서 옷 입게!" 몇몇 목소리가 나에게 외쳤다.

나는 서둘러 옷을 입고 나갔다.

"무슨 일이 일어났는지 알고 있나?" 나를 데리러온 장교 세 명이 한 목소리로 말했다. 그들의 얼굴이 죽은 사람처럼 창백했다.

---

59) 치히리(чихирь): 발효를 덜 시켜서 만든 까프까스 지역의 적포도주 명칭.

"무슨 일인가?"

"불리치가 살해당했어."

나는 돌처럼 굳어졌다.

"그래, 살해당했다니까." 그들이 말을 이어갔다. "빨리 가보세."

"아니 어디로?"

"가면서 알려 주지."

우리는 걷기 시작했다. 그들은 죽기 30분 전에 그를 피해갈 수 없는 죽음으로부터 구해 주었던 이상한 천명에 대해 다양한 견해를 곁들이면서 결국은 무슨 일이 일어났는지 죄다 이야기해 주었다.

불리치는 혼자 어두운 거리를 걷고 있었다. 돼지를 베어 죽인 술 취한 까자크가 그와 부딪혔는데, 만일 불리치가 갑자기 멈춰 서서 "어이, 친구. 자네 누굴 찾고 있나?"라고 말하지 않았더라면 놈은 그가 있는지도 모르고 그냥 지나쳤을 것이다. 까자크는 "너야!"라고 대답하며 검을 내리쳐 어깨에서 거의 심장까지 베어 버렸다… 나와 마주친 뒤 살인자를 쫓고 있던 두 명의 까자크가 때마침 도착해 부상자를 일으켰지만 그는 이미 마지막 숨을 내쉬는 참이었다. 그는 단 두 마디만을 했다고 한다.

"그가 옳았어!"

나 혼자만이 이 말의 애매한 의미를 이해할 수 있었다. 나와 관련된 말이었기 때문이다. 나는 나도 모르게 가엾은 그의 운명을 예언했던 것이다. 나의 직감은 나를 속이지 않았다. 나는 안색이 변한 그의 얼굴에서 가까이에 온 종말의 봉인을 정확히 읽어냈던 것이다.

살인자는 까자크 마을 끝에 있는 텅 빈 오두막에 문을 잠그고 틀어 박혔다. 우리는 거기로 갔다. 많은 여자들이 울면서 같은 쪽으로 뛰어가는 중이었다. 뒤늦게 도착한 까자크들이 서둘러 단검을 차면서 거리로 뛰어나와 우리를 앞질러 가는 것도 때때로 보였다. 끔찍한 북새통이었다.

마침내 우리는 도착했다. 문과 덧창이 안쪽에서부터 잠긴 오두막 주위에 사람들이 모여서 서 있었다. 장교들과 까자크들은 자기들끼리 열을 올리며 논쟁을 하고 있었다. 여자들은 넋두리를 하거나 같은 말을 계속 반복하기도 하면서 울부짖고 있었다. 그들 중에서 광기 어린 절망감을 담은 채 의미심장한 표정을 하고 있는 한 노파가 내 눈에 들어왔다. 그녀는 두툼한 통나무 위에 앉아 팔꿈치를 무릎에 댄 채 두 손으로 머리를 감싸고 있었다. 그녀는 살인자의 어머니였다. 그녀의 입술이 간혹 약간씩 움직였다. 기도를 하는 것일까? 아니면 저주를 하는 것일까?

그나저나 무언가 결단을 하고 죄인을 체포해야만 했다. 하지만 아무도 첫 번째로 달려들 용기를 내지 못했다. 나는 창문으로 다가가 덧창의 틈새를 통해 안을 들여다보았다. 그는 오른손에 권총을 쥔 채 창백한 얼굴로 바닥에 누워 있었다. 피범벅이 된 검이 그의 곁에 놓여 있었다. 감정이 확 드러나는 그의 눈은 겁에 질려 주변을 두리번거리고 있었다. 어제 일이 희미하게 떠오르는 듯 그는 때때로 몸을 부르르 떨며 머리를 두 손으로 움켜쥐었다. 나는 그의 시선에서 대단한 결의를 읽지 못했기에, 지금 까자크들에게 문을 부수고 안으로 돌진하라고 명령하지 않는 건 공연한 짓이라고 소령에게 말했다. 나중에 그가 완전히 정신을 차릴 때보다는 지금 그렇게 하는 것이 낫다고 덧붙이면서 말이다.

그때 늙은 까자크 대위가 문으로 다가가 그의 이름을 불렀다. 상대방이 대답을 했다.

"넌 죄를 지었어, 예피미치." 대위가 말했다. "어쩔 도리가 없으니 항복해."

"항복하지 않을 거야!" 까자크가 대답했다.

"하나님을 두려워해야 해! 너는 저주받은 체첸인이 아니라 정직한 기독교인이라고. 이봐, 악귀가 너를 죄악에 빠뜨렸던 거라면 너도 어쩔 수 없었겠지. 자기 운명은 피해갈 수가 없다고 하잖아!"

"항복하지 않을 거야!" 까자크는 위협적으로 소리쳤고 이어서 딸깍하고 공이치기를 당기는 소리가 들려왔다.

"이봐, 아줌마!" 까자크 대위가 노파에게 말했다. "아들에게 말 좀 해 봐. 당신 말이라면 혹시 들을지도 모르잖아… 이건 하나님을 노하게 만들 일이라고. 그리고 보란 말이야. 사람들이 벌써 두 시간째 기다리고 있잖아."

노파는 그를 뚫어지게 바라보더니 고개를 가로저었다.

"바실리 뻬뜨로비치." 까자크 대위가 소령에게 다가가서 말했다. "저 놈은 항복하지 않을 겁니다. 내가 저 놈을 잘 압니다. 그렇다고 문을 부수고 들어가면 우리 쪽도 적잖이 죽게 될 겁니다. 차라리 사살하라고 명령하시는 게 낫지 않을까요? 덧창의 틈도 넓고요."

그 순간 내 머릿속에서 이상한 생각이 번뜩였다. 불리치처럼 나도 운명을 시험해 볼 생각이 들었던 것이다.

"잠깐만요." 내가 소령에게 말했다. "제가 저 놈을 생포하겠습니다."

까자크 대위에게 그와의 대화를 좀 시작해 보라고 지시하고, 약
속된 신호가 떨어지면 문을 부수고 나를 도우러 안으로 돌진할 세
명의 까자크를 준비를 갖춰 문 옆에 세워둔 뒤 나는 오두막을 돌아
숙명적인 창문으로 다가갔다. 심장이 세게 뛰고 있었다.

"에이, 이 저주받을 놈아!" 까자크 대위가 소리쳤다. "너 지금 뭐
하자는 거야? 우리를 놀리는 거야, 뭐야? 아니면 우리가 네 놈 하나
잡아내지 못할 거라고 생각하는 거냐?"

그는 있는 힘껏 문을 두드리기 시작했다. 나는 틈새에 눈을 갖다
댄 다음 이쪽에서 공격해 올 줄은 생각지 못하고 있던 까자크의 움
직임을 살피다가, 갑자기 덧창을 뜯어내고 머리를 아래로 한 채 창
문 안으로 돌진했다. 총성이 바로 내 귀 위쪽에서 울렸고 총알이
견장을 찢어놓았다. 방 안을 가득 채운 연기 때문에 나의 적수는
자기 옆에 놓여 있던 검을 찾지 못했다. 나는 그의 팔을 붙잡았다.
까자크 병사들이 돌진해 들어왔고, 3분도 채 안 되어 죄인은 결박되
어 호송되었다. 사람들은 흩어졌다. 장교들은 나에게 축하인사를
건넸는데, 정말로 그럴 만한 일이었지 않은가!

이 모든 일들을 겪고 난 후에 어떻게 운명론자가 되지 않을 수
있겠는가? 하지만 자신이 무엇인가를 확신하는지 아닌지를 정확히
아는 게 가능할까…? 또한 우리가 감정의 기만이나 이성의 오류를
확신이라고 착각해 받아들이는 경우는 얼마나 잦단 말인가…!

나는 모든 것에 의심을 품는 것을 좋아한다. 이런 정신적 경향이
성격상의 결단력에 지장을 주는 것은 아니다. 이와는 반대로, 나의

경우, 나를 기다리는 것이 무언지 모를 때 나는 항상 더 용감하게 앞으로 나아간다. 사실, 가장 나쁜 일이 일어난다고 해도 죽는 것일 텐데, 죽음은 어차피 아무도 피해갈 수 없는 것 아닌가!

요새로 돌아와 나는 막심 막시므이치에게 나에게 일어난 일과 내가 목격했던 일들을 전부 얘기해 주고는 천명에 관한 그의 생각을 알고자 했다. 그는 처음에는 이 단어를 이해하지 못했지만, 내가 최대한 설명을 해 주었더니 의미심장하게 고개를 끄덕이고는 다음과 같이 말했다.

"그렇군! 물론이지! 천명이라는 건 상당히 불가사의한 것이군…! 그런데 말일세, 이 아시아의 공이치기는 기름칠이 잘 안 되어 있거나 충분히 힘을 줘서 누르지 않으면 불발이 되는 일이 잦지. 솔직히 말해 난 체르께스산 소총도 좋아하지 않네. 그건 왠지 우리 같은 사람들한테는 편하지가 않더군. 개머리판이 작아서 잘못하면 코에 화상을 입을 수가 있거든…. 대신 그들의 장검은 정말 존경할 만하지!"

그 다음 그는 잠깐 생각을 한 후 이렇게 말했다.

"그래, 그 불쌍한 사람 참 안 됐군…! 무슨 악귀가 붙었기에 한밤중에 술 취한 자한테 말을 붙였을까…! 하긴 태어날 때부터 그럴 운명이었나 보군…."

나는 그로부터 더 이상 아무 것도 얻어낼 수 없었다. 그는 형이상학적인 토론을 대체로 좋아하지 않는다.

작품 해설

레르몬또프의 삶과 문학 – 격동의 삶, 깊이의 문학

미하일 유리예비치 레르몬또프(Михаил Юрьевич Лермонтов)는 1814년 10월 3일(현재의 달력으로는 10월 15일) 모스크바에서 출생해 1841년 7월 15일(현재의 달력으로는 7월 27일. 이하 당시의 달력 기준으로 표시함) 이 작품에도 나온 지명인 러시아 남부 빠찌고르스크의 마슈크 산기슭에서 결투로 사망했다.

그의 아버지 유리 뻬뜨로비치 레르몬또프는(레르몬또프 가문은 스코틀랜드의 유서 깊은 리어몬트(Learmonth)가문의 후손이 러시아에 정착한 이후에 형성되었다는 설이 유력하다) 보병 대위였으나 1811년 병으로 퇴역한 후, 러시아의 최고 명문 귀족 중 하나인 스똘리삔 가문 출신의 마리야 미하일로브나 아르세니예바를 우연히 만나 결혼에까지 이른다. 이 둘 사이에서 1814년 미하일이 태어난다. 선량하지만 대단히 다혈질이고, 동시에 가진 것이 별로 없던 이 사윗감에게 마리야의 어머니 옐리자베따 알렉세예브나 아르세니예바는 처음부터 노골적으로 탐탁치 않아하는 태도를 보였고, 이로 인한 갈등은 두 사람이 결혼한 후 사위가 사망할 때까지 지속된다. 결혼 후 레르몬또프 부부는 엘리자베따 알렉세예브나의 영지인 뻰자 현의 따르하늬 마을에 정착했으며, 아이를 낳기 위해 부부가 모스크바로 이주했던 얼마간의 시기 후 다시 이곳으로 돌아온다.

그러나 레르몬또프가 세 살 되던 해 어머니 마리야가 사망하면서 장모와 사위 간의 갈등이 격화되자, 더 이상 무능력한 사위에게 손자의 교육을 맡길 수 없다고 판단한 외할머니는 손자에게 최고의 교육을 제공하고 자신의 유일한 상속자로 만들며 사위와 손자의 정기적인 만남을 주선한다는 조건으로 사위를 뚤라 현의 자기 집으로 떠나도록 만든다. 이 후 1831년 아버지 유리가 사망할 때까지 아버지와 아들은 많은 만남을 가지지 못한다.

손자를 끔찍이 사랑했던 외할머니는 병약한 손자의 건강 상태를 염려하여 1819년, 1820년, 1825년 세 번에 걸쳐 그를 데리고 까프까스의 광천수 온천지대로 요양을 떠난다. 생애 처음으로 본 이국적 풍경으로부터 받은 강렬한 인상에 대해 훗날 그는 '까프까스의 산들은 신성했다'라고 술회한 바 있다.

레르몬또프가 열세 살이 되던 1827년 외할머니 가족은 그와 함께 모스크바로 이주했고, 이듬해인 1828년 9월 외할머니는 그를 당시로서는 최고의 중등교육기관이던 모스크바 국립대학 부설 귀족 기숙학교에 4학년으로 입학시킨다. 이 무렵부터 그는 본격적으로 감상주의와 낭만주의에 걸친 유럽과 러시아의 문학 작품들을 탐독하기 시작한다. 바이런과 뿌쉬낀을 필두로 하여 셰익스피어, 쉴러, 휴고, 바쮸쉬꼬프, 그 외 등등의 당대 작가들에 이르기까지 그의 독서는 상당히 폭넓은 것이었다. 이것이 가능했던 것은 그가 당대의 러시아 귀족들과 마찬가지로 프랑스어에 능통했던 것에 더해, 독일어와 영어도 상당한 수준에 도달해 있었기 때문이다. 또한 뿌쉬낀을 흉내 낸 것임을 스스로도 인정한 「까프까스의 포로」를 비롯해 아직은 습작의 수준을 크게 벗어나지 못하는 여러 시들이 쓰이기 시작한 것도 이때이다. 훗날 레르몬또프 자신이 "내가 처음으로 시라는 것을 끄적거리기 시작했던 1828년에…"라고 술회한 것에서 드러나듯이 그의 작가로서의 경력은 이 시기에 이미 시작되었다고 볼 수 있다. 그러나 그것이 단순한 습작으로서의 경력이 아님은 러시아 낭만주의 시의 걸작들 중 하나이자 그의 대표작 중 하나라고 할 수 있는 「악마」의 최초 형태가 1829년에 완성된 것을 통해 알 수 있다 (이 작품은 1839년에 최종적으로 완성될 때까지 8차에 걸쳐 개작되게 된다). 이때의 그의 나이가 겨우 14~15세였음을 감안한다면 레르몬또프의 문학적 천재성은 일찌감치 그 싹을 보였다고 하겠다. 1830년 9월 그의 시 「봄」이 문학잡지에 게재됨으로써 그의 작가로서의 공식적인 경력도 시작된다.

기숙학교를 마친 그는 1830년 9월 모스크바 국립대학의 윤리정치학부에 입학한다(후에 문헌학부로 옮김). 당신의 반동적 정치 상황 속에서 모스크바 국립대학은 자유주의적, 저항적 의식이 숨을 쉴 수 있는 탈출구가 되었던 바, 청년 레르몬또프도 이러한 흐름에서 예외는 아니었고 한술 더 떠 주도적으로 그러한 흐름을 이끌었다. 거기에 더해 이미 한껏 부풀어진 지적 자부심으로부터 나오는 그의 오만한 태도는 학교 당국의 눈총을 받기에 충분한 것이었다. 결국

1832년 6월에 자의반 타의반으로 학교를 그만 둔 레르몬또프는 같은 해 11월에 수도 뻬쩨르부르그의 근위 기병 사관학교에 입교한다. 모스크바 국립대학에 재학했던 1년 반 동안 그에게는 이외에도 많은 일들이 일어났다. 그의 문학적 재능을 아끼던 아버지가 1831년 10월에 폐결핵으로 세상을 등짐으로써 그에게 깊은 슬픔을 안겼으며, 입학 무렵 시작되었던 몇몇 여성들과의 연애 실패는 그에게 상처받은 자의식을 심어주기에 충분한 것이었다. 이점은 이 시기 그가 쓴 여러 서정시들에 흔적을 남기고 있다. 또한 진실한 사랑의 감정을 주고받았던 바르바라 로뿌히나와는 그가 뻬쩨르부르그로 옮겨감에 따라 이별을 겪을 수밖에 없었다. 이 시기에는 「스페인 사람들」, 「사람들과 열정」, 「이상한 사람」 등 일련의 희곡 작품들도 쓰였다.

근위 기병 사관학교 시절은 고된 훈련과 더불어 방탕, 폭음, 동급생들과의 난폭한 장난 등으로 어우러진 시기였다. 이 시기에는 눈에 띄는 시 작품이 창작된 바 없지만, 미완성으로 끝났음에도 불구하고 역사 소설에 대한 최초의 시도라고 볼 수 있는 「바짐」이 쓰였다는 점에서 의미를 찾아볼 수 있다. 1834년 11월 사관학교를 졸업하면서 그는 인근 짜르스꼬예 셸로의 기병대에 배속된다. 1835년에는 서사시 「하지-아브렉」이 발표되었으며, 이 무렵 본격적으로 체험하기 시작한 사교계의 실상과 그로 인한 환멸을 다룬 희곡 「가면무도회」, 소설 「리곱스까야 공작부인」(미완성)등도 연이어 쓰였다.

1837년은 레르몬또프의 인생에서 격동의 한 해였다. 당대 최고의 시인이자 자신이 흠모해 마지않던 뿌쉬낀이 프랑스인 단테스와의 결투에서 사망하고 이 사건의 파장을 당국이 축소하려하자 이에 격분한 레르몬또프는 「시인의 죽음」을 써서 당국의 무책임함과, 뿌쉬낀을 싫어했던 상류층 호사가들의 경박함을 동시에 매섭게 비난한다. 이 대담한 시로 인해 그는 일약 문단의 유명인사가 되지만, 동시에 당국과 상류층의 노여움을 산다. 일부 비난 여론을 등에 업은 당국에 의해 체포된 그는 3월에 까프까스의 찌플리스 지역에 주둔하고 있던 니제고로드의 용기병 연대로 좌천된다. 유형 기간은 그리 길지 않았다. 외할머니 아르세니예바의 끈질긴 노력과 탄원으로 그는 그해 10월에 노브고로드 현의 근위 기병 연대로 전속 명령을 받았으며, 약 반년 후인 1838년 4월에는 사면되어 뻬쩨르부르그의 근위 기병 연대로 귀환하는 것을 허락받는다.

비록 유형의 형태였지만, 그래도 어린 시절 이후 12년 만에 다시 가 본 까프까스의 원시적이면서도 이국적인 모습은 뻬뻬르부르그의 인위적, 가식적 삶에 염증을 느꼈던 그에게 새로운 창작의 에너지를 공급해 주었다. 당시의 유명 월간 문학잡지 「조국 수기」 1839~1840년 발행본들은 레르몬또프의 수작들로 채워졌다. 1839년 1월과 2월에는 서정시 「명상」과 「시인」이 각각 발표되었고, 3월에는 단편 「벨라—어느 장교의 까프까스에 대한 수기로부터」, 11월에는 「운명론자」, 1840년 2월에는 「따만」이 발표되었다. 1840년 4월에는 이미 발표된 단편 3편에 추가 창작분량을 묶어 『우리 시대의 영웅』이 단행본으로 출간된다.

그러나 레르몬또프는 1840년 2월에 프랑스 공사의 아들 바랑과의 말다툼이 발단이 된 결투 사건으로 인해 두 번째로 까프까스 유형에 처해진다. 순전히 바랑의 오해로 인해 발생한 이 결투에서 먼

저 쏜 바랑의 총알이 약간의 찰과상을 입히는데 그치자 레르몬또프는 허공에 총을 발사함으로써 관대함을 보여주었고 두 적수는 화해했다. 하지만 이 사건이 당국에 알려지게 된 후, 바랑은 외교관의 아들이라는 이유로 법정에 서지 않았지만 레르몬또프는 군법회의에 회부되어 두 번째 유형 길에 오른다. 첫 번째 유형에서 그의 행동에 어느 정도의 융통성을 부여했던 황제도 이번에는 그를 까프까스 주둔 러시아군의 최전선 부대에 배속시켰다. 그는 격렬한 전투에서 대단한 용맹성을 보임으로써 두 번이나 훈장 수여를 추천받았으나, 황제는 최종 결재 과정에서 훈장 수여를 기각했다.

1841년 2월 외할머니 아르세니예바의 끈질긴 청원의 덕으로 레르몬또프는 2개월간의 단기 휴가를 얻어 뻬쩨르부르그로 임시 귀환한다. 수도에 머무는 동안 그는 퇴역하고 문인으로서의 삶에 집중하려는 생각을 품게 되었지만, 문인으로서의 그의 삶에 호감을 가지고 있지 않던 외할머니의 반대에 부딪혀 망설이게 된다. 그의 휴가 기간을 연장해 주기 위한 친구들의 노력 역시 당국에 의해 거부된 가운데, 복귀 명령을 받은 그는 4월 중순에 정신적, 육체적으로 대단히 힘든 상태에서 까프까스로 향한다. 마치 그것이 자신의 마지막 길임을 예감이라도 한 듯, 그는 이 여정 동안 「예언자」, 「나 홀로 길을 나서네」, 「꿈」과 같은 주옥같은 시들을 연달아 써 내려간다. 도중에 열병 증세를 느낀 그는 임시 휴양 청원을 당국이 받아들이자 빠찌고르스크에 머물게 된다. 그곳에는 그와 근위 기병 사관학교 시절부터 친교를 맺어 온 동료들도 여러 명 와 있었는데, 그중의 한 명이 그의 비극적 죽음의 원인이 된 퇴역 육군 소령 니꼴라이 마르띄노프였다.

그와의 결투의 발단은 불과 1년여 전에 완성된 『우리 시대의 영웅』과 비슷했지만 결과는 정반대였다. 그루쉬닛스끼처럼 자신을 낭만적 인물로 채색하길 좋아했던 마르띄노프에게 레르몬또프는 여러 번 냉소적인 농담을 던지곤 했는데, 7월 13일 저녁의 한 모임에서 레르몬또프가 다시 한 번 그러한 태도를 보이자 이에 격분한 마르띄노프는 결투를 신청한다. 결투는 7월 15일 저녁 뇌우가 치는 가운데 마슈크 산기슭에서 열렸다. 자신의 농담에 의도적인 악의가 없다는 점을 옛 친구가 이해해주리라 생각한 레르몬또프는 허공을 향해 발사했으나 그것으로 만족하지 못한 듯 마르띄노프의 총구는 상대의 몸통을 향했다. 총알은 레르몬또프의 심장을 관통했고 그는 현장에서 절명했다. 그의 유해는 7월 17일에 빠찌고르스크의 공동묘지에 묻혔다가 황제에게로 향한 외할머니의 청원이 받아들여져 1842년 4월 23일 따르하늬의 아르세니예프 가문 묘지로 이장되었다.

레르몬또프의 문학은 바이런과 뿌쉬낀으로부터 절대적인 영향을 받았던 초기를 벗어나면서부터 비로소 자신만의 특색을 갖추기 시작했다고 볼 수 있다. 1825년 제까브리스트 혁명의 실패와 그 뒤를 이은 극렬한 보수반동 시기의 도래는 낭만적 이상향을 추구해 작품에 반영한다는 것이 당대 러시아 사회에서 얼마나 의미 없는 일인가를 자각하게 만들었다. 따라서 이러한 시대 풍조는 오히려 그로 하여금 자신만의 문학 세계를 가꾸어나가는 자극제가 되었다고도 할 수 있다. 뿌쉬낀이 고전주의에서 낭만주의를 거쳐 사실주의의 초석을 놓는 과정에 이르기까지 궁극적으로 추구했던 것이 '러시아 민족의 영광'을 되살리자는 것이었다면, 그의 어이없는 죽음은 레르몬또프에게 현실을 극복할 수 있는 찬란한 꿈을 갖는다는 것이 얼마나 무상한 것인지를 깨닫게 하는 하나의 계기가 되었다. 따라서 레르몬또프 성숙기 문학의 주요 주제는 당대 러시아의 속물적 사회 환경 속에서 좌절할 수밖에 없었던 지성인의 의식 세계를 그 심연까지 철저하게 파헤치는 것으로 모아지게 되었다. 고독, 허무, 절망 등으로 귀결되는 그의 소위 '후기 낭만주의' 문학 세계는 이렇듯 그 개인의 원래 성격이라기보다는 문학가로서의 사명감을 극히 진솔하게 표현하려는 의식에서 나온 것이라 할 수 있다. 아름다운 글을 쓰는 것이 문학가의 책무라고 생각하던 당대의 독자들을 그는 이 작품의 「저자 서문」에서 '단 것을 물릴 정도로 먹었기에 그로 인해 위장이 상할 정도가 된' 사람들로 비유하고 있다. 달콤한 것에 집착하는 사람들, 그로 인해 의식과 행동의 모든 것에서까지 위선적인 세련됨에 길들여져 있는 사람들에게는 그러한 속물적 세계에 날카로운 대립각을 세우는 레르몬또프의 문학이 세상과 담을 쌓은 한 문학가의 우울하고도 오만한 넋두리로 들릴 수밖에 없었다. 이것이 그의 문학에 대해 생전에 적지 않은 비판자들이 생겨난 이유이기도 하다.

그러나 이렇듯 극한의 고독에까지 떨어진 개인의 의식 세계를 핍진하게 그려보고자 했기에, 그의 문학은 오히려 그 지점에서 폭발적인 생명력을 얻을 수 있었다. 당시까지는 누구도 시도하지 않았던, 그래서 러시아 근대 소설의 시작이라고 평가되는 『우리 시대의 영웅』을 집필했다는 것은 그가 결코 우울과 좌절과 고독 속에 자신을 가두어 놓지 않았다는 점을 증명한다. 뿌쉬낀이 운문 소설 『예브게니 오네긴』을 통해 사실주의적 인간형의 출발점을 제시했다면, 레르몬또프는 『우리 시대의 영웅』과 뻬초린을 통해 당대 러시아에서 사실주의 소설이 본격적으로 출발할 수 있는 획기적인 전기를 만들었다. 게다가 '우리 시대 전체의 악이 모여져 만들어진' 인간형으로부터 그러한 전기를 만든 것을 고려해 본다면, 레르몬또프의 대담한 창조성이 어느 정도인지를 짐작할 수가 있다. 레르몬또프가 좀 더 살았다면 그의 문학이 어느 정도의 폭발력과 탄성을 가지고 창조적으로 변화해 나갔는지를 살펴볼 수 있었겠지만, 그는 애석하게도 27세의 나이에 결투로 요절하고 말았던 것이다.

『우리 시대의 영웅(Герой нашего времени)』 – 작품의 창작 과정과 구성상의 특징

이 중편 소설에 포함된 다섯 편의 단편 중 셋은 단행본으로 출간되기 이전에 이미 잡지에 발표되었던 것들이다. 1839년 「조국 수기」 3월호에 단편 「벨라 – 어느 장교의 까프까스에 대한 수기로부터」가, 같은 잡지의 11월호에는 「운명론자」가, 그리고 이듬해인 1840년 2월호에는 단편 「따만」이 각각 발표되었다. 4월 말에는 여기에 「막심 막시므이치」, 「공작 영애 메리」, 「뻬초린 수기의 서문」을 추가해 『우리 시대의 영웅』 초판이 단행본으로 출간된다. 초판이 발행된 지 1년여가 흐른 1841년 2월에는 작품 앞머리에 「저자 서문」이 추가된 형태로 2판이 발행되며, 그것이 우리가 보는 이 작품의 완성본이다.

이 소설 내 각 단편들을 사건의 시간 순서로 배열한다면, 까프까스의 부대로 배속된 후에 발생한 일을 뻬초린 스스로 서술한 「따만」, 「공작 영애 메리」, 「운명론자」가 순서대로 놓인다. 그 다음으로는 당시의 일들 중 가장 마지막에 발생한 일의 회상인 「벨라」가 놓인다. 「벨라」에서의 회상은 여행자-화자와 막심 막시므이치가 현재 상황에서 나누는 대화 속에 나타나기에 현재와 과거의 연결고리가 되기도 한다. 마지막으로 올 것이 여행자-화자가 현재 상황에서 우연히 만나게 된 뻬초린의 실제 모습을 보고 묘사하는 「막시 막시므이치」이다.

그러나 우리가 보고 있는 이 작품의 이야기 배열순서는 이와는 사뭇 다르며, 각 단편들을 쓴 시기와도 순서상으로 많이 다르다. 레르몬또프가 단편들을 이러한 최종 형태로 배열한 것에는 분명한 의도가 있다. 이 작품의 중심은 '우리 시대의 영웅'이라는 말로 대표되는 뻬초린의 정체성인데, 작가는 그것을 향해 가장 바깥으로부터 점차 안쪽으로 접근해 들어가는 방식을 취하고 있는 것이다. 즉 「벨라」에서, 우연히 만난 이등 대위 막심 막시므이치로부터 뻬초린이라는 옛 친구이자 부하 장교에 얽힌 이야기를 들은 여행자-화자에게는 뻬초린이 실제로는 어떤 사람일까에 대한 1차적인 호기심이 싹튼다. 이 호기심은 물론 작품을 읽는 독자들의 호기심과도 다르지 않다. 이를 4분의 1쯤 해결해 주는 것이 「막심 막시므이치」인데, 우연히 만나게 된 뻬초린의 외양과 행동을 여행자-화자가 자세히 묘사함으로써 독자는 벨라와의 이야기를 통해 자신이 받은 인상이 실제와 크게 다르지 않다는 점을 느끼게 된다.

이 두 이야기를 통해 뻬초린의 인성으로 접근해 들어가는 관문을 차례로 통과하면 이제 그 자신의 말, 즉 뻬초린―화자의 말을 통해 그의 내면세계를 알 수 있는 문이 열리는데, 그것이 바로 「뻬초린의 수기」이다. 이 지점에서 우리가 얼핏 예상할 수 있는 것은 「뻬초린의 수기」 전체가 이 작품의 2부 내용이 되지 않을까하는 것이지만, 예상과는 달리 「따만」은 수기에 대한 서문과 함께 1부에 속해 있다. 이러한 배치에는 이유가 있다. 그것은 「따만」은 수기의 일부분이면 서도 뒤쪽의 「공작 영애 메리」나 「운명론자」보다는 뻬초린이 환경 과 사건에 반응하는 방식이 한층 수동적이라는 점이다. 이미 보았 듯이 시간 순서 상 가장 앞쪽인 이 단편에는, 까프까스에 온 지 얼마 되지 않은 청년 장교 뻬초린이 그 지역의 물정에 얼마나 어두운지 가 그려져 있다. 때문에 밀수업자들의 삶에 그가 개입하게 되는 것 역시 순전한 우연에서 비롯되며, 사건에 대처해 가는 태도 역시 다 분히 충동적이고 무계획적이다. 따라서 이 이야기는 「뻬초린의 수 기」의 여타 이야기들과는 달리 고백록이라기보다는 독자로 하여금 뻬초린의 내면을 어느 정도 들여다볼 수 있게 하는 인상기의 성격 이 짙으며, 이점에서는 오히려 작품 앞부분의 두 이야기와 일맥상 통하는 점이 있다고 할 수 있다. 때문에 이 이야기는 작품 앞부분과 「뻬초린의 수기」를 연결해 주는 징검다리의 역할을 하면서 1부의 마지막에 배치되는 것이 더 효율적이고, 동시에 이를 통해 직설적 인 심경 고백과 능동적 행동이 주를 이루는 2부의 내용에 대해 독자 들로 하여금 기대감을 품게 만드는 기능을 하는 것이다. 이를 증명 해 주는 것이 이야기 말미에 상황이 결국 파국으로 간 것을 본 후 뻬초린이 품은 다음의 생각이다. '무얼 위해서 운명은 나를 이 성실한 밀수업자들의 평화로운 세계에 던져 넣어야 했을까?' 비록 충동적이고 무계획적이기는 했으나 어쨌든 자신의 행동으로 발생한 결과에 대해 보이는 이러한 반응은 독자들을 의아하게 만들며, 동시에 그가 자신이 삶에 대해 과연 어떠한 판단을 하고 있는지 궁금하게 만들기도 한다.

운명과 자신의 관계에 대해 보이는 이러한 반응은 수기의 나머지 두 이야기의 순서를 결정해 주는 요인이 되기도 한다. 「공작 영애 메리」에서 뻬초린은 열렬히 사랑하는 여자를 위해 목숨은 스무 번이라도 바칠 수 있지만 그녀가 자신의 자유를 구속하는 것만은 절대 견딜 수 없다며 '자유'에 대한 자신의 신성불가침한 권리를 내세운다. 이러한 태도는 운명에 대해서도 마찬가지로 나타난다. 뻬초린은, 운명의 실재 여부에 대한 믿음을 떠나, 만일 그것이 자신의 생각과 행동의 자유를 빼앗고 지배하려 한다면 거침없이 저항한다. 운명에 의해 안락과 평화가 보장된다 할지라도 말이다. 자신에 대한 그루쉬닛스끼 일당의 음모를 두 번 모두 운명적으로 엿듣게 된 것은 그에게 운명이 베풀어 준 은총이었지만, 그는 그 은총을 끝까지 누리려 하지 않고 그루쉬닛스끼의 총구 앞에 몸을 맡긴다. 이 점은 이야기 말미에 그가 스스로 '왜 나는 운명이 내게 열어준 길, 조용한 기쁨과 마음의 안정이 기다리던 그 길로 발을 들여놓으려 하지 않았을까?'라고 자문하는 것에서도 드러난다. 그를 가장 잘 아는, 어쩌면 그 자신보다 그를 더 잘 아는 베라는 이 점에 대해 '당신처럼 정반대의 것을 자신에게 확신시키려 애쓰는 사람은 아무도 없다'고 말한다. 이것은 정신의 자유를 추구하는 그가 어떠한 경우이든 고착된 기존의 생각들에 머물려 하지 않고 일부러 그것에 도전해 고통과 불편을 자초하기까지 한다는 뜻이다. 이러한 태도는 자신에 대해서 뿐만이 아니라 주위 사람들에 대해서까지도 마찬가지로 나타나기에, 전(全)방위적으로 파괴적인 힘을 가지고 있다. 사랑하지도, 결혼하지도 않을 메리를 유혹하여 결국 그녀와 그루쉬닛스끼를 불행에 빠트리고 자신마저 초라한 상태로 좌천되는 운명에 처하면서도, 그는 이렇듯 불행한 운명을 스스로 창조한 것에 대해 별다른 후회를 하지 않는다. 세상에 대한 환멸감에 젖어있으면서도 바로 그 세상의 원리를 자신이 너무나 잘 파악하고 있다는 자부심은 이렇듯 자신의 의지로 모든 것을 뒤집어 보이려는 병적인 에너지로 나타나는 것이다. 이렇게 볼 때 「공작 영애 메리」에서 그가 보여주는 행동들은, 자신에게 던져지는 상황들에 운명이라는 이름표를 스스로 걸어둔 후 그것에 부딪혀 파괴하려는 왜곡된 형태의 자존심으로 수렴되는 것이다.

이런 점에서 「운명론자」는 작품의 맨 끝에 위치할 정당성을 부여받는다. 여기서 나타나는 것은 운명에 대한 가장 적극적이고도 대담한 도전이다. 불리치를 살해한 까자크를 제압하는 과정에서 뻬초린은 전혀 자신의 의무가 아니었음에도 불구하고, 총을 가진 까자크가 있는 오두막 안으로 혼자서 돌진한다. '그 순간 내 머릿속에서 이상한 생각이 번뜩였다. 불리치처럼 나도 운명을 시험해볼 생각이 들었던 것이다'라는 그의 술회에서 드러나는 것처럼, 그는 사랑이나 명예 정도가 아닌 자신의 '목숨'을 담보로 운명에 도전했고, 그것을 통해 범인을 체포하는데 성공한다. 이것은 고착된 환경과 운명에 도전하는 그의 태도가 긍정적인 결과를 가져온 경우이다. 그러나 이 이야기에는 그 반대의 요소도 존재한다. 운명의 존재를 자기 자신에게 시험해보자는 불리치의 제안에 내기를 해보자는 제안으로 맞받아치고, 모두가 계속해서 반대하는 와중에서도 그 일이 기어코 벌어지도록 만드는 것은 다름 아닌 뻬초린이다. 그것이 하늘의 뜻이라면 언제든 운명에 순종하겠다는 불리치의 태도는 실상 운명에 대한 도전이 아니라 순응인데도, 뻬초린은 그것을 의도적 도전으로 기어코 바꿔버린 것이다. 또한 불리치의 얼굴에 떠오른 죽음의 기색을 당사자에게 쉽사리 말해버리는 경박함 역시 운명을 가볍게 여기는 그의 태도를 말해준다. 따라서 비록 그가 불리치의 횡사에 책임이 없다 할지라도, 이 이야기는 운명에 대한 그의 태도가 어떠한 부정적 결과를 가져오는지를 대단히 상징적으로 보여주는 기능을 한다. 이렇게 볼 때, 운명과 관련해 「운명론자」 전체에 나타난 긍정적, 부정적 측면의 두 가지 결과는 실상 뻬초린이 살아온 삶이 어떠한 극단적 파장을 가지는지를 압축하여 제시하는 역할을 한다고 볼 수 있다.

이렇듯 수기 속의 세 가지 이야기를 통해 독자들이 뻬초린의 극단적인 속성, 그중에서도 특히 파괴적이고 부정적인 속성에만 집중하리라 예상한 여행자―화자는 「뻬초린의 수기」에 '서문'을 붙임으로써 그의 진실성에 일정 정도의 가치를 부여하려 한다. 그는 남에게 들려주려는 목적으로 집필된 루소의 『고백록』에 비해 뻬초린의 수기는 허영심이 제거된 상태에서 자신의 사악함을 가감 없이 털어

놓은 진솔한 고백임을 강조한다. 자신을 남들보다 우월한 위치에 놓은 채 악한 속성을 거침없이 드러내는 '사악한 영웅'의 한편에는 그 누구도 도전해 보지 못한 '진솔한 영웅'으로서의 측면이 존재한 다는 점을 그는 독자들에게 미리 환기해 주고 싶었던 것이다. 물론 그가 예감했듯이 상당수 독자들의 생각은 전자에 집중되었다. 그들 은 이렇듯 사악한 인간을 영웅으로 칭했다는 이유를 들어 작품 제 목을 '심술궂은 아니러니'로 폄하하며 작품 자체도 비난했다.

작품 첫머리에 있는 「저자 서문」은 독자들의 이러한 부정적 반응 에 대응하는 레르몬또프의 추후 답변서이다. 이 「저자 서문」은 1840 년 4월 이 작품의 초판 발간 시에는 없다가 1841년의 2판 발간 시에 추가되었다. 이 사이 까프까스로의 2차 유형 길에 올랐던 레르몬또 프는 문우(文友)들을 통해 작품에 대한 비난 내용을 전해 들었으며, 2개월간의 휴가를 받아 뻬쩨르부르그로 귀환한 1841년 2월에 이에 대응하려는 목적으로 「저자 서문」을 써서 2판 앞머리에 추가했던 것이다. 순진한 여행자-화자 속에 자신의 모습을 감추었던 레르몬 또프는 여기에서는 작가로서의 모습을 확실히 드러내어 보다 적극 적인 태도로 작품의 의미를 설명한다. 그는 이 작품이 자신, 혹은 자신의 지인, 혹은 그 어떤 다른 개인의 모습을 형상화한 것도 아니 며, 오로지 당대의 모든 악을 합쳐서 발전시켜 놓은 것이라는 점을 강조하고 있다. 또한 이러한 부도덕한 인물이 영웅으로 칭해지는 것에 대해서도, 이제는 문학 작품 속에 달콤한 말보다는 '쓴 약과 신랄한 진실'이 필요한 시기이며, 따라서 이러한 진실을 숨김없이 고백하는 한 인물은 역설적인 측면에서 진실한 인간의 속성을 가질 수도 있다고 일정 정도 변호하고 있다. 「뻬초린의 수기의 서문」 마지막에서 뻬초린의 인성에 대해 '나는 모르겠다'로 얼버무렸던 그가 「저자 서문」에서는 문학 작품의 내적 의미와 가치를 이해하지 못하는 당대 러시아 독자들에 대한 불만까지 곁들이고 있는 것이다.

권태로움과 지배욕의 인물 뻬초린

이제 뻬초린의 내면으로 좀 더 들어가 보기로 하자. 그의 내면세계에 존재하는 가장 핵심적인 감정은 권태로움이다. 그가 입버릇처럼 말하는 '지루하다(скучно)!'는 단어는 이 권태로움을 단적으로 표현한다. 권태로움이 발생하게 된 근본 이유는 자신의 삶에서 겪은 세상에 대한 환멸 때문이며, 여기에는 레르몬또프의 자전적 요소가 다분히 포함된다. 일찍이 근위 기병 사관학교 시절부터 체험한 당대 러시아의 상류 사회와 사교계는 그 가식과 위선적인 모습으로 레르몬또프에게 환멸을 안겼는데, 이 점은 뻬초린의 말을 통해서도 동일하게 나타난다. 또한 공작 영애 메리에게 토로하는 장면에서도 드러나는 것처럼 자신의 진실성, 선량함, 포부 등을 무시하는 세상에 대한 분노는 곧 세상의 가치 기준이 찰나적이고 표피적인 것에 머물러 있다는 실망감을 안겨 준다.

세상에 대한 환멸, 그 가치 기준에 대한 경멸은 삶의 철학이나 기준을 상실한, 그래서 모든 것에서 의미와 가치를 느끼지 못하는 권태로운 삶으로 그를 이끈다. 그에게는 우정, 사랑, 믿음, 종교, 학문 그 어느 것도 지속적인 가치를 가지지 못한다. 「벨라」에서 그가 막심 막시므이치에게 하는 말, 즉 벨라를 위해서 목숨이라도 바칠 수 있지만, 그녀에게서 결국 느끼게 되어버린 따분함만은 어쩔 수 없다는 말은 이점을 단적으로 말해준다. 5년 후 막심 막시므이치를 재회했을 때 그의 입에서 나오는 말 역시 '권태롭게 지냈다'는 반응이다. 그는 「공작 영애 메리」의 말미에서 자신을 해적선에서 나고 자란 선원에 비유하며 평화로운 바닷가에 던져지면 그 선원은 곧 지루해할 것이라고 비유적으로 말하기도 한다.

이렇듯 권태로움이 기저 감정으로 자리 잡았기에 그가 세상과 주변인에게 보이는 태도에는 자연히 무심함이 묻어 나온다. 우정이라는 것에 별 다른 관심이 없기 때문에 자신과 베르너는 '친구'가 아닌 그저 '친한 사이'로만 남았다는 말, 5년 만에 만난 막심 막시므이치에게 보이는 그의 방만한 태도 등은 그의 무심함이 표현된 예들이다. 이점은 「공작 영애 메리」에서 그가 가장 사랑했던 베라와 영원한 이별을 한 후 풀밭에 엎드려 통곡을 한 뒤에도 나타난다. 얼마 후 평소의 상태로 돌아오자 그의 머릿속에는 '나는 파멸한 행복을 좇는 것이 쓸데없고 무모한 짓이라는 것을 깨달았다. 내게 무엇이 더 필요한가? 그녀를 만나는 것? 뭘 위해서?'라는 생각이 떠오른다. 이 작품에서 그가 가장 인간적이고도 강렬한 감정을 분출한 뒤 얼마 안 가 이렇듯 태연한 상태로의 감정 전환을 할 수 있다는 것은 그의 무심함과 냉정함이 어느 정도 수준까지 와 있는가를 단적으로 말해 준다.

만일 뻬초린이 이러한 권태로움과 무심함 속에서만 일생을 보냈더라면 그는 불행한 존재는 되었을지언정 사악한 존재는 되지 않았을 것이다. 그가 사악한 존재가 되는 가장 중요한 이유는 다른 사람들의 삶에 개입해 그들을 지배하려 하는 욕구가 종종 분출되기 때문이다. 세상에 환멸을 느낄 정도도 세상을 잘 파악하고 명석한 두뇌로 학문의 세계에까지 심취해 본 적이 있는 그는 자신이 세상과 인간에 대한 뛰어난 통찰력을 지니고 있다고 확신하게 된다. 이러한 오만함은 그가 세상에 대해 취하는 무심한 태도의 한 쪽에서 세상을 향해 무의식적으로 공격적인 태도를 취하게 만드는 원인이 된다. 즉 자신의 인식 능력의 우월성에 대한 오만한 확신은, 환멸이라는 불쾌감을 안겨준 세상에 대해 그 자신도 제어하지 못하는 이상 반응을 일으키는 원인이 되는 것이다. 그는 이점과 관련해 「벨라」에서 막심 막시므이치에게 다음과 같이 토로하고 있다.

나는 불행한 성격을 가지고 있습니다. 교육이 날 이렇게 만들었는지, 하느님이 날 이렇게 창조하셨는지, 그건 나도 모르겠어요. 다만 내가 아는 것은, 내가 다른 사람들의 불행의 원인이라면 나도 그들 못지않게 불행하다는 사실입니다. 물론 이런 말이 그들에게 별 위안이 되진 않겠지만, 사실이 그러하다는 것만은 분명합니다.

이렇듯 다소 불분명한 심리 상태의 본질은 「공작 영애 메리」에서 좀 더 확실한 자기 고백 속에 나타나는데, 그 요체는 바로 타인에 대한 지배욕이다.

나는 길을 가다 마주치는 모든 것을 집어삼킬 만큼 게걸스러운 탐욕이 내 안에 존재함을 느낀다. 나는 타인의 고통과 기쁨을 오직 나 자신과의 관계에서만, 나의 정신력을 지탱해 주는 양식으로만 바라본다. 나 자신은 더 이상 열정의 영향 하에서 정신 나간 짓을 할 능력이 없다. 나의 명예욕은 환경에 의해 억압되었지만 나중에 다른 형태로 모습을 드러냈다. 그건 바로 권력욕인데, 명예욕은 권력욕과 다르지 않으며 나의 첫째가는 만족은 나를 둘러싼 모든 것을 나의 의지에 복속시키는 것이기 때문이다. 나에 대한 사랑과 충성과 공포의 감정을 다른 사람들의 마음속에 불러일으키는 것이야말로 권력의 첫 번째 표식이자 위대한 승리가 아니겠는가? 아무런 확실한 권리가 없는데도 불구하고 내가 누군가의 고통과 기쁨의 원인이 되는 것, 이것이야말로 오만함을 키워 나갈 수 있는 가장 달콤한 양식이지 않을까?

그럼 행복이란 무엇인가? 마음껏 충족된 오만함이다. 만일 내가 자신을 세상에서 가장 훌륭하고 가장 강력한 자로 여길 수 있다면, 나는 행복할 것이다. 만일 모든 사람이 나를 사랑해 준다면, 나는 자신 안에서 무한한 사랑의 원천을 발견할 것이다.

여기에서 보듯이 이미 사화산이 되어 버린 듯한 그의 권태의 기저에는 지배욕이라는 다른 하나의 활화산이 아직 불타오르고 있다. 세속적 명예를 추구하고 싶은 마음을 버린 그에게 남겨진 한 가지 욕망은 타인에 대한 권력욕, 즉 타인의 마음을 지배하고 싶다는 욕망이다. 물론 그것이 타인의 사랑을 쟁취하고 싶다는 열망으로만 표현된다면 그 나름으로 인간적인 욕망으로 간주될 수도 있겠으나, 그의 문제는 위 인용문에 나타나는 것처럼 타인의 마음속에 자신을 향한 충성과 공포감을 일으키고, 나아가 고통을 느끼게까지 하고 싶다는 이상 심리가 들어 있다는 사실이다. 이것을 가능하게 하는 것이 앞서 언급한 것처럼, 자신이 타인의 정체성과 심리까지 꿰뚫고 있다는 지적 오만이다. 그는 메리와 그루쉬닛스끼의 내면을 자신이 손바닥 보듯 잘 알고 있다는 생각 하에서 그들의 삶에 개입하고, 자신도 억제하지 못하는 상태에서 그들의 불행을 만들어낸다. 이 지점에서 그는 진정으로 사악한 인간이 되는 것이며 동시에 자기 자신에게도 불행을 만들어낸다. 외적으로 드러나는 권태의 한편에 타인에 대한 지배욕이 작동하고 있다는 것을 모르는 주위 사람들은 그의 예측할 수 없는 행동에 당황해 하고 나아가 종종 그의 희생물이 되기도 한다. 그가 자신의 인식 능력으로도 실체를 파악하지 못하는 유일한 가상의 힘은 앞서도 언급한 '운명'인데, 따라서 그것에 저항하고 의도적으로 도전한다는 사실은 그의 지배욕이 어느 정도까지 와 있는가를 알게 해 주는 단서이기도 하다.

뻬초린이라는 인물에서 우리가 볼 수 있는 거의 유일한 장점은 이렇듯 자신의 사악한 본성을 거리낌 없이 드러내어 고백하고 있다는 점이다. 이점에서 그는 더욱 사악해 보일 수도 있지만, 한편으로는 사악함을 가면 속에 숨기고 사는 철두철미한 위선자들보다는 동정을 살 여지도 있는 것이다. 작품 여러 곳에서 뻬초린 스스로 자신의 지배욕을 멈출 수 없음에 대해 자괴감을 표현하는 것은 그의 지배욕 이면에도 인간적 측면이 내재해 있다는 것을 보여주는 증거이다. 결국 레르몬또프가 「저자 서문」에서 독자들을 향해 '당신들이 훨씬 더 끔찍하고도 흉측한 허구의 인물들을 즐기며 보아 왔다면,

대체 왜 이 인물에게는 자비심을 가질 수 없다는 말인가? 혹시 당신들이 바랄 수 있는 것보다 더 많은 진실이 그에게 담겨 있기 때문은 아닌가?'라고 호소하는 것은, 당대의 악은 이러한 진실한 고백으로부터 치료의 첫 단계를 밟을 수 있다는 주장과 다르지 않은 것이다.

작가 연보

1814년 · 10월 3일(현재 달력으로는 10월 15일. 이하 당시 달력으로 표기) 새벽에 모스크바에서 가난한 퇴역 대위 유리 뻬뜨로비치 레르몬또프와 부유한 귀족 가문의 외동딸 마리야 미하일로브나 아르세니예바 사이에서 태어남.

1815년 · 2월. 외할머니 엘리자베따 알렉세예브나 아르세니예바의 영지인 뻰자 현의 따르하늬(Тарханы) 마을로 이주.

1817년 · 2월 24일. 어머니 마리야 미하일로브나 사망.
· 3월 5일. 아버지 유리 뻬뜨로비치가 아들 미하일을 외할머니의 손에 맡기고 뚤라 현의 자기 영지로 떠남.

1819년 · 병약한 손자의 건강 상태를 염려한 외할머니와 함께 까프까스의 온천장으로 요양을 떠남. 이후 1820년과 1825년에 걸쳐 두 번 더 그곳으로 요양을 떠남.

1825년 · 여름. 세 번째 까프까스 온천장 여행에서 9세 소녀에게 첫사랑의 감정을 느낌.
· 12월 20일. 제까브리스트들의 봉기 소식이 따르하늬에까지 들려옴.

1827년 · 여름. 뚤라 현의 아버지 영지에 처음 가 봄.
· 가을. 계속적인 교육을 받기 위해 외할머니와 함께 모스크바로 이주.

1828년 · 여름. 잠시 따르하늬에 돌아와 머무는 동안 첫 서사시 「체르께스인들(Черкесы)」 집필.
· 9월 1일. 모스크바 국립대학 부설 귀족 기숙학교에 4학년으로 입학.

• 「까프까스의 포로(Кавказский пленник)」, 「해적(корсар)」, 「범인 (преступник)」, 「두 형제(Два брата)」 등 바이런 풍의 서사시를 씀.

1829년 • 대표적 서사시 「악마(Демон)」의 집필에 착수하여 1차 완성본 집필. 이후 1839년 완성 때까지 총 8회에 걸쳐 개작.

1830년 • 4월 16일. 5학년을 마치고 기숙학교를 그만둠.
• 5월에서 10월까지 「죽음은 두렵지 않다!(Боюсь не смерти я, О нет!)」, 「수쉬꼬바에게(К Сушковой)」, 「사라또프의 역병(Чума в Саратове)」, 「밤(Ночь)」 등등 다양한 장르의 많은 시 작품들을 씀.
• 9월 1일. 모스크바 국립대학의 윤리정치학부에 입학(후에 문헌학부로 옮김).
• 9월. 그의 시 「봄(Весна)」이 문학잡지에 실림으로서 문인으로서의 공식적인 경력이 시작됨.
• 5막 희곡 「사람들과 열정(Люди и страсти)」, 「스페인 사람들(Испнацы)」을 씀.

1831년 • 1월부터 9월에 걸쳐 「어린 시절부터 기억나는 나의 영혼이여(Моя душа, я помню с детскиц лет)」, 「나는 또다시 그대의 사랑스런 시선을 느꼈다 (Опять, опять я видел взор твой милый)」 등등 많은 시를 씀.
• 3월 16일. 레르몬또프를 포함한 모스크바 국립대학 학생들이 극히 보수적, 반동적 경향의 교수 말로프를 강의실에서 쫓아내는 사건이 발생.
• 6월. 극작가 표도르 이바노프의 집을 방문해 친교를 맺음. 그의 딸 나딸리야 표도로브나 이바노바에게 연정을 느낌.
• 7월 17일. 희곡 「이상한 사람(Странный человек)」 완성.
• 10월 1일. 아버지 유리 뻬뜨로비치가 자신의 영지에서 44세의 나이에 폐결핵으로 사망.
• 11월 1일. 친구 알렉세이의 여동생 바르바라 로뿌히나를 알게 됨. 이후 둘의 관계가 점차 사랑으로 발전됨.

1832년 • 5월 10일. 서사시 「이즈마일-베이(Измаил-Бей)」 완성.
• 6월 6일. 모스크바 국립대학을 자퇴함.
• 7월. 외할머니와 함께 뻬쩨르부르그로 이주.
• 8월. 뿌가초프 농민 반란을 소재로 한 역사 소설 「바짐(Вадим)」 집필에 착수. 이후 1834년에 미완성 상태로 끝마침.

- 8월 28일. 로뿌히나에게 보낸 편지에 「나는 무엇을 위해 태어나지 않았는가! (Для чего я не родился!)」를 씀.
- 9월 2일. 로뿌히나에게 보낸 편지에 그의 대표적 시 「돛(Парус)」을 씀.
- 11월 14일. 뻬쩨르부르그의 근위 기병 사관학교에 입교.

1834년
- 11월 22일. 근위 기병 사관학교를 졸업함과 동시에 짜르스꼬예 셀로의 근위 기병 연대에 배속됨.

1835년
- 봄. 외할머니 아르세니예바가 뻬쩨르부르그를 떠나 따르하늬로 돌아감.
- 5월. 로뿌히나가 모스크바에서 노공작 바흐메쩨프와 결혼함. 이로 인해 깊은 좌절을 느낌.
- 7월. 서사시 「하지 아브렉(Хаджи Абрек)」이 그의 서사시들 중 처음으로 문학잡지에 발표됨.
- 10월. 3막 희곡 「가면무도회(Маскарад)」를 완성하였으나 검열을 통과 못함. 이후 내용을 일부 수정하고 4막 희곡으로 개작한 상태에서도 계속 검열을 통과 못하다가 결국 그의 사후인 1842년에 출판됨.

1837년
- 1월 27일. 알렉산드르 뿌쉬낀이 결투에서 치명상을 입음.
- 1월 28일. 뿌쉬낀의 죽음을 예감하고 「시인의 죽음(Смерть поэта)」의 첫 56행을 씀.
- 1월 29일. 뿌쉬낀 사망.
- 2월 7일. 「시인의 죽음」 최종 16행을 완성함. 필사본의 형태로 지인들이 읽기 시작함.
- 2월 18일. 당국에 의해 체포되어 투옥됨.
- 3월 19일. 까프까스의 찌플리스 주둔 용기병 연대로 좌천되는 유형을 받아 뻬쩨르부르그 출발. 모스크바를 거쳐 5월에 스따브로뽈에 도착. 여기에서 발병하여 치료를 위해 빠찌고르스크, 끼슬로보드스크, 따만을 거쳐 11월에 유형지에 도착. 그러나 외할머니의 탄원 덕분에 도착 전인 10월에 이미 노브고로드 현의 근위 기병 연대로 전속 명령을 받음.

1838년
- 2월 26일. 노브고로드 현 근위 기병 연대에 도착.
- 4월 25일. 사면되어 뻬쩨르부르그로 돌아옴. 근위 기병 연대에 배속됨.
- 7월. 「동시대인」지에 서사시 「땀보프 회계원의 아내(Тамбовская казначейша)」 발표.

- 8월. 니꼴라이 까람진의 미망인 예까쩨리나 안드레예브나의 초청으로 짜르스꼬예 셀로의 까람진 집을 방문. 그 후 수시로 방문하여 친교를 쌓음.
- 9월 22일. 열병식에 연속해서 너무 짧은 사벨을 차고 나와 장난기를 보여주었다는 이유로 체포되어 10월 10일까지 옥살이를 함.
- 10월 29일. 까람진 집에서 소수의 지인들이 모인 가운데 「악마」를 낭독함.

1839년
- 1월 1일. 「조국 수기」 1월호에 시 「명상(Дума)」을 발표.
- 2월 1일. 「조국 수기」 2월호에 시 「시인(Поэт)」을 발표.
- 2월. 「악마」의 최종 개정판을 완성. 사후인 1842년 「조국 수기」 6월호에 발표됨.
- 3월. 「조국 수기」 3월호에 단편 「벨라-어느 장교의 까프까스에 대한 수기로부터(Бэла-Из записок офицера о кавказе)」를 발표.
- 5월. 「조국 수기」 5월호에 시 「팔레스타인의 나뭇가지(Ветка Палестины)」, 「자신을 믿지 말라(Не верь себе)」 발표.
- 11월. 「조국 수기」 11월호에 단편 「운명론자(Фаталист)」와 시 「기도(Молитва)」 발표.
- 12월 6일. 중위로 승진.

1840년
- 1월 20일. 「문학 신문」에 「지루하고도 서글프다(И скучно, и грустно)」 발표.
- 2월 14일. 「조국 수기」 2월호에 단편 「따만(Тамань)」 발표.
- 2월 16일. 한 무도회에서 프랑스 공사의 아들 바랑과의 말다툼이 원인이 되어 결투를 하게 됨. 「시인의 죽음」에서 레르몬또프가 프랑스인들을 비웃었다는 선입견을 가지고 있던 바랑은 레르몬또프가 오래전 근위 기병 사관학교 시절에 쓴 네 줄짜리 시가 자신을 겨냥해 모욕한 것이라는 엉터리 추측으로 그에게 시비를 걸었음.
- 2월 18일. 결투가 열림. 바랑이 먼저 쏜 총알에 레르몬또프는 팔꿈치 아래 가벼운 찰과상을 입었으나 레르몬또프가 관대한 마음으로 허공에 총을 쏨으로서 화해가 성립됨.
- 3월 10일. 바랑과의 결투 원인에 대한 계속적인 해명에도 불구하고 당국에 의해 체포됨.
- 4월 13일. 레르몬또프를 까프까스 최전선의 뗀긴 보병 연대로 전보시킨다는 결정이 군법회의에 의해 내려짐.
- 4월. 기존에 쓴 세 편에 「막심 막시므이치(Максим Максимыч)」, 「공작 영애 메리(Княжна Мери)」, 「뻬초린 수기의 서문(Предисловие)」을

추가해 『우리 시대의 영웅』 초판이 단행본으로 출간됨. 빠른 시간에 매진되었으나 호평과 비난이 엇갈림.

- 5월 5일. 뻬쩨르부르그를 떠나 유형지로 출발. 중간에 모스크바를 거쳐 6월에 까프까스에 도착.
- 6월 15일. 「조국 수기」 6월호에 시 「무엇 때문에?(Отчего?)」, 「감사(Благодарность)」가 발표됨.
- 10월 25일. 26편의 시와 2편의 서사시로 이루어진 시집이 뻬쩨르부르그에서 출간됨.
- 12월 11일. 6월에서 11월에 걸친 전투에서 세운 공훈, 그리고 외할머니의 청원에 힘입어 황제로부터 2개월간의 휴가를 허락받음.

1841년
- 2월 6일. 모스크바를 거쳐 뻬쩨르부르그에 도착.
- 2월 19일. 『우리 시대의 영웅』 2판이 검열을 거쳐 발행을 허가받음. 초판 발행 후 쏟아졌던 비난에 대응하는 「저자 서문」을 앞머리에 추가함. 그것을 통해 작가가 뻬초린과 자신을 동일시하여 그렸다거나 뻬초린의 악함을 영웅시했다는 비난이 모두 옳지 않음을 강조함.
- 4월 11일. 휴가 기간이 종료되었으므로 48시간 이내에 까프까스의 뗀긴 부대로 복귀하라는 지시를 받음.
- 4월 13일. 문우 오도예프스끼 공작이 떠나는 레르몬또프에게 서명을 한 메모장을 선물. 레르몬또프는 까프까스로 가는 도중 이 메모장에 「논쟁(Спор)」, 「꿈(Сон)」, 「나 홀로 길을 나서네(Выхожу один я на дорогу)」, 「예언자(Пророк)」, 「만남(Свиданье)」 등등의 주옥같은 시들을 씀.
- 4월 14일. 아침에 뻬쩨르부르그를 떠나 부대로의 복귀 길에 오름.
- 5월 20일. 뺘찌고르스크에 이르렀을 때 발병하여 온천장에서 광천수 치료를 청원함. 당국이 허가함.
- 5월 말. 뺘찌고르스크에서 집을 빌려 요양에 들어감. 가까운 곳에 퇴역 육군 소령 니꼴라이 마르띄노프를 포함한 옛 친구들도 와 있다는 것을 알게 됨.
- 6월 30일. 레르몬또프의 부대 복귀가 지체되고 있다는 소식을 들은 황제가 즉시 복귀할 것을 지시하는 명령서를 내려 보냄. 하지만 이 명령서는 레르몬또프가 죽고 난 후에야 도착함.
- 7월 13일. 한 야회에서 마르띄노프와 언쟁을 벌임. 마르띄노프가 결투를 신청함. 이유는 그에 대한 레르몬또프의 농담조의 야유였음.
- 7월 15일. 저녁 6시경 뇌우가 치는 가운데 결투. 레르몬또프는 하늘에 대고 쏘았으나 마르띄노프의 총알은 그의 심장을 관통함. 현장에서 사망.

- 7월 17일. 빠찌고르스크 공동묘지에 매장됨.
- 9월 30일. 빠찌고르스크 군법 회의에서 마르띄노프에게 징역 3개월을 선고함.

1842년 · 4월 23일. 외할머니 아르세니예바의 청원으로 따르하늬로 옮겨진 레르몬또프의 유해가 가족묘지에 안장됨.

옮긴이 **백준현**

서울대학교 노어노문학과를 졸업하였으며 동대학원에서 도스토예프스키 연구로 박사 학위를 받았다. 서울대, 한국외대, 성균관대, 상명대 강사를 역임하였으며 1998년부터 상명대학교에서 교수로 재직 중이다. 주요 연구 분야는 도스토예프스키, 뿌쉬낀, 레르몬또프를 위주로 하는 19세기 러시아 소설이며, 실용 러시아어 어휘론을 비롯한 러시아어 학습서들도 저술하고 있다. 주요 논문과 저작으로 「뿌쉬낀의 「벨낀 이야기」에 나타난 벨낀과 역사성의 문제」, 「도스토예프스키 초기작들에 나타난 인간관」, 『러시아 현대 소설 선집』 2(공역), 『중급러시아어』, 『중급러시아어』 2, 『도스토예프스키 단편선』 등이 있다.

우리 시대의 영웅

© 백준현, 2016

1판 1쇄 인쇄_2016년 02월 20일
1판 1쇄 발행_2016년 02월 25일

지은이__미하일 유리예비치 레르몬또프
옮긴이__백준현
펴낸이__양정섭

펴낸곳__작가와비평
　　　등록__제2010-000013호
　　　블로그__http://wekorea.tistory.com
　　　이메일__mykorea01@naver.com

공급처__(주)글로벌콘텐츠출판그룹
　　　대표__홍정표
　　　편집_송은주　디자인_김미미　기획·마케팅_노경민　경영지원_안선영
　　　주소_서울특별시 강동구 천중로 196 정일빌딩 401호
　　　전화_02) 488-3280　팩스_02) 488-3281
　　　홈페이지_http://www.gcbook.co.kr

값 12,000원
ISBN 979-11-5592-172-2 03890

※ 본 역서는 상명대학교 2014학년도 교내연구비 지원에 의하여 수행되었음.